To Know the
Culture of Chinese

實用生活華語

認識華人文化 高級

這是一本集華人文化大成的實用華語書籍。

楊 琇 惠◎編著

五南圖書出版公司 印行

序

　　在臺北科技大學教學卓越計畫的支持之下，本編輯團隊得以於前年（民國96年）順利委託五南出版社出版《實用生活華語不打烊》一書。然而由於該書屬於中級華語的程度，所以尚須編撰初級華語教材與高級華語讀本來做為系列學習的銜接。很榮幸的，去年（民國97年）再次承蒙北科大教學卓越計畫的協助，而有今天這本專為高級華語班同學所設計的《實用生活華語──認識華人文化（高級篇）》一書的出版。

　　《實用生活華語──認識華人文化（高級篇）》一書的風格與《實用生活華語不打烊（中級篇）》略有區別。《實用生活華語不打烊（中級篇）》主要是以活潑生動的對話，來增進學生於日常生活中的會話能力；但是《實用生活華語──認識華人文化（高級篇）》則已跳脫對話教學的形式，而改以散文的方式來介紹漢人文化的種種，例如，神話、思想、宗教、禮俗、節慶及日常生活文化等等，其目的除了傳播文化方面的知識外，更著重於培養學生的閱讀能力，是以書中多元的面向與內容，即是為了增進學生閱讀不同語料的能力所設計。

　　在研擬本書架構之際，筆者即抱持了一個信念：絕不因此書為外籍生教材而降低其水準。因此甫在著手編撰之初，即用心延攬了中國哲學專家王璟博士，及佛教史學家徐一智博士來加入編輯團隊。在兩位專家的協助之下，本書方得以以深入淺出的方式來向外籍人士介紹博大精深的華人文化。

　　此外，為了增添本書的質感，及閱讀的舒適性，本編輯團隊於美術編輯上亦投入了不少精力。除了延請業餘的攝影家葉人瑋同學擔任外景攝影師外，更力邀深獲好評的《實用生活華語不打烊（中級篇）》美編──陳春霖先生繼續擔任本書的排版「化妝師」，此乃本書得以美美呈現的主要原因。

　　另外，想補充說明的是，由於外籍生學習華語的時間不一，或長或短，

因此在使用本書時，可能會出現過深或不及的情形。對此，筆者以為，這並不會對學習造成障礙。因為過深之處可以先揀擇簡易的適合教材來上，日後待學生程度提升後，再做全面性的學習；而不及之處，則可以請學生在具備基本認知之後，個別找一個單元來做主題式的探討，或和自身文化互做比較，相信透過類似的活動，舉一反三，學生當會有更深刻的學習。

　　最後，除了感謝北科大的支援，及所有團隊成員的努力之外，還祈請教各方專家不吝指正，讓我們有機會學習，謝謝。

楊琇惠

北科大通識中心

2009年3月

目次

一、神話篇

　　現今華人生活中的一些景況，實與中國古代的神話、傳說有關。例如，漢人視神話裡的人物黃帝為共同祖先，黃帝又為今日軒轅教的教主更是民間信仰祭祀的主神。又例如，漢人稱自己為「龍」的傳人，對「龍」的傳說深信不移。因此，要了解華人社會的一些特質，必須從這些留存的神話內容探討起。

　　「神話」和「俗文學」相同，屬於外來的文化產物。「神話」一詞英文是myth，乃源自希臘語Mythos或Muthos，是「話語」與「被說的一些故事」的意思，所說的當然是指關於神祇和英雄之傳說及故事。在中國語文中，沒有「神話」一詞。但秦漢以來，如干寶《搜神記》和劉義慶《幽明錄》[1]等著述，雖被稱作搜神述異、稽古志怪之「虛妄之說」與「神怪之語」，然這類作品即與「神話」有著密切的關係。

　　從現有的資料來看，於1903年時，留日學生蔣觀雲在《新民叢報》上發表的〈神話歷史養成之人物〉一文，當是中國神話學的最早文獻。此篇文章率先把「神話」概念引進漢文的世界，並且主張一個神話如同歷史般，對人心產生巨大的影響。他認為中國古典小說一部分脫胎自歷史，像是《三國演義》[2]、《水滸傳》[3]；另一部分則來自神

小辭典

1　《幽明錄》：劉義慶所著，皆載鬼神變化的故事。這一部書的刻本部分已佚失，流傳下來的版本非完整的書籍內容。書中有「新死鬼」一則，寫明新死之鬼作祟人間，討食助人的狀況。

2　《三國演義》：《三國演義》的作者為元末明初小說家羅貫中，他以史實和傳說創作出章回小說《三國志通俗演義》。描寫東漢靈帝建寧二年（169年）至西晉武帝太康元年（280年）間的歷史故事，提供魏、蜀、吳三國鬥爭時，各類人物的事蹟。

話，諸如《封神演義》4和《西遊記》5。這即點明神話特有的社會文化作用，而且指示了神話在文學史上的源頭地位。往後一些留日學生像是梁啓超等，也都十分關注中國神話的研究及整理。

1937年至1940年代末，則因抗日的緣故，許多學者來到西南邊疆，對少數民族的神話做田野考察與綜合探究，使得神話學的研究視野擴大產生如聞一多〈伏羲考〉、芮逸夫〈苗族的洪水故事與伏羲女媧的傳說〉等重要作品，是中國神話學的擴展期，在典籍神話、神話理論的討論上頗具創意，令人耳目一新。

神話的世界

在原始社會中，人們因知識貧乏，控制自然的能力不足，生活十分艱苦，常常受到死亡及飢餓的威脅。在沒有能力掌控自然界的雷電、風火、洪水、酷暑、寒冬之下，即把種種自然力形象化及人格化，以爲一切自然的運作背後都有神在掌控著，於是相應的解釋和神話便產生了。

例如《山海經》中就記錄著各種山林水澤的神怪，諸如太華山中長著六隻腳、四隻翅膀，一出現就會引起天下大旱的肥蟥蛇；小華山住著可防禦火災的赤鷩鳥。另外，亦記述火神名祝融、水神河伯、海神禺京。《楚辭‧九

（小）（辭）（典）

3　《水滸傳》：《水滸傳》是明代施耐庵寫成的章回小說，揭示北宋年間因官逼民反，宋江等人領導農民反叛的故事。

4　《封神演義》：《封神演義》全書一百回，屬於明代的長篇神魔小說，它乃以《武王伐紂平話》為基礎，吸收民間傳聞寫成。內容以商周為歷史背景，描寫武王伐紂之故事。至於作者是誰？一般沒定論，有說為王世貞、許仲琳、陸西星等。

5　《西遊記》：《西遊記》作者是明代的吳承恩，承恩曾留意科場，但屢試不中，四十多歲才補為歲貢生，後當過長興縣丞、荊府紀書。晚年歸居鄉里，貧者以終。留有《西遊記》等著作，為神魔章回小說。

歌》則記載月神爲東君，雲神乃雲中君。從這些記載即可見到原始社會自然崇拜的跡象。

後來，人類發明弓箭等工具，增強征服大自然的能力，進而感到自己力量的偉大，就不再甘心屈服在自然之下，於是以人民英雄爲題材，逐漸創作出一些誇大與美化人力的故事，像是「后羿射日」、「女媧補天」等，都屬此類。及至金屬的利用，促使社會生產力快速發展，人們勞動的成果除了可養活自己外，還有能力攻占他人，奴隸主及軍隊遂應運而生，於是出現反映社會狀況或集團爭鬥的神話創作，像是黃帝與蚩尤之戰、刑天和黃帝戰爭均屬此。

換言之，起初神話反映的內容乃以自然現象爲主，隨著人類社會的持續發展，氏族制度形成，內容才逐次擴及與社會各方的關係。

起初中國古代神話是較爲簡單和零散的，後來經由人們整理，漸漸集合成複雜的整體，並且和各時代的歷史緊密結合，這些內容反映各時期人民的現實生活和願望。因此，新的神話與神話因素濃厚的傳說也不斷產生出來，直至今日仍未斷絕。

神話的分類

中國神話多散見在各種古籍裡，如《山海經》仍可找到一些接近神話原始面貌的記載及分類。此書保存的神話內容應能分成三大類：

1. **天地起源的神話**：像是「盤古開天」的故事，反映初民對天地開創和生命產生的認知。
2. **文化英雄的神話**：例如「后羿射日」、「夸父追日」的內容，表現出神話裡英雄人物的膽量及超人行爲。
3. **克服災難的神話**：如「大禹治水」、「精衛塡海」與「女媧補天」等故事，表現出初民對安定生活的追求，同時也反映出他們的宇宙觀和世界觀。

從先秦以降的寓言、小說、戲劇的內容來看，其實都夾雜著神話的成

分。例如，《莊子・應帝王》裡，言及鯈、忽爲中央天帝渾沌開鑿七竅[6]的故事，就是直接取材自《山海經》中的記載。可見《山海經》的成書時代應早於《莊子》一書，它所記載的故事頗接近原始面貌之神話型態。

　　文學必根植於產生的時代背景和環境，同屬文學範疇的神話亦是如此。不論那種類別的神話故事，都反映了所屬時代和社會環境的面貌，更展現了人類積極奮鬥、堅強的毅力。

中國著名的神話著作

　　中國現今還留存著一些神話資料，這些零星片斷的神話，因被詩人和哲學家引用，才得以順利流傳於後世。在《楚辭》如〈九歌〉和〈離騷〉裡，即保存不少中國南方的神話[7]內容像是記敘日神東君等故事。另外，哲學著作，諸如：《墨子》、《莊子》、《韓非子》、《呂氏春秋》、

小辭典

6　**鑿渾沌七竅**：《莊子・應帝王》言：「南海之帝爲鯈；北海之帝爲忽；中央之帝爲渾沌。鯈與忽時相與遇於渾沌之地，渾沌待之甚善。鯈與忽謀報渾沌之德，曰：『人皆有七竅，以視、聽、食、思，此獨無有，嘗試鑿之。』日鑿一竅，而渾沌死。」引文中，以渾沌指宇宙未開之時。全則顯示出宇宙開闢之意義。後世多以「渾沌」一詞，來形容自然含糊不清的樣子。

7　**南方神話**：主要指楚辭中記載的神話。楚辭裡把現實人物、神話人物交織成一個精緻的想像世界。如：風神記載，《離騷》言：「後飛廉（風神名字），使奔屬。」雷神紀錄像是《離騷》言：「雷神告余以未具。」《遠遊》又言：「右雷公以爲衞」；雲神情形例如《離騷》言：「吾令豐隆乘雲兮。」《遠遊》言：「豐隆、雲師，一曰雲師。」

《淮南子》和《列子》等，都能發現許多神話的片段。像《淮南子》與《列子》裡就保存了「女媧補天」和「后羿射日」的故事。其後，如晉代干寶《搜神記》、明代《封神榜》等書，雖較晚編纂出世，卻也蒐集不少神話資料。接下來，介紹二本與神話有關的著作：《山海經》與《搜神記》。

1.山海經

　　中國保存神話最豐富的著作就是《山海經》，可將其視爲一部神話總集。《山海經》的「經」，並非「經典」的意思，而是指山和海之所經歷，記載了各地風俗民情。《山海經》爲一部三萬餘言的著作，由〈五藏山經〉、〈海外四經〉、〈海內四經〉、〈大荒四經〉和〈海內經〉所合組而成。一般認爲它形成於戰國晚期，歷經漢代人的匯集整理，成爲出色的地理圖籍[8]。關於《山海經》的作者，雖不是作於一時，但現今學者皆肯定他應爲楚國或楚地人。

　　如上所述，《山海經》非一時一人的作品，乃由不同時代的人陸續編匯而成，當中保存的絕大部分爲獸形神話，相異動物合體的傳說、以及人獸合體的故事。例如，〈西山經〉說：「西南四百里，曰崑崙之丘，是實惟帝之下都，神陸吾司之。其神狀虎身而九尾，人面而虎爪。是神也，司天之九部及帝之囿時[9]，有獸焉，其狀如羊而四角，名曰土螻，是食人。有鳥焉，其狀如蠭，大如鴛鴦，名曰欽原，蠚鳥獸則死，蠚木則枯。有鳥焉，其名鶉鳥，是司帝之百服。有木焉，其狀如棠，黃華赤實，其味如李而無核，名曰沙棠，可以禦水，食之使人不溺。有草焉，名曰薲草，其狀如葵，其味如蔥，食之已勞。」〈大荒北經〉又說：「大荒之中，有山名曰北極天櫃，海水北

⒮⒣⒟

8　**地理圖籍**：《山海經》爲一部有附圖的書籍。然今本附圖已散失，目前的圖畫是明清時的畫家依書本內容所繪製。

9　**開明獸**：在崑崙山，有天帝都邑。宮殿所在之山區，每一面有九道門，每道門都有開明神獸守護，爲百神之所在。故開明獸是爲天帝守門的神獸。

注焉。有神，九首人面鳥身，名曰九鳳。又有神銜蛇操蛇，其狀虎首人身，四蹏長肘，名曰彊良。」據經裡記載，食崑崙山之沙棠可防止溺水，吃賓草能排憂，更有欽原鳥會螫殺天地萬物，鶉鳥掌管天帝日常用品。而海外亦有神怪居住，像是北極地區則有九首、人面、鳥身九鳳和虎面、人身彊良居住。

由此可見，《山海經》的確保留許多中國古代社會中，多神和各種神跡的紀錄，有別於西方希臘社會裡，以宙斯為主神，擴展出各神階層分明的神話故事。

2.搜神記

筆記小說是中國最初的小說樣態，其特點為篇幅簡短，內容為一事一記，至魏晉南北朝時期，志怪小說最為盛行。當時因為五胡亂華[10]，朝代的更迭等因素，使得社會動盪不安，人們希冀從宗教中尋求安慰，因此佛教、道教的思想，以及求仙煉丹[11]之風氣特為盛行，這種宗教氣氛促使上古時代的神話傳說，發展成含括神仙、鬼怪思想的筆記小說。在「志怪」類別中，以干寶《搜神記》為代表。

依據《晉書》本傳的記錄，干寶字令升，為河南新蔡人。大約出生於西晉太康至元康年之間（280-299年），即在東晉穆帝永和十二年（336年）前後。但又有主張他生於西晉太康（280-289年）年間，死在東晉永和（345-356年）年間，確切期間已不可考證。其因才能出眾，於晉愍帝建興三

小辭典

10 五胡亂華：於西元317年後，西晉滅亡，匈奴、鮮卑、羯、氐、羌等少數民族侵入中國地方，建立近二十個國家。由於政權常更迭，戰爭頻繁，社會動盪不安，經濟衰落，使人民生活痛苦，因此渴望從宗教獲得救贖。

11 求仙煉丹：道教認為要成仙，必須把握生理及心理狀況進行修煉。能形神俱全，就可得道成仙。然當中如何煉形，保持肉體的永存以成就長生？服藥是主要途徑之一。煉成長生之物金丹，即稱「煉丹」。

年（315年），被引薦爲著作郎。晉室南渡後，則擔任史官，著有《晉書》、《春秋左氏義外傳》等書。然而絕大部分沒保留下來，僅存《搜神記》傳世。

　　《搜神記》爲漢代以來各種志怪神話的集大成者。干寶撰編此書的動機，在他的書序裡言明：「考先志於載籍。」依《晉書》本傳的記載作者是受父親婢女被活埋墳中而不死，長兄去世而復生所引發，憤而寫書，希望闡述「神道不誣」的理念。因此，他一方面廣泛搜集前人著述如《法苑》、《御覽》、《藝文》、《初學》、《書鈔》等著作，依據這些資料中相關的內容，加以潤色增補，收錄進自己書裡；另一方面則「采訪近世之事」、「訪行事於故老」，把當時民間口頭傳說及流行的神話故事亦搜羅保存進來。

　　魏晉南北朝時，人們喜談靈異之事，故神怪故事傳聞豐富，神鬼傳聞甚多，《搜神記》便爲這些「古今神祇靈異」做一次總結及整理。因《搜神記》的主要價值在於保存古代的神話、歷史軼事、民間傳說及社會奇聞。此外，描述的對象更遍及帝王與平民百姓，以及神仙、異人、鬼魅、怪物、禽獸、鱗介水族、木石和器物等。名符其實爲漢代以降，神話範疇內之重要古籍。

　　《搜神記》具有繼往開來的地位，書中講述故事已非「叢殘小語」的形式，不僅敘述完整，種類還不少。其內容可分成以下幾個部分：

(1)**推崇愛情**：當中有人與人、人與神和人與鬼，例如〈杜蘭香〉、〈河間郡男女〉、〈紫玉〉等故事。

(2)**批判政治**：這類故事都是批評帝王腐敗，進而引出靈異的結局。像是〈三王墓〉、〈東海孝婦〉、〈韓憑夫婦〉等。

(3)**歌詠美德**：亂世中，各種美德都是值得歌頌。例如〈葛祚碑〉裡，葛祚常爲民除害；〈陽伯雍〉描述樂於助人的故事。

(4)**降除妖鬼**：敘述英雄爲除妖鬼，勇往直前的神話。如〈宋定伯〉、〈湯

應〉等。其中〈李寄斬蛇〉便敘述一位智謀出眾，爲民除害的女英雄故事。

　　由以上對《搜神記》的分類可知，此書擴大了志怪小說的題材範疇，雖有歌頌美德、愛情，以及批評時政的故事，但結局總和神怪有所牽涉。像是〈韓憑夫婦〉一則，敘述宋康王奪韓憑妻何氏，導致韓氏夫婦殉情，死後墳墓突然長出大梓木，雙雙化成鴛鴦。這個故事與漢代敘述詩〈孔雀東南飛〉的結局很相似，表示它可能有流行的傳統，藉《搜神記》保存，又將傳承至後世。

延伸閱讀

1. 王孝廉《神話與小說》，臺北：時報文化出版公司，1986年。
2. 王枝忠《漢魏六朝小說史》，浙江：浙江古籍出版社，1997年。
3. 王國良《魏晉南北朝志怪小說研究》，臺北：文史哲出版社，1984年。
4. 李豐楙《神話的故鄉──山海經》，臺北：時報出版公司，1982年。
5. 苗壯《筆記小說史》，浙江：浙江古籍出版社，1998年。
6. 袁珂《中國古代神話》，上海：商務印書館，1993年。

中國神話的主題與內容

　　中國神話散見在各種古籍中，想要整理出有體系的完整神話集，或是區分其種類，都是非常困難的一件事。但也因此特性，才使中國神話內容因爲沒被重編、刪節，而得以保存下來。以下，即以天地形成和社會演化爲基準，來介紹以下各種神話

的內容：

1.開闢天地的神話

　　盤古傳說為天地萬物的始祖，內容被歸類為「創世神話」。開天闢地、創造人類即是「創世」的意涵，當然盤古的事蹟乃屬於前者。這個神話始見於三國吳（222-280年）徐整撰的《三五曆紀》和《五運歷年記》二書，但是均已佚失，幸賴唐代（618-907年）歐陽詢編的《藝文類聚》及清代（1644-1911年）馬驌《繹史》有所徵引，才得窺其內容另外，南朝（907-923年）梁任昉著之《述異記》，也可看到盤古神話的相關記載。《述異記》卷上說：

> 　　昔盤古氏之死也，頭為四岳，目為日月，脂膏為江海，毛髮為草木。秦漢間俗說：「盤古氏頭為東岳，腹為中岳，左臂為南岳，右臂為北岳，足為西岳。」先儒說：「盤古氏泣為江河，氣為風，聲為雷，目瞳為電。」古說：「盤古氏喜為晴，怒為陰。」吳楚間說：「盤古氏夫妻，陰陽之始也。」今南海有盤古氏墓，亙三百餘里，俗云後人追葬盤古之魂也。桂林有盤古氏廟，今人祝祀。南海中盤古國，今人皆以盤古為姓。昉按：盤古氏，天地萬物之祖也，然則生物始於盤古。

　　盤古分開天地，同時亦是萬物的製造者。他之所以會締造出萬物，乃因「垂死化身」之故。其死後，吐氣成風，聲響為雷霆，左眼變作太陽，右眼化為月亮，四肢五體變身四極五嶽，血液更化為江河等，世界基於盤古身體而形成，這表明先民對宇宙自然的探究精神，反映他們主張人和自然具有互相對應的關係。

　　至於盤古神話的源流，歷來有不同的看法，但內容還是可以在中國找到它的淵源。關於這個神話的產生，各種說法並不一致：其一，認為來自苗瑤

地區。按盤古之名稱不見於古籍，應非漢族舊說，以爲盤古與盤瓠音相近，盤瓠是南蠻之祖，南海獨有盤古墓，桂林（廣西）又存盤古祠，因此，主張盤古神話是來自南方苗瑤地區。然而，覺得若只從音訓來強加附會，亦有不合理之處。

其二，源於印度傳入。「梵天」爲印度諸神裡宇宙的創造神，相傳他從自身創出水，又把自己的種子放入水中，變成一枚金卵。據說其曾在金卵中住滿一年，後則透過禪思的力量，把金卵一分爲二。用一半造天，另一半造地，並且創造出天地間的空界，建構出八個方位，以及海洋，進而造萬物。

據此推知，中國乃因三國時佛教傳入，國人承自這個印度神話，創作出盤古的故事。但如果驗諸二則神話內容，可發現盤古沒有以水爲宇宙最初物質，也不把宇宙看成是最高魂之種子。其間類似者，只有把宇宙初始狀態想像成卵之渾天思想，故兩則神話還是有相異之點，不屬於互相承襲的情況。

其三，來自伏羲、燭龍神話。依照《山海經》言：「又西北四百二十里曰鍾山（指鍾山之神燭龍），其子曰鼓，其狀如人面而龍身……」引文裡的「鼓」和「古」字音同，所以主張盤古的原型是來自燭龍神。此外加上伏羲、盤古、包犧、盤瓠聲訓皆通，能視爲一詞，有一說法便將盤古、燭龍、伏羲等同起來。但是此論點亦有不足的地方，因爲《山海經》未明言燭龍有化身宇宙之能，僅有控制氣象之力，未足以拿來和盤古相提並論。

雖然盤古神話的來源存有不同的說法，從中仍可找到一些中國文化的成分。諸如：(1)《三五曆紀》中說：「數起於一，立於三，成於五，盛於七，處於九，故天去地九萬里。」這是受《易傳》影響，起於中國數術思想發達以後[12]。(2)《三五曆紀》和《五運歷年記》都提到陰陽變化的情形，如

⓪ⓘ辭ⓘ典

---

12 **陰陽數術**：中國經書中，《尚書》言明五行；《易經》取象陰陽；《春秋》則多言災異。陰陽家綜合以上的思想，來形塑自己的觀念。認爲萬物由陰陽相合而來，具有五行而生，源頭來自天，故能與天相感應。

同《淮南子・天文訓》說：「清陽者，薄靡而爲天；重濁者，凝滯而爲地。」的言論相近，除了證明盤古神話可能與《淮南子》產生於同一時期外，亦言明內容已加入中國陰陽文化概念。以陰陽二氣相合，化出宇宙萬物的觀念，則盛行於兩漢讖緯神學。(3)「以方位爲基礎的五方體系」更爲戰國以降，中國人特有的方位觀，所以盤古肢體化作「五」方山岳，也符合中國人的想法。(4)盤古所在的「雞子」，則和《周易》太極圖相類似。太極圖中有兩條魚存在，白色象徵陽性，代表天；黑色象徵陰性，代表地。「太極」便是中國古代宇宙的稱呼，與盤古「雞子」化成宇宙世界性質相同。總之，如《述異記》中所說：中國南方盤古信仰盛行，或許可推知這個神話的原型，可能由南方往北傳至中原地區，再加入陰陽五方[13]等概念。

延伸閱讀

1. 王魯昌〈盤古神話新探〉，《中州學刊》，第三期，1995年。
2. 木村泰賢著，高觀廬譯《印度哲學宗教史・吠陀之哲學思想》，臺北：商務印書館，1995年。
3. 石泉《古代荊楚地理新探》，武昌：武漢大學出版社，1988年。
4. 鄧啟耀《中國神話的思維結構》，重慶：重慶出版社，1992年。

小辭典

13 五方：商代甲骨文中，有「四方風」的記載，《尚書》曾提到四岳，未見「五方」概念。「五方」概念的產生，大概在五行學說盛行後才產生，後於「四方」思想。

5. 薛克翹《東方神話傳說》，北京：北京大學出版社，1982年。

6. 蕭志舜《中國神話故事》，臺北：國家出版社，2006年。

7. 韓湖初〈盤古之根在中華——駁盤古神話「外來」說〉，《廣州師院學報》，第19卷，第2期，2004年。

2.「中國」名稱產生的神話

　　中國古代初民以崑崙山為中心，來建構宇宙觀，生活在山下地區的人，把他們居住的地區稱作「中國」，以為位於世界的中心。先民想像世界中央有一座高山名為「崑崙山」，「崑崙」者語義含有混沌、完整等意義，屬於「原始宇宙」的代名詞。由《山海經》等古籍內容來看，居住在古代山區的住民，以其為中心，通過想像建構了一個他們自己的神話宇宙。主張天是圓的，覆蓋於方形的大地上，大地又漂浮在浩瀚的水面。大地中間聳立世界最高的神山——崑崙山，山頂上存有天上統治者黃帝居住的宮殿和巨大的天梯，神、巫、人透過天梯前往九重天。故生活在這世界之臍的初民們，透過自己建構出來的宇宙觀，往往認為自己所在地為世界的中心，基於此種自我中心觀，不由自主地覺得，他們的生存地是「中國」。因此，遠古的氏族集團[14]裡，確有發源於崑崙山者，他們開墾荒地和森林，在長久的歲月裡，居民把崑崙聖山和難以忘卻的歷史轉化成神話，隨著向外擴張，不斷傳往新居地。

　　關於崑崙山的神話內容，有以下幾則記載。《山海經·西次三經》說：

　　　　西南四百里曰崑崙之丘，是實惟帝之下都，神陸吾司之。有鳥焉其民曰鶉，是司帝之百服。

小辭典

14 **氏族集團**：指初民時期的血統集團。他們各有自己氏族領袖及生存地區，例如，華夏集團領袖為黃帝，生活在黃土高原黃河流域。

《山海經·海內西經》說：

　　海內崑崙之虛，在西北，帝之下都。崑崙之虛，方八百里，高萬
仞。上有木禾，長五尋，大五圍。面有九井，以玉爲檻。面有九門，
門有開明獸守之，百神之所在。在八隅之巖，赤水之際，非仁羿莫能
上岡之巖。

《淮南子·地形篇》說：

　　（崑崙虛）上有木禾，其修五尋，珠樹、玉樹、旋樹、不死樹在
其西；沙棠、琅玕在其東；絳樹在其南；碧樹、瑤樹在其北。

　　上面這三則引文顯示，古人認爲：崑崙山爲世界的中心，統治天上的天帝（黃帝）在上面有一座美麗的宮殿，是黃帝在下方的帝都。他常來行宮遊賞，因爲皇宮非常幽美，那裡四周圍繞著玉石欄杆，每一面有九口井和九扇門。進入門內後，是由五座城與十二座樓所組成的宮闕，城中最高的地方長著大五圍的稻子；西方有珠樹、玉樹；東方更有沙棠樹和琅玕樹，其中琅玕樹能長出美玉，乃稀世珍寶。其間更有鳳凰和鸞鳥穿梭，長著三個腦袋的離朱等神人守護著它，真是個名山勝境！世界其他地方不管是弱水深澗、炎火大山全圍繞著它開展出去。當然生長在山間的氏族，亦以居住在「中國」爲榮。有關神人和崑崙山的神話，隨著時代不斷傳

揚，現今依然反映初民們珍視自己鄉土的心情和意識。

3.「龍的傳人」相關神話

　　從古至今，龍在中國文化的傳承中，均扮演著極重要的角色。龍是帝王受命的祥瑞徵兆，例如，伏羲氏為天下共主時，有龍馬負圖而來，傳下「八卦」。另外，舜時也有黃龍袱著一卷圖冊，飛至其眼前，授予「天黃帝符璽」。這些皆象徵帝王獲得政統，太平盛世降臨的瑞象。除此之外，歷朝皇帝傳說為龍的化身，中國人更被稱作是「龍的傳人」，會有這些說法主要與中國伏羲及炎帝的神話有關。以下便分為兩方面來介紹：

(1)人類始祖伏羲氏

　　伏羲又稱宓羲、庖羲，為中國著名的上古帝王，他的出生與「龍」有著非常濃厚的關係。如《太平御覽》卷七十八引《詩緯·含神霧》說：

　　　大跡出雷澤，華胥履之，生宓羲。

《水經注·瓠子河》說：

　　　瓠河又左逕雷澤北，其澤藪在大成陽縣故城西北十一餘里。昔華胥履大跡處也。

《拾遺記》說：

　　　春皇者，庖羲之別號。所都之國，有華胥之洲。神母游其上，有青虹繞神母，久而方滅，即覺有娠，歷十二年而生庖犧。

《路史後紀》卷一注引《寶櫝記》又說：

帝女游於華胥之淵，感蛇而孕，十二年生庖羲。

　　傳說古代於中國西北方有一個極樂國土叫作「華胥之國」，那裡沒有政府及官員，一般人民沒有利益欲望，一切聽其自然，人民生活十分美滿，因此每個人壽命都很長久，當地人實介於人和神之間。在這國土中，有個名為「華胥氏」的姑娘，她曾到東方一個大沼雷澤去遊玩，偶然見到一個巨人雷神留下的腳印，就用腳去踩玩，沒想到竟然懷孕，之後生下伏羲。又因為雷神是人頭龍身或蛇身，故身為雷神兒子的伏羲，形貌亦為「人面蛇身」或「龍身人首」。除此之外，也有主張華胥氏乃因受蛇纏繞才生下伏羲的說法，而造成伏羲擁有蛇身的特徵。然而，不管是蛇身或龍身，在古代中國人眼中，龍即同蛇，故蛇身和龍身常指涉為同一種形象，伏羲即屬於「龍」人。

　　在古代的神話裡，伏羲後來成為東方上帝，由木神句芒輔佐他，管理春天，並和其妹女媧結為夫妻，所生下的小孩便為中國人的祖先。相關的神話，如《獨異志》說：

　　昔宇宙初開之時，只有女媧兄妹二人在崑崙山，而天下未有人民。議以為夫妻，又自羞恥。兄即與其妹上崑崙山，咒曰：「天若遣我兄妹二人為夫妻，而煙悉合；若不，使煙散。」於煙即合，其妹即來就兄，乃結草為扇，以障其面。今時人取婦執扇，象其事也。

敦煌殘卷《天地開闢已來帝王紀》說：

> 爾時人民死，惟有伏羲、女媧兄妹二人，衣龍上天，得存其命，恐絕人種，即為夫婦……見天下荒亂，唯金崗天神，教言可行陰陽，遂相羞恥，即入崑崙山藏身。伏羲在左巡行，女媧在右巡行，契許相逢，則為夫婦，天遣和合，亦爾相知，伏羲用樹葉覆面，女媧用蘆花遮面，共為夫妻。

在許多神話中，最初人類都由神所創造，但人之眾類繁衍，通常是由災難裡被保護下來者自己孕育而生。伏羲和女媧亂倫生育，就是屬於此種情況。如《聖經‧創世紀》所說：當亞當（Adam）、夏娃（Eve）被蛇誘惑，偷食禁果，意識男女之別後，就被趕出伊甸園。一旦人類知道性別差異，那男女不分的渾沌世界即永不復還。自此人類進入那種毫無節制的性生活和亂倫時代，如古代希臘和羅馬有「酒神節」（Bacch-analia, Supernatural Festival Dionysus），即為性狂歡節日的典型形式。喝得醉醺醺的婦女們抬著男子的陽具模型遊行，一旦遇到男子就撲過去。而中國《周禮‧地官》也有類似的記載：「仲春之月，令會男女，于是時也，奔者不禁。」在性狂歡節上，野合、私奔都成為合法的行為。除了性狂歡外，亂倫也是許多神話常看到的情形。例如，希臘神話的主神宙斯（Zeus）就是娶其姊姊赫拉（Hera）為妻；古埃及為保留王族血統純潔性，國王只和姊妹婚配；至於中國的部分，《呂氏春秋》則說：「昔太古嘗無君矣，其民聚生群過，知母不知父，

無親戚兄弟夫妻男女之別，無上下長幼之道。」可見那個時代兄妹可成爲夫妻關係，亦無上下長幼之序，所以才有伏羲、女媧兄妹成婚的神話。

　　然而，伏羲和女媧婚配的神話有其眞實及虛假的部分。當時人類沒有「姓」氏分別，伏羲和女媧生存在宇宙初開的時候，雖有人類，但被洪水滅亡，要是宇宙世界剛開始，那限異姓結合之一夫一妻的婚嫁制度應該還沒有開始，既未成禮俗，又何來兄妹不能婚配的規制。另外，如處於亂倫時代，洪水過後，僅存的人們很自然就會結合在一起，繁育下一代。人類鑑於社會風俗及事實的需求，那兄妹結婚並不會有罪惡感，則何來神話裡伏羲要促使「煙合」、「天遣和合」及「烏龜助婚」等行爲。也許伏羲和女媧只是個假借對象，代表那些災禍過了，因需要培育下一代，始亂倫結婚的初民，這即是神話的「眞」。而「假」的部分，便爲那些「藉口」，時序往後發展，到了異姓始能成婚的時代，觸及女媧先祖的亂倫傳說，給它開脫的說詞，加入「煙合」等非難的情節。此外，這個神話尚有以「假」亂「眞」的成份，則是它已成爲一個民族產生根源的「文本」。現今中國各地還流行懸掛女媧和伏羲交尾像，中國人相信自己爲三皇[15]之一「伏羲」的後代，百家姓氏亦源於此。那伏羲和女媧爲擁有龍身者，這樣中國人理所當然成了「龍的傳人」。

(2)龍首感生炎帝[16]

　　炎帝又稱神農氏，他是繼伏羲、女媧之後，遠古時代行「仁道」的帝王。關於炎帝的記載，如：《國語・晉語四》說：

⑯⓵⓹

---

15 三皇：三皇有兩種說法：其一，指燧人、伏羲、神農氏；其二，指伏羲、女媧、神農。較盛行說法為前者。

16 五方帝：在古代神話裡，天下五個方位都有天帝的管轄。東方上帝太皥，輔佐者為木神句芒，掌管春天；南方上帝炎帝，輔佐者火神祝融，掌管夏天；西方上帝少昊，輔佐者金神蓐收，掌管秋天；北方上帝顓頊，輔佐者水神玄冥，掌管冬天；黃帝住於中央天庭，輔佐者后土，都管四面八方。

　　昔少典娶于有嬌氏，生黃帝、炎帝。黃帝以姬水成，炎帝以姜水成。成而異德，故黃帝為姬，炎帝為姜。

《太平御覽》卷一百三十五引《帝王世紀》說：

　　炎帝神農母曰佳姒，有嬌氏女，名登，為少典妃；遊華陽，有龍首感之，生神農於裳羊山。

《繹史》卷四引《周書》說：

　　神農之時，天雨粟，神農遂耕而種之，然後五穀興助，百果藏實。

《搜神記》卷一說：

　　神農以赭鞭鞭百草，盡知其平毒寒溫之性。

　　炎帝降生時，人們靠狩獵為生，大地充滿啖人的猛獸，人類經常處於被吞食的險境，食物來源不是很穩定，於是炎帝便發明耒耜來犁田，教人種植黍、稷、麻、麥、豆五穀。自此人們不必為食物而煩惱，有多餘的糧食能養活工匠和商人等專業人士。他們生產工商物品和食物需要安排去處，故炎帝又以「日中為市」，教人們交換商品，這便為人類最早的商業活動。除了解決人們生活不足之問題外，炎帝在巡視時，發現許多百姓常被疾病侵襲，面呈黃腫，他於心不忍，於是拿著可以測試藥草性質的「赭鞭」，鞭打草木，無論有毒、無毒，寒性或冷性全能呈現出來。不僅如此，炎帝還親自嘗試藥物，以確定藥石能否可用來治病，炎帝其體玲瓏透明，能由外面看到體內五

臟六腑的樣子，因而能及時知曉中毒的部位，給予解毒。由於炎帝對醫學有所貢獻，所以後世撰寫醫書、藥方，習慣以「神農」爲名，似乎成爲理所當然之事。

至於炎帝的身體特徵，依據《帝王世紀》的說法，其母在華陽遇到龍出，因與龍首雙目交感，方懷孕，生出炎帝來。簡而言之，炎帝既然是「龍」的後代，他的形貌似乎也屬於擁有龍身之人。不管炎帝神農氏是否眞有其人，但中國人留下那麼多有關炎帝行仁政的紀錄，可見他是多麼受到後人推崇，也就把神農看成中華民族的先祖。炎帝爲「龍」的後人，身爲後裔的民族，當然被稱作「龍的傳人」。

伏羲和炎帝爲龍身的主張，以現今眼光觀之，似乎太過於虛幻，或許可用圖騰（totem）主義來解釋它。圖騰一語出自北美印第安語，意義是「它的親族」。圖騰主義者相信人與動物、植物和自然現象之間存在著某種不可見的聯繫。以爲某種動、植物與他們爲親族，進而產生祭拜儀式，以及與崇拜物有關係的禁忌規定。例如禁食圖騰物，更甚者這些信仰的氏族甚至可獲得自然物的特殊能力，後代子孫被認爲是圖騰鑽進肚子，或受到感應而生育。據上段所述，華胥氏踏上龍形雷神腳印而生伏羲，有嬌氏因受龍首雙目所感而生炎帝，似可說明「龍」應該爲這兩氏族人所崇信的圖騰，故伏羲和炎帝從圖騰的觀念來看，亦爲圖騰感化生育之人，所以能繼承圖騰物的權威，統治全氏族。

實際上，該氏族後裔一般皆主張爲圖騰的傳人，圖騰若是「龍」，即稱爲「龍的傳人」。除了伏羲和炎帝外，黃帝可能也與「龍」的圖騰有關係。《史記・封禪書》說：「黃帝采首山銅，鑄鼎於荊山下。鼎既成，有龍垂胡髯下迎黃帝，黃帝上騎，群臣後宮從上者七十餘人，龍乃上去，餘小臣不得上，乃悉持龍髯，龍髯拔，墮，墮黃帝之弓。百姓仰望黃帝既上天，乃抱其弓與胡髯號，如後世因名其處曰鼎湖，其弓曰鳥號。」黃帝在重整人間秩序的任務完成之際，鑄刻有應龍、四方鬼、神奇禽怪獸之寶鼎後，把它陳列在

荊山下，忽有神龍來迎歸往天上。由此可推知，黃帝一族可能同樣以「龍」
為圖騰，才會有神龍迎接他回去天庭的情形發生。中國人主張伏羲為民族血
統的創始者，又自稱為炎黃子孫，炎黃兩帝並信仰「龍」圖騰，歷代皇帝亦
總是自稱是龍的化身。國人認為自己是「龍的傳人」，實來自上述伏羲等神
話的典故，而且已成為數千年來深信不疑的說法。

4.洪水中的女媧（wā）神話

　　女媧為中國遠古時代的女神，與其相關的洪水神話中，多敘述她搏泥造
人及煉石補天等作為。洪水禍人的故事，並非中國所獨有，如同《聖經》就
記載著挪亞（Noah）方舟救助人類及免除大水淹頂。以泥造人的神話亦很普
遍，像是希臘神話裡的普羅米修斯（Prometheus）把具生命的小黏土片做成
各種動物；希伯來耶和華（God, YHWH）以塵土來造人，用生氣吹入鼻孔，
讓他們具有生命；北美印地安人開創者則用暗紅土和水，做成男女兩人再以
脂木燒鍛，讓他們活了起來。因此，印地安人皮膚才呈現紅褐色。關於女媧
在天地初開時，搏泥作人和煉石補天的神話內容，相關記載如《太平御覽》
卷七十八《風俗通義》說：

　　　俗說天地開闢，未有人民，女媧搏黃土作人，劇務，力不暇供，
　　乃引繩於泥中，舉以為人。故富貴者，黃土人也；貧賤凡庸者，絙人
　　也。

《路史》卷十一注引《風俗通義》又說：

　　　女媧禱祠神，祈而為女媒，因置昏（婚）姻。以其載媒，是以後
　　世有國，是祀為皋媒之神。

　　女媧乃古代女帝，依據《說文解字》：「媧，古之神聖女，化萬物者也。」《山海經・大荒西經》郭璞注說：「女媧，古女神而帝者，人面蛇身，一日中七十變。」女媧一日七十變，當指她創造人類的事蹟。天地自盤古開闢以後，雖大地已有山川草木，可是未有人跡，女神感到非常寂寞，於是便用黃泥摻合水，揉成人類，形象似神。這小東西活起來後，歡喜地跳著，女媧十分開心，於是創造更多的男女人類。因此，可讓人們笑聲隨時圍繞著她。然而，造了許久，單調的工作令她疲倦厭煩，於是女神隨意用繩子攪混黃泥，向地面及山崖一灑，竟也有活著的人出現，大地不久又布滿人類蹤跡。據說女媧親手捏造者，即成為富貴人家，而貧苦的人則是從藤繩上揮灑出來者。

　　世界順利產生人類，此時女媧更進一步思考，人要是死亡，該如何重造下一批？於是她制定婚姻制度讓男女婚配，教導他們擔負生養育子的責任。自此人們一天比一天增加，後人更把女媧當作神媒，視為婚姻之神。一般祭祀這位主宰婚姻的女神，典禮很隆重，如《禮記・月令》說：「仲春之月，以太宰[17]祀於高禖。」高禖即神媒，用太宰就是以豬、牛、羊三牲齊備來供奉她，春二月便是祭祀季節，中國青年男女皆會到神廟附近舉行盛會，這也是男女互相認識、遊宴作樂的節日，成雙成對者稱為「天作之合」，意思是女媧促合他們的姻緣。

　　女媧創造了和平世界後，本以為世界已安然無事，未料洪水大發，威脅到心愛人類的生命，因此她開始進行復原世界的工作。相關的記載如《淮南子・覽冥訓》說：

　　往古之時，四極廢，九州裂；天不兼覆，地不周載；火鑑炎而不

小辭典

17　太宰：政府官廟祭典時，所用的最高牲禮祭品。牲禮用全牛、羊、豬及籩、豆、爵，須用樂。

滅，水浩洋而不息，猛獸食顓民，鷙鳥奪老弱。於是女媧煉五色石以補蒼天，斷鼇足以立四極，殺黑龍以濟冀州，積蘆灰以止淫水。蒼天補，四極正；淫水固，冀州平；狡蟲死，顓民生……考其功烈，上際九天……女媧乘雷車，服應龍……登九天，昭帝余靈門，宓穆休於太祖之下。然不彰其功，不揚其聲，隱真人之道，以從天地之固然。

《中國民間故事集成》收錄四川巴縣《女媧補天》說：

盤古開天時，搞得太慌忙，天沒有弄好，到處都是大眼小洞，懸吊吊地，駭人得很，玉皇就派女媧娘娘去煉石補天。

《中國神話故事論集》收錄四川中江縣《女媧聖母補天地》說：

女媧用石頭堵好天以後，又著平整頓大地。由於盤古創世時，把地造得太糟了，水流不出去，女媧把東南邊的石頭和泥巴墊到西北邊，這樣不僅抹好了裂縫，又可以讓水向東流入大海。

《中原神話專題資料》引河南西華縣思都崗區《女媧補天》說：

天地開闢時，天下淨是洪水，草長了多麼深，禽獸繁殖，蟲子咕咕叫。那時天還沒長成，後來水退了要安民，女媧這才去補天。

《中國民間故事集成》收錄甘肅天水的《女媧補天》說：

自從天地的第一位女神創造人類後，世上到處充滿了歡樂和幸福。女媧帶領著她的孩子們生活得自由自在。一天，突然下起暴雨，

天空出現了一個大洞，地上也裂了一個口。女媧看到災難降臨到自己
孩子身上，十分心痛。她跑遍了整個大地，找到了五個不同的石頭，
用石頭補洞時，石頭不夠，女媧將自己的整個身體補了上去，總算把
天補好了。

以上女媧治水的神話可歸納出幾個結論：

(1)除了四川巴縣的《女媧補天》外，其他四則神話都表明女媧所處理的大
　水，乃遠古產生之洪水，成因可能是大地剛形成，地表尚不穩定所致。她
　一方面治水；另一方面使大地恢復秩序，讓猛獸無法傷人，讓創造出來的
　人能再度恢復平靜的生活。

(2)五則神話內容都提到女神煉五色石以補天，藉此防止洪水。但為阻止地面
　洪水亂流，為何需要煉石補天？這個解釋應以《女媧聖母補天地》的說法
　較接近事實，人們以為大水自天邊至，女媧用大石止水於天際，被初民看
　作是補填天空。完成此舉後，她挪動堵住洪水渲洩的石堆，使水可朝東流
　進大海。

(3)《淮南子》說女媧完成補天後，隱至九重天，不張顯己功，明顯是出自黃
　老歸隱的思想。另外，四川巴縣《女媧補天》一則又說玉皇大帝派她去救
　助百姓，這則是雜入道教的成分。這些反映了部分的神話內容，乃藉由宗
　教始能繼續傳衍至後世，更為今人所熟知。

(4)世界各民族都有「大母神」（Great Mother）產生，祂與母系社會相關，
　來自人們渴望有如母親般之女神保護，這種神明大都具有防護、滋養、生
　育、豐饒的特徵。由相關記載可以看到女媧正是中國人的「大母神」，祂
　防護、滋養、生育中華民族，養護大地，滿足先民的生存需求。

　　最後，欲說明女媧時代所治理的洪水，並非由共工觸倒天地支柱不周
山而造成。如《論衡・談天篇》說：「共工與顓頊爭為天子，不勝，怒觸不
周之山……女媧銷煉五色石以補蒼天，斷鼇足以立四極。」《補史記・三皇

本紀》說：「諸侯有共工氏任智刑以強，霸而不王，以水乘木，乃與祝融戰，不勝而怒，乃頭觸不周山崩……女媧乃煉五色石以補天……。」祝融是炎帝的玄孫，幫助他治理南方之地。而顓頊爲黃帝的曾孫，由海神兼風神禺強協助，管理北方大國。他們都在女媧之後，何來與共工惡神爭鬥而撞倒不周山，再由女媧煉石修補。這充分說明神話演變具有互相粘合之處，女神補天和共工觸山的神話被揉合在一起，完成具有前因後果的故事。

5.精魂不滅的神話

　　遠古初民面對洪荒宇宙的種種現象，不明其原理，往往賦予奇詭的說明，但人類要能生存，必須克服這些自然現象，使生命免於洪水、雷電、寒冰、猛獸等侵襲。此外，也要從自然界獲得足夠的食物，身體方有能量繼續活動。因此，征服大自然不僅爲初民的希望，也是生活中必須面對的挑戰，最具代表性的中國神話有「精衛塡海」和「夸父逐日」兩則。

⑴精衛塡海

　　「精衛塡海」的神話是敘述炎帝神農氏之女女娃死後，變成精衛鳥的故事。中國古籍中，相關的記載如《山海經》說：

　　　發鳩之山，其上多柘木。有鳥焉，其狀如烏，文首、白喙、赤
　　足，名曰：「精衛」，其鳴詨。是炎帝之少女，女曰：「女娃」。女

娃遊於東海，溺而不返，故爲精衛。常衛西山之木石，以埋於東海。

《述異記》也載有：

> 昔炎帝女溺死東海中，以爲精衛。偶海燕而生子，生雌狀如精衛，生雄如海燕。今東海精衛誓水處，曾溺此川，誓不飲其水。一名誓鳥；一名冤禽，又命志鳥，俗呼女雀。

此神話展現出不同的意義。首先，這個神話代表古人想認識和控制大海的渴望。河川和大海有著豐富的魚獲，然而它潛藏著危險，河水會氾濫，大海波濤則可吞滅漁夫及船隻，在生產力低下及交通不便之時，人們無法控制及馴服它，生命財產往往被剝奪，於是產生塡平大海的誓願。其次，《山海經》提到的發鳩山，在山西省長子縣西，爲漳河發源地，當時水利設施不發達，人民飽受漳水水患肆虐，苦不堪言，隨著生活地區擴展，接觸東海，即把漳水替換爲東海。故事隨著時空演變，加入新的成分，最後神話記載又鋪陳出精衛與海燕結合而生子的情節。海燕爲鳥類中勇者，常與狂風暴雨和驚濤駭浪爭鬥，故他們結成一對，又生下後代，女像精衛，男如海燕，象徵精衛世代將與大海鬥爭下去，暗示遠古人類想永遠和大自然搏鬥的意志。

⑵夸父逐日 [18]

神話描寫巨人夸父追日，最終因體力不支而死，是一則強而有力的故事。相關的內容如《山海經・海外北經》說：

小辭典

18 夸父與博父國：據《山海經・海外北經》的記載，夸父就是夸父國（博父國）中的巨人。這個國家全是力大無比的大巨人，形貌特徵爲耳朵掛蛇，手握兩條蛇，力無窮盡。只有這種勇者才可和太陽相追逐。

　　夸父與日逐走，入日。渴，欲得飲，飲于河、渭；河渭不足，北飲大澤。未至，道渴而死，棄其杖，化爲鄧林。

《山海經・大荒北經》說：

　　大荒之中，有山名曰成都載天。有人珥兩黃蛇，把兩黃蛇，名曰夸父。后土生信，信生夸父。夸父不量力，欲追日景，逮之于禺谷，將飲河而不足也，將走大澤，未至，死於此。

《列子・湯問》說：

　　夸父……棄其杖，屍膏肉所浸，生鄧林。鄧林彌廣數千里焉。

　　此神話有不同的意義。首先，太陽運行在空中，帶給人們溫暖及光明，萬物全靠他生長。黑夜陰冷無光，不由讓人感覺有不好的災難將降臨，故遠古人民如夸父，欲追求光明，遂想逐日，享受永遠的光亮。其次，夸父逐日的神話亦能看成初民欲認識和征服太陽的願望。太陽的面貌多變，日落、日出，偶有全蝕，時成偏蝕，人們覺得不可思議，爲解開這個謎團，於是想像有夸父和日相而逐走。夸父耳掛兩黃蛇，手握黃蛇，高大威武，唯有這樣的巨人方能與日賽跑。然而，此目標終究無法達成，結局只有一死。但人類並不笑其癡傻，宣揚他的精魂不死，化成桃林，歌誦欲征服自然的英雄精神。

6.英雄誕生的神話

　　中國神話裡，英雄的出現不可勝數，例如前面所介紹的夸父和精衛，而后羿，則是成功克服自然力的典範。「后羿射日」的故事反映出先民與大自然艱辛的搏鬥精神，以及人類社會由漁獵走向農耕的過程。關於后羿射日的神話記載，如《山海經・海內經》說：

帝俊賜羿彤弓素矰，以扶下國，羿是始去恤下地之百艱。

《史記・夏本紀》說：

羿學射於吉甫，其臂長，故以善射聞。

《淮南子・本經訓》說：

堯之時，十日並出[19]，焦禾稼，殺草木，而民無所食。猰貐、鑿
齒、九嬰、大風、封豨、修蛇，皆爲民害。堯乃使羿誅鑿齒於疇華之
野，殺九嬰於凶水之上，繳大風於青邱之澤，上射十日而下殺猰貐，
斷脩蛇於洞庭，禽封豨於桑林。萬民皆喜，置堯以爲天子。於是天下
廣狹、險易、遠近，始有道里。

羿又稱夷羿及后羿，他以善射而立功的英雄。關於「羿」的意義，據
《說文解字》羽部或弓部的解釋，就是「躲師」，「躲師」即爲射師官。而
《楚辭・天問》說：「帝降夷羿」的「夷羿」，則明言羿屬於東夷族，所以
稱「夷羿」。此外，「后羿」依《說文解字》后部的記載，「后」乃「君」
也。似指東夷族有窮氏的君主。（有此說「羿」與「后羿」爲不同的人物）
他奉帝俊之命，自天庭降至下國或下界，本爲天上的大神，帝俊賜予紅弓，
讓羿能幫忙解決地上人民所遇到的各種艱難。羿爲何善於射箭？推測應來自
天上一位高人「吉甫」的傳授，他指導羿步上卓越射藝之途。當時世界正屬

⑪⑪⑪

19 十日並出：傳說東南海之外，甘泉之間存在一個羲和之國，有一個女子名叫「羲和」，是
　　天帝帝嚳的妻子，生有十個兒子，就是十個太陽，浴於湯谷。生有十個女子，就是十個月
　　亮。堯時，十顆太陽齊出，爲羿射殺，剩下一日。

堯治之時，這時世界有不同的災難：其一，十日並出，民無所食。傳說帝俊的妻子羲和生下十日，每天一日至，一日方出，不料竟失控成天空十日並照的情況，使得草木植物全枯死，民無食物的生活，后羿才射下九日，只留一日執行太陽的工作。其二，當時，天上還有人面馬足之猰貐食人；有鐵齒的鑿齒自海外侵入擾民；名九嬰之九首怪獸噴水害人；叫大風的大鳥颳起大風；封豬和大蛇奪大命；以及人面魚身的河伯出遊殺人。羿皆用善射技藝除去他們，雖獲百姓感念，然由於他下降人間後，是受堯之託除害，因而功勞全歸於堯，促使唐堯順利登上天子之位。

　　「后羿射日」的神話可看到以下幾個意義：

⑴因「十日並出，焦禾稼」可推知當時已普遍從事農耕，所以農作物因旱災枯死，才會讓人民「無所食」。

⑵「射日」乃有其他的意涵，並非真的射下來九個太陽，而是指羿為堯除去與他爭天下的九個以太陽為圖騰的部族。圖騰是用來分別各族之不同，鄰近民族共同使用一個部徽，實屬不合理之舉。或是羿只屬解決旱災英雄的象徵，有禹治水，當然必須有治大火、大旱之英雄產生。或是以「十日並出」乃「日暈」的現象，雲中冰晶折射真的能造成「多日」現象，遠古人民直觀天空，不明白它的道理，認為有多日出現。這個說法似乎也不適當，因為「日暈」並不會曬焦草木。或是意謂著羿平定自家內亂，統合以太陽為圖騰部族之九個分支。

⑶羿除猰貐、殺鑿齒、除九嬰、擒封豨、斷修蛇和射河伯，象徵他打敗以鳥、豬、蛇等動物為圖騰的外族，屬於攘外的部分。依《楚辭‧天問》的敘述認為羿變成人間帝王，此說法實把射日英雄羿和有窮氏國君后羿兩個相異人物混淆在一起，兩者似乎皆為善射之人，因技藝相似，事蹟才被揉合成一個神話。

7.戰爭洗禮下的黃帝神話

　　中國上古時代存在許多聚族而居的氏族，形成不同集團互相爭戰，以擴展自己的生活領域。史前社會的進程大約能分成遊團、部落、酋幫和國家[20]四部分，亦是從小型地域狩獵集團到依法律合法組成的社會。另又可分成農耕部落、中心聚落和早期國家文明形成與確立時期。黃、炎兩帝和蚩尤的爭戰，似乎發生在父權家族確立的中心聚落，或於地方群組成不平等社會之時。其時存在三大人群：黃帝和炎帝屬於華夏族團，分布在黃土高原之黃河流域，主要種粟，兼營漁獵；南方江西、湖南、湖北的長江流域即是苗蠻族團生存地，他們以大米為主食，族團裡最有名者如伏羲和女媧一族；而東方便為善射民族東夷活動地，羿一族則為傑出代表者。雖三族非中國大地僅有的人群，但他們應是社會進化及文化發達先進的族群，這些族群因要擴展自己的生活空間而互相爭鬥。

　　各氏族群間常常因擴展生活空間而發生爭戰，像是同為華夏集團的黃、炎兩氏族就曾經發生阪泉之戰。《左傳・僖公二十五年》說：「遇黃帝戰於阪泉之兆。」《大戴禮・五帝禮》說：「黃帝、少典之子也，曰軒轅。生而神靈，弱而能言，幼而慧齊，長而敦敏，成而聰明。治五氣，設五量，撫萬民，度四方……以與赤帝（炎帝）戰於版泉（阪泉）之野[21]。三戰，然後得行其志。」雖然《大戴禮》說，黃帝是欲「撫萬民」和「度四方」才和炎帝戰於阪泉，然應該是彼此擴張產生嫌隙，方發生戰爭。因為各族有其統治政策，黃帝欲「撫萬民」，把自己的統治方式強加在其他集團身上，此正是屬

小辭典

20 **遊團、部落、酋幫、國家**：遊團指小型具地域性的遊獵組織；部落是由許多地方血緣群體組成的平等社會；酋幫為地方群體組合成的不平等社會，有領袖人物產生；國家是依法律組成，使用武力限制人民的階級社會。

21 **阪泉、涿鹿**：阪泉之戰的地點一般認為在河北涿鹿縣；另也有主張於今河北鉅鹿一帶。涿鹿一說在河北境內；另一說在察哈爾省。

於互相併吞的情況。炎黃兩族戰爭後，逐漸尋找到相處之道，此後炎帝一族和黃帝集團形成聯盟，這可由他們共抗蚩尤來推知。

　　關於黃帝族團和蚩尤的戰爭，歷史稱作「涿鹿之戰」，許多典籍皆有詳細記載。涿鹿之戰有以下幾段神話的紀錄：
如《史記・五帝本紀・正義》引《龍魚河圖》說：

　　黃帝攝政，有蚩尤兄弟八十一人，並獸身人語，銅頭鐵額，食沙石子，造立兵仗刀戟大弩，威振天下，誅殺無遺，不慈仁。萬民欲令黃帝行天子事，黃帝以仁義不能禁止蚩尤，乃仰天而歎。天遣玄女下，授黃帝兵信神符，制伏蚩尤，帝因使之主兵，以制八方。蚩尤沒後，天下復擾亂，黃帝遂畫蚩尤形象以威天下。天下咸謂蚩尤不死，八方萬邦皆為弭伏。

《山海經・大荒北經》說：

　　有係昆之山者，有共工之臺，射者不敢北鄉。有人衣青衣，名曰黃帝女魃。蚩尤作兵伐黃帝，黃帝乃令應龍攻之冀州之野。應龍蓄水，蚩尤請風伯雨師，縱大風雨。黃帝乃下天女曰魃，雨止，遂殺蚩尤。魃不得復上，所居不雨。叔均言之帝，後置之赤水之北，叔均乃為田祖。魃時亡之。所欲逐之者，令曰：「神北行。」先除水道，決通溝瀆。

《太平御覽》引《志林》說：

　　黃帝與蚩尤戰於涿鹿之野，蚩尤作大霧，彌三日。軍人皆惑。黃帝乃令風后法斗機，作指南車以別四方，遂擒蚩尤。

　　相傳炎帝曾經整頓典章制度，派蚩尤征服東夷之地，欲君臨四方，無奈蚩尤竟和炎帝爭奪領導地位，炎帝乃求助於黃帝，雙方遂發生涿鹿之戰。傳說蚩尤的長相十分奇特，他耳如劍戟，頭長角。今以爲青銅器上的饕餮（tāo tiè），就是他的形貌。而其兄弟眾多，各個都擁有「銅頭鐵額」，獸身人語。加上善長製造戈、殳、戟、酋矛、夷矛[22]五種的兵器作戰，因此，在戰場上威振天下，誅殺四方。及至與炎帝一族作戰，更使炎帝潰敗轉向，尋求和黃帝同盟。神話這個部分說明一件事，即是蚩尤族此時已進入金屬時代，所以戰鬥力很強，南征北討，收服不少氏族。像是《管子‧地數》說：「葛盧之山，發而出水，金從之。蚩尤受而制之，以爲劍……矛戟，是歲相兼者諸侯九。」由引文可知，蚩尤淘得金屬礦，用作兵器，故戰能無敵，眾多氏族被他併吞。然而，善戰的蚩尤卻敗在華夏族團結爭戰上。

　　涿鹿之戰以黃帝爲主攻者，據神話記載，蚩尤族居中國南方地區，擅長利用大風雨和大霧天作戰，而黃帝居黃河之濱，則對黃河水性較爲了解，擅長利用黃河水攻及晴天作戰。雙方戰爭時有勝負，黃帝爲求勝利，更發明指南車及指揮士兵作戰的戰鼓，以方便在霧雨中指揮士兵前進。最後，他利用晴朗的乾旱天氣，終於把蚩尤打敗。由黃帝、炎帝、蚩尤間的戰爭可以了解，中原氏族雖會發生大規模的戰爭，但透過戰爭的兼併及同化，各氏族逐漸融入中華民族，終而造就民族間的大匯流。

　　蚩尤族戰敗後，有些被融進黃帝一族中，有些則遷徙到南方丘陵地區居住。依照《山海經‧大荒南經》說：「有宋山者，有赤蛇，名曰『育蛇』。有木生山上，名曰『楓木』。楓木，蚩尤所棄其桎梏，是爲楓木。」另外，苗族史詩《楓木歌》又說：古時候，世界上沒有任何東西，只有一棵巨大的楓樹，從樹心中生下十二顆蛋，進而孵出雷公、水龍及人類始祖姜央等。楓

（小辭典）

22 戈（gē）、殳（shū）、戟（jǐ）、酋矛、夷矛：戈是古時一種兵器，又名：「平頭戟」；殳是古兵器，長一丈二尺，無刃；戟是槍頭有枝狀的利刃兵器；矛是長柄有刃的古兵器。

木會染紅，可見它爲蚩尤的精血及靈魂所幻化而成。「桎梏」只不過爲生命靈物之一種曲解，象徵精血靈魂不滅之理解。苗族把蚩尤與其所化之生命源頭楓木一起當作祖先來崇信，每年七月十五日更有「燒包」祭祖，爲祭祀祖先蚩尤的活動。更有摹仿蚩尤的「角鵰戲」演出。或許這也表示蚩尤族在中原遭黃帝打敗後，部分族人融入華夏民族，不歸順者則逃往南方，演變成苗族，成爲保存蚩尤血脈的後裔。

8.文明曙光中的大禹治水神話

　　大禹因爲治水的關係，開始結合各民族，此時中國正開始由部落步入至國家形態。舜時大禹承襲鯀的遺志治理水患，水患發生的原因是因爲共工觸倒天地支柱──不周山所致。《淮南子‧天文訓》說：「昔者共工與顓頊爭帝，怒而觸不周之山，天柱折，地維絕，天傾西北，故日月晨辰移焉；地不滿東南，故水潦塵埃歸焉。」〈本經訓〉又說：「舜之時，共工振滔洪水，以薄空桑。」其實共工是個居住在黃河支流共水的氏族，當黃河進入平原，擺脫高山束縛後，沒固定地四處亂流，人們有感黃河納入共水後造成的災患，故影射共水帶來的水患。

　　由於中國洪水氾濫，促使鯀、禹相繼投入治水工作。在禹之前，各族爲解決洪水氾濫，已推派鯀來治理洪水，但鯀卻失敗。《山海經‧海內經》記載：「洪水滔天，鯀竊帝之息壤以堙洪水，不待帝命。帝令祝融殺鯀於羽郊。鯀復生禹，帝乃命禹卒布土，以定九州。」傳說鯀因偷天帝的寶物「息壤」來治水，結果被殺，息壤是種能自行增長的土壤，用來堙埋洪水，如同用土壤築牆，圍堵水患。但這樣方式顯然不管用，因而他才會被賜死，「竊帝之息壤」只是一種藉口。同樣，「鯀復生禹」便是暗示禹受大家認同，執行治水的工作，而禹是否爲鯀的兒子，實在難以定論，因爲《世本‧帝系禹》說：「禹母修己，吞神珠如薏苡，胸拆生禹。」禹的母親吞神珠生禹，禹爲西北地區一個古代氏族的首領，屬於華夏集團西羌中的一支系。因受各族認可，接續鯀治水的工作，本人又被看成神靈化身，（因神珠而產生）這

是比較可信和確實的說法。大禹治水促使國家形成，生產力獲得整合，展露出各種文明的曙光。相關神話內容如下：

《孟子・滕文公上》說：

> 當堯之時，天下猶未平，洪水橫流，氾濫於天下。草木暢茂，禽獸繁殖，五穀不登，禽獸偪人。獸蹄鳥跡之道，交於中國。

《太平廣記》卷四六七「李湯」條說：

> 禹理水，三至桐柏山，驚風走雷，石號木鳴，五伯擁川，天老肅兵，不能興。禹怒，召集百靈，搜命夔、龍，桐柏千君長稽首請命。禹因囚鴻蒙氏、章商氏、兜盧氏、梨婁氏，乃獲淮、渦水神名無支祁[23]。喜應對言語，辨江淮之淺深，原隰之遠近；形若猿猴，縮鼻高額，青軀白首，金目雪牙，頸伸百尺，力逾九象；搏擊騰踔疾奔，輕利倏忽，聞視不可久。禹授之章律，不能制；授之鳥木由，不能制；授之庚辰，能制。鴟脾、桓、木魅、水靈、山妖、石怪奔號聚繞，以數千載，庚辰以戰逐去。頸鎖大索，鼻穿金鈴，徙淮陰之龜山之足下，俾淮水永安流注海也。

「大禹治水」的神話反映了歷史發展的情況。其意義有以下幾點：
(1)鯀用築牆擋水方式治水，禹則改用疏通的方式處理洪水。《國語・周語》

小辭典

23　無支祁：淮水水神名無支祁，善應對言語，可辨江淮之淺深，但形若猿猴，縮鼻高額，青軀白首，金日雪牙，頸伸百尺，力踰九象。身體輕盈，行動快速。大禹為平淮水水患，不讓無支祁掀起水災，就擒無支祁，頸鎖大索，鼻穿金鈴，徙囚在淮陰之龜山之足下，讓淮水永遠安流入海。

中就記載著：「伯禹念前之非度，厘改制量，疏川導滯。」這是說禹順著地形起伏，把高的地方築得更高，低的地方挖得更低，以讓河川順流，並將阻礙水流高山疏通。因此，他採取「導川夷岳」、「鑿龍關之山」、「理水，三至桐柏山」、「通轘轅山」等通山引水的工作。由於大禹導水闢出耕地，人民始能耕種，五穀獲得「豐登」，由於其增益鑿石技術，人們始可用來挖井、遷居，離開湖河之地，無形中擴張出許多生存的空間，帶給人民富足的生活。

⑵大規模的治水工程，促進發展調和統一的社會及政治組織。氏族聯盟似乎已不能滿足行政上的需要，所以大禹曾多次召集部落首領會議「會群神」（名之為面會群神，實際上是會見各氏族的首領），更殺死阻礙水利工程的防風氏族、無支祁等，且囚禁未能配合之鴻蒙氏、章商氏等族，可見禹已掌握各部族首長的生殺大權，建立凌駕各部族之至高無上的權威。治水工程完畢後，大禹顯然未放棄他的權利，成功順勢地建立中國歷史上第一個國家政權，鑄鼎代表自己在宗教和政治上的權威。像是《左傳‧宣公三年》中就記載：「昔夏之方有德也，遠方圖物，貢金九枚，鑄鼎象物，百物而為之備，使民知神姦。」禹把各地敬貢及收繳來的金鑛，鑄成九個大鼎。在鼎上刻了萬國鬼怪、精靈的形象，藉之來確定宗教的權威，作為國家的象徵。因而中國有句成語叫做：「一言九鼎」，即言明自己說的話有代表國家般權威。

⑶為使工作順利進行，大禹有他密切合作的氏族。例如開鑿龍門時，即有豕、犬、蛇身人面等特徵的氏族相助，方能完成。最後，則與塗山氏聯姻，推知他為了做好治水工作，氏族間交往、接觸頻繁，透過聯姻歸化，中華民族的雛型就逐漸完成。

⑷治水的巨大工程除了金屬工具被廣泛運用外，大禹還發明了測量、舟船、繪製地圖等工具，藉此使工程能更順暢地進行。這些因治水而發明的副產品，對於古代中國人提升生產力，增益文明發展的內涵有極大的助益。

　　總之，藉著治水工程的進行，各氏族都把注意力集中在這個治水工程上，促使他們步調一致，產生橫越各氏族之上的政治組織—國家。另外，各族融合、農業生產、生活空間的擴展、金屬工具利用、測量方式的改進等，同時都獲得長足的進步，我們可以說中國自夏禹之後，國家形成，各朝代相傳至今。於禹之時，還測量當時所轄的領土，如《淮南子‧地形篇》即說：「禹乃使太章步，自東極至於西極，二億三萬三千五百里七十步；使豎亥步，自北極至于南極，二億三萬三千五百里七十五步。」測得國家面積，同時又訂定各地山川地理名稱，分天下為冀州（山西南部、河南東北、河北西南交會處）、徐州（江蘇）等地名。中國至此離開了初民社會，走進下一個文明階段。

9.徘徊在愛與死間的神話

　　「愛情」一直是人類歌頌的話題，亦是神話中尋常見到的內容。欲彰顯愛情的珍貴，必要有襯托的時空背景，於是它常和「生離死別」的情境結合。就像希臘神話中，愛神曾經與死神爭奪美少年阿多尼斯（Adonis），就是一個美麗的寓言。據說阿多尼斯是從一棵樹誕生，愛神阿芙羅狄特（Aphrodite）對其非常寵愛，在他還是嬰兒時，愛神將其裝在盒子中，送給冥界王后珀耳塞福涅（Persephone）撫養。孰知阿多尼斯長大，生得非常英俊，冥后對他情意綿綿，因而愛上這位美少年。愛神知道這件事，親自至陰間找尋她的愛人阿多尼斯。當愛神不在人間，一切生物都沒有愛。愛神與死神間的愛情爭奪戰，驚動宇宙主神宙斯，於是他出面調停，讓阿多尼斯四個月跟冥后在一起，四個月與愛神相處，其他四個月則自由安排，但他居然還是選擇和愛神朝夕相伴，這神話象徵「愛情」戰勝了「死、別」。而中國侗族的敘述詩〈金漢〉中，亦有相同的情節發生。故事內容為侗族人金漢死了以後，其妻不畏困難，至冥界找尋丈夫。路途中她遇到熊、虎、豹等怪物，全要搶奪她為老婆。雖有山崩、水堵及怪物攔阻去路，因受神靈暗祐，終至冥界挽回丈夫，重返陽間再續前緣。這又再度說明神話裡，「愛情」的力量

往往能戰勝死亡，由此更突顯出它的偉大。

　　在中國神話故事中，「愛情」一直被傳揚著。像是織女和牛郎間的愛情故事，就為中國百姓千年傳唱。《佩文韻府‧尤韻》引《荊楚歲時記》說：「天河之東有織女，天帝之子也。年年機杼勞役，織成雲錦天衣。天帝憐其獨處，許嫁河西牽牛郎。嫁後，遂廢織絍。天帝怒責，令歸河東……」織女和牛郎間的愛情雖遇到困難而被拆散，分隔遙遠兩地，然而因為「愛情」的堅貞，終於獲得一年一次見面的機會。《昭明文選》曹植〈洛神賦〉即說：「牽牛為夫，織女為婦。織女、牽牛之星各處河鼓之旁，七月七日，乃得一會。」原本註定分開的兩人，終究還是得到見面機會，七月七日則成為中國的情人節，織女、牛郎的神話故事與中國人千古相隨，受到人們不斷歌詠和傳誦。

　　六朝時期的愛情神話〈韓憑夫婦〉，亦為自古以來人不斷傳揚的故事，其中，保存著中國愛情觀的一些內涵。〈韓憑夫婦〉的故事收錄在干寶《搜神記》裡，是六朝的筆記小說，六朝指的是三國至隋朝統一之間三百餘年的歷史時期。《搜神記》之〈韓憑夫婦〉：

　　　宋康王[24]舍人韓憑娶妻何氏，美，康王奪之。憑怨，王囚之，淪為城旦。妻密遺憑書，繆其辭曰：「其雨淫淫，河大水深，日出當心。」既而王得其書，以示左右，左右莫解其意。臣蘇賀對曰：「『其雨淫淫』，言愁且思也。『河大水深』，不得往來也。『日出當心』，心有死志也。」俄而憑乃自殺。其妻乃陰腐其衣。王與之登臺，妻遂自投臺，左右攬之，衣不中手而死。遺書於帶曰：「王利其生，妾利其死，願以屍骨賜憑合葬。」王怒，弗聽，使里人埋之，冢相望也。王曰：「爾夫婦相愛不已，若能使冢合，則弗阻也。」宿昔

小辭典

24 宋康王：戰國時，宋國著名的暴君，史稱「桀宋」。世傳聞：他像夏桀一樣凶殘霸道。

之間，便有大梓木生於二冢之端；旬日而大盈抱，屈體相就，根交於下，枝錯於上。又有鴛鴦，雌雄各一，恆棲樹上，晨夕不去，交頸悲鳴，音聲感人。宋人哀之，遂號其木曰：「相思樹」。「相思」之名，起於此也。南人謂：此禽即韓憑夫婦之精魂。今睢陽有韓憑城，其歌謠至今猶存。

　　這則神話內容一方面表揚韓憑夫婦的堅貞，以及不畏強權的愛情；另一方面則譴責宋康王的殘暴行爲，竟然橫刀奪愛。當中的情節曲折感人，同樣地，也以「死、別」襯托「愛情」之珍貴，韓憑妻何氏被宋康王強納爲妾，便傳書給韓憑以死明志，孰料韓憑見信先自殺，其妻也跳樓而死。兩人死後，則以另一種生命形式，持續他們的愛情故事。最後用大梓木屈體相抱，鴛鴦交頸相愛，象徵韓憑夫婦雖雙而死，但因彼此相愛，生命精魂轉化成另一種方式存在著，最終還是成就了他們的愛情神話。神話後段所寫的相思樹和鴛鴦，此後變爲描述愛情的名詞。中國人把男女彼此間的愛念情思名爲：「相思」，以「鴛鴦」形容互相深愛對方的情侶。隨著神話至今猶存，「相思」、「鴛鴦」便內化進中國人的愛情觀裡，成爲男女神聖情意的象徵。

中國神話的特色

　　中國神話與西方希臘神話做比較，因時空差異，而有其獨特特點，中國神話主要有以下三個特點：

1.反映祖先崇拜[25]

　　中國神話與祖先崇拜有著密切的關係。古代希臘神話主要是自然崇拜

⦿小⦿辭⦿典

25　祖先：中國人對先世的通稱。漢人家中都會在正廳裡祭祀家神和祖先牌位。祖先牌位供奉於正廳神明的右側，並置香爐，供插香祭拜用。

下的產物，當時人們不能認識自然的本質，把各種自然現象看成有意志及生命，人格化之後，便成為希臘神話裡的神祇，例如阿波羅（Apollo）為太陽神，宙斯擁有雷電的能力。在中國神話裡，雖有些自然力變成的神怪，如燭龍來自北極光的幻化，但更大部分，來自英雄特徵的祖先轉化而成。中國古代氏族有他們著名的首領及英雄人物，隨著宗教觀念的發展，祖先們漸漸被視為神，而且具有神通，如同他們在地上有自己的空間一樣，天上也各自有其管轄範圍，像是古代至上神五方帝，便視中央天帝為黃帝、東方天帝太皞、南方天帝炎帝、西方天帝少昊和北方天帝顓頊，他們皆為盛德感天的楷模，屬於人王和天帝。

　　這些英雄人物之間，還具有血緣關係。黃帝與炎帝便為兄弟關係。《山海經・海內經》說：「黃帝娶雷祖，生昌意……生帝顓頊。」當中黃帝與顓頊亦有親戚關係。不只帝王與神明間存在親屬關係，甚至連後代中國人也把他們看作民族祖先，自稱是「炎黃子孫」及伏羲、炎帝後裔之「龍的傳人」。這些或許來自中國古代農業社會氏族血親制度的轉化，各宗族讓自己祖先信仰上接神靈崇拜，而形成這樣的特點。

2.具有極強的地域性

　　中國地域很廣，再加上族群林立，因此，神話反映各地民情，具有濃厚地方色彩。像是《山海經》就分西山、北山、東山、南山、中山、海內外和大荒等地區，逐一介紹中國的神話及風土民情。例如，《山海經・西山經》即說：「錢來之山，其上多松，其下多洗石。有獸焉，其狀如羊而馬尾，名曰羬羊，其脂可以已臘。」又說：「松果之山，濩水出焉，北流注於渭，其中多銅。有鳥焉，

其名曰鵪鶹，其狀如山雞，黑身赤足，可以已曓。」羬羊的脂及鵪鶹可以療癒皮膚病，各地皆有所屬的神怪。另外，中國各地還有信仰不同圖騰的氏族，譬如華夏族團多以蛇、龍、熊為圖騰，而東夷大部分皆用鳥類為族徽等，民情各異，族徽皆不同，代表圖騰的神祇也各異。

3.內容具原始性和質樸性

中國神話產生較早，但發展又很緩慢，內容十分原始質樸。中國神話中的人物大部分皆為獸形和半獸形，例如，補天治水的女媧就是半蛇半人的形貌，伏羲是龍身人首，顓頊則是人面豕喙麟身，呈現千奇百怪的樣貌，這代表神話內容大部分還屬於原始初民的想像之物。此外，由於部分先民居住在黃土高原，自然恩賜不豐，主要以農耕為業，生活甚苦，所以重實際，輕玄想，沒興趣把往古神話集合鎔鑄成鴻文著作。加上孔子思想，講求齊家、治國之實用哲學，對神怪之說並不關心，中國歷代皆以儒家思想治國，使神話學未能發揚光大。也因中國人重實際輕玄想，而神話並未進行大規模整理，因此，中國神話的內容及形式又多一份原始及質樸感，也更為符合作者原意。

其實，中國神話常是華人固有思想的淵源，更是了解中華民族獨特性的立基點，因此這些神話應該持續被整理和研究。

中國神話的傳播與現今社會的關係

對於神話的考察，不應只著重在神話的內容、相應的背景與意義，應該進一步探究其和現代社會的關係，才能明瞭它是如何傳播。一千多年前先民所熟悉的神話，部分至今還在今日社會各領域中扮演重要的角色。以下便舉幾個例子，說明古代神話對於現今社會的意義：

1.國家政府統治的基礎

黃帝傳說是一種「政治血緣」的源頭。自周朝開始，周人以為黃帝「以

姬爲水，故姓姬。」也就是說，周人爲黃帝的嫡系，而黃帝其他子孫則化爲各種姓氏，統治邊族。依據以嫡爲貴的原則，周人既爲黃帝嫡系後裔，便有統治天下的合法權威。從此黃帝染上嚴重的政治色彩，各代政權爲宣示自己的正統，通常會推黃帝爲祖先，並且繼承他行德政，希成聖王（paradigmatic emperorship）。各代帝王與黃帝間即存在一種象徵性：「政治血緣」關係。

兩漢以降黃帝的政治色彩渲染得更加明顯。在繼承政統的要求下，歷代皆致祭黃帝像。像是王莽篡漢後（他篡漢哀帝帝位，建立新朝，9-23年），便建立「黃帝太初祖廟」，立廟奉祀。唐代更於黃帝陵廟四時享祭，列入國家祀典。宋元時期也常有建廟祭陵的活動，至明清兩代，祭禮更是特別隆重，朝廷派有專使致祭。黃帝凡改朝之際，也必須告祭黃帝。這種情況亦表現在十九世紀末、二十世紀初，國民黨的革命行動中，1908年同盟會便在東京遙祭黃陵，用意在於宣示將力排艱險，以恢復民族疆域，保存自我的族類，號召民眾參與反清的行動。因此，黃帝傳說就是種「集體記憶」（collective memory）[26]，從「以姬爲水，故姓姬」的周人傳說，逐漸讓黃帝成爲民族「先祖」和「聖王」，要取得統治的合法地位，就必須承繼這個「政治血緣」，因此黃帝及其傳說在國家政府的提倡下，始終扮演重要角色。

2.民間信仰裡的神明

神話中的英雄人物有時也會變成現今民間信仰裡的主神，與信眾生活發生密切關係。古代神話裡的大禹，現今常被視爲水神而受崇祀。中國閩粵地區居民通常從事漁鹽、船舶之業，爲了生存必須與海洋搏鬥，因而發展出海神信仰，水仙尊王或稱水仙王，即是海上的守護之神。傳聞當地漁民和水手

(小)(辭)(典)

26 **集體記憶**：集體記憶是超過一個人以上所共有的感情、音樂和事件等之記憶與回憶。它可能為一家人對家族的回想記憶；或是具社會性，經傳播媒體等媒介，宣傳強調的事件，提醒人們記起某事，忘記某事。

只要在海中遇到風雨，或是船隻不得近岸，就會舉行「伐水仙」的儀式。根據郁永河《裨海紀遊》的記載：「伐水仙者，眾口齊作鉦鼓聲，人各挾一匕箸，虛作棹船勢，如午日競渡狀；凡洋中危急，不得近岸，則為之。」從引文所言述，可見水仙尊王的崇拜已經深入漁人生活之中，甚至形成能和仙王溝通的「伐水仙」交感儀式。在中國沿海地區以大禹為主的水仙尊王信仰，實深具海洋性色彩。

　　水仙尊王是個泛稱，主要以大禹為主祀，合祀伍員[27]等神明。海上守護神有天上聖母媽祖[28]、海龍王和玄天上帝[29]等，至於水仙尊王還是有其所指的特定對象。郁永河《海上紀略》說：「水仙王者，洋中之神，莫詳姓氏。或曰：『帝禹、伍相、三閭大夫，又逸其二。』」帝禹平成水土，功在萬世……每遇颶風忽至，駭浪如山，舵折檣傾，繩斷底裂，技力不得施，智巧無所用；斯時惟有叩天求神，崩角稽首，以祈默宥而已，爰有水仙拯救之異。」由於船隻製造技術水平低，渡海商旅常視為畏途，除了流傳的祈神儀式外，亦有「水仙宮」的廟宇建立。其實，水仙廟宇乃來自對大禹的祭祀之轉化，臺灣地區為海島地形，移民大都藉海運登陸，開發的順序先從港口開始，沿著河岸深入內地。因此，臺灣祀水仙尊王的廟宇十分興盛，像是臺灣本島先開發地的臺南，於清康熙五十四年（1715年），就建有主祀大禹之水仙宮。

（小）（辭）（典）

27　**伍員**：字子胥，楚國人。因父兄被楚平王所殺，進而投奔吳國，輔佐吳國討伐楚國，挖掘平王墓，並鞭屍，報父兄的仇恨。後吳王夫差聽讒言，遂被夫差賜死。

28　**媽祖**：媽祖為五代末、北宋初福建莆田人。出生時不哭不鬧，故取名默，小名默娘，遂稱林默娘。生前結合宗教的力量（傳聞是摩尼教處子）造福鄉里。死後莆田人愛之如母，為立祠祭祀。至清代康熙年間，被封為天后，令沿海建祠致祭。

29　**玄天上帝**：玄天上帝為北極星化身，又稱作上帝公。北極星是天文及航海分辨方位指標，位置不會因季節轉變而改變，航海人把祂看成水神，形體是龜、蛇合體（或兩腳踏龜、蛇）。遲至漢代，玄武即是人們心中的水神及北方天神。

隨著時代發展，許多乘海貿易的商業組織和郊商[30]，更以宮址為據點，把交易、行政事務與神威相結合，成為聚集成一地的信仰中心。

3.新興教派的崇拜對象

　　黃帝為中華民族的共同祖先，一些宗教教派即以祂為教主，陸續成立。以黃帝為主祀神的教派，較著名者即是軒轅教。民國初年，西方文化入侵中國，部分文人因已受到中國傳統文化的薰陶，極力想在中西文化衝突裡挽救國故，例如，康有為便創立「孔教總會」[31]，希冀抵抗西方文化的影響，振興中國往昔的風采。承此遺緒，隨著政府遷臺的王寒生擔心西方文化與勢力侵入臺灣，中華文化就將亡失，於是創立軒轅教。其創教動機仍屬以孔教為國教的思想復興，只是崇拜對象從孔子變成中華民族共祖——黃帝。教義內容主張儒、道、墨三家合一，信徒可用靜坐、習武術、來復日（星期天）禮拜和溝通、飲用聖水治病等方式來修行。民國六十二年（1973年），湖南長沙馬王堆出土的《黃帝四經》，則成為教眾研讀的經典。這個教派有許多神宮座落各地，位在臺北市歸綏街之大同黃帝神宮，便建於1969年。每年農曆之三月初三及九月初九都有祭典舉行，為軒轅教奉祀黃帝著名的廟宇。

4.街坊討論的傳聞

　　神話傳說和信仰流布互為因果關係，許多古代的神話人物依然流傳於

⟨小⟩⟨辭⟩⟨典⟩

30　**郊商**：「郊」即指同業公會，為中國古時所說的「行會」、「會館」。參加「郊」的商人，便是郊商。昔日大型行會常可主導地方經濟、貿易，或幫地方官員處理地區行政事務。

31　**孔教總會**：孔教總會為中國近代傳揚儒家思想最著名的宗教組織團體。創立者是康有為，他設想將儒家思想，加諸在類似西方教會的制度及儀式之中，改造成一種名為「孔教總會」的宗教。希冀藉此抵擋西方文化的入侵，重振中國文化的往日風采，並有效解決東西文化衝擊下，所引發的道德淪落等問題。經康有為積極推動，全國竟建立一百多個分會，因此勢力頗為盛大。

今日，這些口頭神話流傳，更加促使神話人物被眾人熟知。甘肅天水的女媧信仰傳說，即可看到這樣的情形。如果在考察女媧信仰習俗時，研究對象只集中於古代文獻及考古資料，將無法發現至今依然流傳的女媧口承神話和傳說。甘肅天水地區俗稱「羲皇故里」、「羲里媧鄉」，言下之意，就是這個地方為古代伏羲與女媧生存地。自古以來，即是女媧信仰的中心，存在著許多女媧顯靈的傳說。例如，〈甘肅天水地區的女媧信仰〉一文便記載一些女媧靈驗傳說：「有一年，老百姓捐錢要修女媧廟。當時（廟）被農機站占著。農機站不走（遷），站長說：『我就不走，女媧要是感應的話，即我就完（死）了。』這麼一說，有一天他晚上回家走，第二天就沒了。從那以後，誰也不敢攔了。」由這些紀錄可推知，雖然女媧生於遠古初民時代，但現今仍然以不同形式存在，靈驗傳聞就是祂存在的另一種方式。女媧信仰和神話會依照當代社會產生變異，成為各地街坊宣揚的傳說。

5.地區開發的促進者

　　盤古信仰在地區開發過程裡，同樣扮演著結合人心的重要角色。一個地區的主要信仰及廟宇，可能是開發完成後，為滿足眾多遷入者的信仰需求而建立，也可能於開發初期就已存在，在開墾過程中，成為凝聚人心的憑藉。位於新店「開天宮」的盤古信仰就是如此，新店路和新店後街交會處有一座名為「開天宮」的盤古廟。此廟供奉「盤古帝王」，其創立的原因，乃因早期臺北地區郭錫瑠要開圳灌溉平原時，因為水圳經過原住民泰雅族居住地，原住民不喜他們侵入屬地，群出擾亂工匠修築水道，工匠遭到阻礙。所以郭錫瑠接受建議，興建一小祠，奉祀能開天闢地的盤古，祈求盤古可庇佑工作人員平安和工程順利進行，藉此安定人心。雖現今開天宮已改祀地藏王菩薩，然「盤古帝王石牌」、「盤古帝王本尊」依舊供奉於大殿裡，享受宮中香火。

　　總而言之，因為不同神話文本留存，使得各時代的人們可以藉此進行整理及利用，因此在現今社會仍占有重要地位，值得眾人繼續仔細地研究探

討。

　　神話的傳播媒介，即是與它產生關係之不同社會領域的人與事。不同時代背景的神話，結集了當時人們的意識和思想，故可從中了解當時的歷史、哲學、倫理，乃至科學萌發的情況。例如，「盤古開天」象徵原始社會人民的宇宙觀；「女媧造人」透露出母系社會的存在；「黃蚩戰爭」揭示中國經歷過金屬運用的時代等。除了從神話內容追尋往日時代的發展情境外，也能透過這些神話部分內容，看看它們如何為現今社會所利用。像是盤古、女媧、大禹、黃帝都成為今日民間信仰的神明，或是新興教派軒轅教的教主，或是地區開發凝聚民心的媒介，或是傳說戲曲創作的資料等。總之，神話文本會隨著時間轉變，不斷被更改、被利用，與現今社會發生無限可能的關係。因此，欲了解現今華人社會的情況，中國傳統神話是不可忽略的重要資料。

延伸閱讀

1. 王孝廉〈神話的定義問題〉，《民俗曲藝》，第27期，1983年。

2. 宋光宇〈軒轅華胄是天驕〉，《歷史月刊》，第134期，1999年。

3. 孟繁仁〈女媧神話、女媧陵、女媧廟〉，《尋根》，第7期，1995年。

4. 芮逸夫〈苗族的洪水故事與伏羲女媧的傳說〉，《中國民族及其文化論稿》，臺北：藝文印書館，1972年。

5. 茅盾《中國神話研究ABC》，上海：上海書店，1992年。

6. 徐志平《中國古代神話選注》，臺北：里仁出版社，2006年。

7. 袁珂《中國神話史》，上海：文藝出版社，1988年。

8. 馬昌儀編《中國神話學文論選萃》，北京：中國廣播電視出版社，1992年。

9. 馬書田《華夏諸神》，北京：燕山出版社，1990年。

10. 張光直〈中國創世神話之分析與古史研究〉，《民族學研究所集刊》，第8

期，1959年。

11.梁啟超《飲冰室專集》，第12冊，第43卷，上海：中華書店，1936年。

12.陳惠齡〈南臺灣水仙宮探究〉，《成大宗教與文化學報》，第3期，2004年。

13.曾永義《俗文學概論》，臺北：三民圖書事業股份有限公司，2003年。

14.黃芝崗《中國的水神》，上海：上海文藝出版社，1988年。

15.黃晨淳《中國神話故事》，臺中：好讀出版社，2004年。

16.新文〈中皇山的女媧民俗〉，《民間文學論壇》，第64期，1994年。

17.楊利慧〈甘肅天水地區的女媧信仰〉，《民俗曲藝》，第111期，1998年。

18.聞一多《神話與詩》，臺中：藍燈文化事業股份有限公司，1975年。

19.趙沛霖〈神話、歷史與古史傳說人物〉，《天津師大學報》，第2期，1995年。

20.增田福太郎《臺灣本島人之宗教》，臺北：南天出版社，1996年。

21.蔡相煇《臺灣民間信仰》，臺北：空中大學，2001年。

22.蕭志舜《中國神話故事》，臺北：國家出版社，2006年。

23.譚達先《中國神話研究》，臺北：商務印書館，1988年。

二、思想篇

　　每個高度發展的文化，都有某種精深的哲學思想作支撐。在這一章裡，我們將認識華人文化背後最重要的兩股思想潮流——儒家與道家，藉此來了解華人思想發展的歷史背景及特殊之處。

儒家（Confucianism）

　　華人總是給人積極樂觀、認眞努力、禮貌友善的印象。華人也格外重視倫常[1]和輩分，以及親人的團聚，因此，在華人的社會中總有許多三代同堂的家庭，養老院在華人社會中並不盛行。晚輩必須服從、尊敬長輩，父母兄長也經常要子女晚輩「聽話」、「乖巧」。此外，團體精神也很重要，「犧牲小我、完成大我」無疑是種美德。華人祭拜祖先的習慣，源自於儒家「愼終追遠」的觀念；多數華人不隨意表達個人想法，也與儒家對「謹言愼行」的要求有關。這些華人文化的特徵，莫不受到儒家思想深遠的影響。因此了解儒家思想，是掌握了解華人文化的一大關鍵。

　　儒家思想主要是由孔子、孟子、荀子三人奠基而成的，能掌握他們的思想，便能明瞭儒家的思想大要。因此，以下即一一分別加以介紹。

1.孔子

　　儒家最具代表的人物當屬孔子，孔子超卓的言行教化早已被尊奉爲「至聖先師」，孔廟更是四處可見。或許，與其說他是華人心中的萬世師表，不

⼩辭典

1　倫常（the normal human relationships）：倫常就是人與人之間，無論何時何地，都應該保持的關係。例如，子女應該敬愛父母、哥哥應該友愛弟弟等等。中國有所謂「五倫」，就是五種最重要的倫常關係，分別是「父子倫」、「君臣倫」、「夫婦倫」、「兄弟倫」以及「朋友倫」。

如說他是中華文化的象徵更為恰當。然而，雖然說是中華文化的象徵，儒家思想卻也對中國鄰近的朝鮮、日本、越南等國家有深遠的影響，因此這些地區又被稱為儒家文化圈。

孔子名丘，字仲尼，根據《史記‧孔子世家》記載，孔子於魯襄公二十二年（公元前552年）誕生在魯國昌平鄉（今山東省曲阜）。他雖生長在魯國，但其祖先卻是宋國的遺族，他的父親孔紇（叔梁紇）在他三歲時就過世了，不久他母親也離開人世。年少的孔子父母雙亡、無所依傍，生活想必十分困頓，雖然如此，他自十五歲就立志向學，三十歲前對於禮、樂、射、御、書、數六藝[2]已十分嫻熟，對於古代的典章制度亦有相當的了解，可謂具備了講學與出仕的條件。不過，孔子的仕途並不順遂，在他五十五歲那年，見事無可為，便下定決心離開魯國，開始周遊列國的生涯。在十四年的周遊歲月中，遭遇不少挫折，生活上亦極不安定，但孔子仍堅持其道，不為所動，只希望能遇到一位可以輔弼的明主，以實踐生平抱負。可惜的是，周遊列國卻無所斬獲，最後孔子決定回到魯國。歸國之後，孔子便把他的熱情與理想轉而發揮在教育上，在其生命的最後五年，他的主要工作是整理文獻與教導學生。他修《詩》、《書》，定《禮》、《樂》，作《易傳》，寫《春秋》，至哀公十六年（西元前479年）孔子卒，享年七十三。

回顧孔子的一生，其生平志事除了施展政治理想外，最大的貢獻即在於教育上的推展。他首開私人講學之風，為平民講學，打破過去只有貴族才能受教的限制。他的教育理念為「有教無類」，亦即施教的對象，沒有貴賤貧富的分別，任何人只要有心向學，都可以成為他的學生，因此他的學生中有

小辭典

2　六藝：這裡指的是古代教育學生的六種科目。禮、樂、射、御、書、數。出自《周禮‧保氏》：「養國子以道，乃教之六藝：一曰五禮，二曰六樂，三曰五射，四曰五馭，五曰六書，六曰九數。」禮：禮節（即今德育）、樂：音樂、射：射箭技術、御：駕馭馬車的技術、書：書法、數：演算法（算術與初步的數論知識）。

的是貴族，有的爲貧士。他的教學態度是「誨人不倦」，在教學過程中，孔子重視「因材施教」，就是配合學生的資質才性，選擇適當的教學方式，從而給他們最適切的指導。「有教無類」與「因材施教」這兩大口號，成爲歷來從事教育工作者共同尊奉的信條。爲了紀念孔子在教育上的貢獻，政府明訂將每年的九月二十八日訂爲「教師節」，來紀念這位至聖先師。

關於孔子的學說思想，主要保存在其弟子及後學所記錄整理的《論語》一書中，關於《論語》的性質，簡單來說，是以記言的形式逐條記載孔門師徒的言行。全書共分二十篇、四百九十八章，但每一篇並沒有特定的主題，這二十篇的篇名，都是取該篇第一句中的幾個字，並未經過刻意的命名，例如第一篇〈學而〉，就是用它第一章第一句「子曰：學而時習之，不亦說乎」中的「學而」兩字作爲篇名。《論語》可視爲孔門師徒的言行紀錄，此書內容除了政治、哲理的談論、孔門弟子的言論行事、孔子自述與對時人的批評外，絕大部分都在講述個人人格修養及社會倫理的準則。其中有幾個概念，是我們了解孔子思想不可忽略的議題。

⑴仁

「仁」可謂孔子學說的中心，在《論語》一書，「仁」字就出現約一百零九次，可見「仁」在孔子思想中占有特殊地位。不過，書中對於「仁」的討論十分分散，總括言之，大抵可以從以下幾點來掌握。首先對於「仁」的內容，孔子最簡約定義就是「愛人」，〈顏淵〉說：「樊遲問仁。子曰：『愛人』。」孔子雖然以「愛」來說「仁」，可能是就樊遲可理解的方式來

回答，在孔子心目中的「仁」，還有比「愛人」更寬泛的內容，諸如〈陽貨〉篇，子張問仁於孔子，孔子提出五個德目：

「恭、寬、信、敏、惠。恭則不侮，寬則得眾，信則人任焉，敏則有恭，惠則足以使人。」「仁」還包括「勇」，〈憲問〉說：「仁者必有勇。」此外，「孝」、「悌」更為「仁」之根本，孔子弟子有若說：「孝悌也者，其為仁之本與。」（〈學而〉），可見「仁」統攝各種善的品德。

孔子更把「仁」作為理想的道德境界，修養的最高標準，孔子強調這個理想的境界並非高不可攀，只要經過一定的努力，人人皆可達至。他說：「仁遠乎哉？我欲仁，斯仁至矣。」（〈述而〉）我們究竟該如何為仁呢？以下幾章孔子說得很明白：

顏淵問仁。子曰：「克己復禮為仁。一日克己復禮，天下歸仁焉。為仁由己，而由人乎哉？」顏淵曰：「請問其目。」子曰：「非禮勿視，非禮勿聽，非禮勿言，非禮勿動。」（〈顏淵〉）

仲弓問仁。子曰：「出門如見大賓，使民如承大祭。己所不欲，勿施於人。在邦無怨，在家無怨。」（〈顏淵〉）

司馬牛問仁。子曰：「仁者，其言也訒。」曰：「其言也訒，斯謂之仁已乎？」子曰：「為之難，言之得無訒乎？」（〈顏淵〉）

子貢曰：「如有博施於民，而能濟眾，何如？可謂仁乎？」子曰：「何事於仁，必也聖乎！堯舜其猶病諸！夫仁者，己欲立而立人，己欲達而達人。能近取譬，可謂仁之方也已。」（〈衛靈公〉）

子張問仁於孔子。孔子曰：「能行五者於天下，為仁矣。」「請問之。」曰：「恭、寬、信、敏、惠。恭則不侮，寬則得眾，信則人任焉，敏則有功，惠則足以使人。」（〈陽貨〉）

首先，孔子在回答顏淵之問時，認為仁在「克己復禮」，「克己」是指

克制自己，「復禮」就是合乎禮節，表現在視、聽、言、動四個方面，並強調「為仁由己」。

答仲弓之問時，提到「出門如見大賓，使民如承大祭」，是說出門與人相晤，猶如接見大賓，使用民力猶如承奉大祭。見大賓必須「敬」，承大祭必須「誠」，「誠」與「敬」即可為仁。至於「己所不欲，勿施於人」是說一個人不應當只知有自己，不知有他人，凡事當將心比心，設身處地為別人著想，自己不喜歡的事物，就不該加諸在別人身上。

在答司馬牛之問時，孔子說「其言也訒」，「訒」是謹慎的意思，孔子認為仁者言行必須謹慎，因此，「其言也訒」也是克己的一種表現。

在回答子貢時，孔子說行仁不必好高騖遠，應從自身做起，「己欲立而立人，己欲達而達人」，這是「己所不欲，勿施於人」的積極表示，也就是推己及人。「能近取譬」就是說為仁當從自身開始做起。最後回答子張之問，孔子具體提出「恭、寬、信、敏、惠」五個德目。簡單來說，就是要從

「嚴以律己，寬以待人」著手，對於自己的修養要嚴謹，對待別人則是恭敬寬容，厚待別人，如此才是行仁的方法。綜上所述，「仁」代表孔子學說中道德人格的最高成就，統攝諸種美德。孔子一生所要努力的方向就是希望

能「使天下歸仁」。

(2)禮

孔子以知禮聞名於當時，「禮」在《論語》中也是個重要觀點，孔子對於禮的闡釋主要可以歸納爲以下幾個方面：

①「禮」是人類行爲的規範，爲人立身處事的原則

　　子曰：「不知禮，無以立也。」（〈堯曰〉）
　　子曰：「恭而無禮則勞，愼而無禮則葸，勇而無禮則亂，直而無禮則絞。」（〈泰伯〉）

「不知禮」則無法立身處事，孔子自述其「三十而立」，正是「立於禮」。「恭、愼、勇、直」都需要藉禮的規範與節制才能成爲美德。否則恭敬卻欠缺禮儀，就變成徒勞；審愼卻欠缺禮儀，就變成膽怯；勇敢卻欠缺禮儀，就變成叛亂；正直卻欠缺禮儀，就變成急躁。

②「禮」是道德修養所需，更是治國的法寶

　　不能以禮讓爲國乎？何有！不能以禮讓爲國乎？如禮何？（〈里仁〉）上好禮，則民易使也。（〈憲問〉）
　　道之以德，齊之以禮，有恥且格。（〈爲政〉）

從治國的角度來看，爲政者自身行事須合於禮，在施政上若能以禮爲先導，人民不僅有羞恥心，更易於接受規勸與教化，因此禮當比刑罰更具優先性。

③「禮」的根本不是浪費鋪張，而是眞情流露

　　林放問禮之本。子曰：「大哉問！禮，與其奢也，寧儉；喪，與

其易也，寧戚。」（〈八佾〉）

　　子曰：「奢則不孫，儉則固；與其不孫也，寧固。」（〈述而〉）

　　子曰：「禮云禮云，玉帛云乎哉？樂云樂云，鐘鼓云乎哉？」（〈陽貨〉）

　　林放問禮之根本，孔子讚揚他為「大哉問」，也就是說，禮的根本是一重大問題，孔子認為禮之本在於「節儉」與「哀戚」。喪祭之禮重要的是人的哀敬之情，與其形式周全隆重卻缺乏哀敬之情，倒不如形式簡易而充滿真誠的感情，因此寧願節儉簡陋，也不奢侈浮誇。再者，孔子提到所謂的禮，難道只是玉帛（玉器和絲織品，都是古代名貴物品，可用為諸侯朝聘或嫁娶行聘、祭祀的物品）或鐘鼓（編鐘、樂鼓等樂器的統稱）這些外在的器物、儀式嗎？孔子認為，更重要的是其背後的本質或準則。

④仁是禮的本質，仁的實踐必須透過禮

　　人而不仁，如禮何？（〈八佾〉）
　　顏淵問仁。子曰：「克己復禮為仁。一日克己復禮，天下歸仁焉。……非禮勿視，非禮勿聽，非禮勿言，非禮勿動。」（〈顏淵〉）

　　「人而不仁，如禮何？」可見孔子不認同禮只是人們外在的行為規範，認為人們在施禮時應具有仁愛之心，即仁為實施禮的基礎。仁固為禮之本質，但仁的實踐又必須透過禮，可說禮是仁的外在流露、形式體現。所以，當顏淵問仁時，孔子說「克己復禮為仁」，並要求人在「視聽言動」上都不可違禮，更能說明孔子認為仁的培養離不開禮的學習。〈陽貨〉還記載了宰我認為行三年之喪太久，而說「君子三年不為禮，禮必壞；三年不為樂，

樂必崩」，所以主張將喪
期縮短爲一年，孔子責其
「不仁」。可見「仁」比
「爲禮」更具有優先性，
實爲禮之本質。

⑶孝

　　「孝」即孝順，意思
是侍奉父母，克盡爲人子
女的職責。不過，單純在物質上奉養父母，是不足以達到孔子所提「孝」的
標準。《論語·爲政》記錄他的學生子游向他請教何謂「孝」道？孔子說：

　　　今之孝者，是謂能養。至於犬馬，皆能有養，不敬，何以別乎？

　　這裡孔子告訴子游，子女克盡孝道不僅在於供養父母的生活，更重要的
是能存有恭敬之心，如果不以恭敬之心侍奉父母，自以爲供給父母衣食所需
就是孝順，那和飼養犬馬又有什麼分別呢？所以今天我們一談到「孝」，總
是和「敬」字相連。子夏也曾經向孔子請問孝道，孔子也說：

　　　色難。有事，弟子服其勞；有酒食，先生饌，曾是以爲孝乎？
　　（〈爲政〉）

　　所謂的「色難」，即是說子女侍奉父母時，以和顏悅色最爲難得。「弟
子」指年幼者，「先生」指長輩，這是說年輕人以爲替長輩效勞，有酒食飯
菜也讓父母長輩先吃，就算是盡了孝道；然而在孔子的眼中，「養」只能算
是孝的基本條件之一，如果沒有恭敬和悅的態度，是不能稱爲「孝」的。除
了「敬」與「色難」之外，還要做到「無違」。〈爲政〉記載：

孟懿子問孝，子曰：「無違。」樊遲御，子告之曰：「孟孫問孝於我，我對曰：『無違。』」樊遲曰：「何謂也？」子曰：「生，事之以禮；死，葬之以禮，祭之以禮。」

無違具體表現在對父母生前及死後的事奉，都無違乎「禮」，不過「無違」並非全盤地順從，孔子說：「事父母幾諫，見志不從，又敬不違，勞而不怨。」當父母有不合理（禮）的地方，做子女的先「幾諫」（態度委婉的規勸）；如果父母不從己志，子女還是得恭敬如故，不可埋怨父母。當然，若父母嚴重違反禮義倫常，子女不能一味順從。

能夠弄清上面幾個觀念，對於我們掌握孔子學說思想之要旨有一定的助益。另外，從文學的角度來賞析《論語》，它的語言簡樸精警，今日許多我們耳熟能詳的成語，不少即出自於《論語》，諸如：

「巧言令色」（〈學而〉）——形容用花言巧語來討好人。

「見賢思齊」（〈里仁〉）——看到賢德之人，應以他為榜樣，以期能與之同等。

「三思而行」（〈公冶長〉）——反覆再三考慮，了解利弊後果後再付諸行動。

「三人行，必有我師」（〈述而〉）——幾個人在一起，其中必有可以師法學習的人。

「欲速則不達」（〈子路〉）——比喻操之過急，反而不能達到目的。

「己所不欲，勿施於人」（〈顏淵〉）——自己所討厭的事，不要加在別人身上。

「工欲善其事，必先利其器」（〈衛靈公〉）——工匠想要把工作做好，一定要先使工具精良。

　　孔子的學說在他死後經由其學生的極力宣揚，成為一派顯學，號為「儒家」。時至今日，儒家學術的內涵雖歷經擴充，但其意旨卻始終未變，我們可以驕傲地說，偉大悠久的中華文化，其主幹就是儒家文化，孔子所建立的儒家學說，兩千多年來深刻影響著整個中國的學術發展、社會型態、人生理想與道德觀念。宋代曾有人這樣評價孔子：「天不生仲尼，萬古如長夜。」這話絕非溢美之詞。如果您想要更進一步了解孔子，不妨抽空去臺北孔廟[3]走走，進行一趟深入的文化之旅，穿越時空光廊，親自感受一下孔子講學的動人風采吧！

延伸閱讀

1.王晉光《論語孟子縱言》，臺北：臺灣書店，1999年。

2.徐漢昌《先秦諸子》，臺北：臺灣書店，1997年。

3.張起鈞、吳怡《中國哲學史話》，臺北：新天地書局，1979年。

4.王開府《四書的智慧》，臺北：萬卷樓圖書有限公司，1995年。

5.勞思光《新編中國哲學史》，臺北：三民書局，1995年。

6.洪安全等著《中國歷代思想家㈠周公‧管子‧老子‧孔子‧孫子》，臺北：臺灣商務印書館，1999年。

7.于丹《論語心得》，臺北：聯經出版社，2007年。

2.孟子

　　孟子是繼孔子之後，另一位儒家的重要代表人物，具有「亞聖」之稱，與孔子並稱為「孔孟」。他繼承了孔子學說的精神，並將孔子思想加以發揮與創新。

　　孟子名軻，生於周烈王四年（西元前372年），他本為魯國人，後來遷

小辭典

3　臺北孔廟http://www.ct.taipei.gov.tw/index.asp

居鄒地（今山東鄒縣）。他的身世背景與孔子相仿，約在三歲時喪父，由寡母撫養成人。孟子的母親十分重視他的教育，曾經為了給他良好的環境而遷居三次，這即是歷史上著名的「孟母三遷」[4]的故事。孟子除了有良母的教導外，後來又幸遇良師（孟子受業於子思的門人），子思是孔子的孫子，曾子的學生，因此孟子所學可謂正統的儒學。

孟子學成之後，便開始教授生徒，他的政治生涯很晚才開啟，在他四十歲左右，鄒穆公才舉他為士。然而，當時鄒國的政治非常混亂，孟子覺得在自己國家已不能施展抱負，於是也和孔子一樣帶著學生周遊列國，希望藉此打開政治之路並實踐儒家的理想。

他們第一站便是齊國，孟子認為齊國如果政治清明，一定可以成為泱泱大國，不過，他看出齊王的野心只在消滅列強以增廣國土，這種侵略手段並非他所主張的王道政策。孟子對齊王提出「仁者無敵」的政治理想，然而，宣王對孟子此論雖極為讚賞，但當孟子力勸宣王當以人民生計為前提，宣王卻別有居心，借詞推託。後來孟子看透宣王無心於政事，於是便決心離開齊國。離開齊國之後，孟子轉徙至宋國、滕國，但是都無法實現他的理想。孟子在離開滕國時，已經是六十多歲的老者。

揮別滕國後，他決定前往梁國（梁國就是戰國七雄中的魏國，因為國都在大梁，又稱梁國），當時梁國的國君梁惠王見到孟子，第一句話便問：「叟不遠千里而來，亦將有以利吾國乎？」孟子一聽，就明白梁惠王只知利害，只關心如何才能富國強兵、雄霸一時，所以也就不客氣地訓誡了梁惠

小辭典

4　**孟母三遷（孟母擇鄰）**：孟子的母親為激勵孟子勤奮好學，曾為選擇環境而搬家三次，終於把孟子培養成一代大儒。後遂以此形容家長為教育子女，選擇良好的學習環境所花的苦心。
　　戰國七雄：戰國七雄是中國古代戰國時期七個諸侯國的統稱，春秋時期無數次戰爭使諸侯國的數量大大減少。到戰國時期，七個實力最強的諸侯國，是齊、楚、燕、韓、趙、魏、秦，這七個國家被稱作「戰國七雄」。

王，孟子說：「王何必曰利？亦有仁義而已矣。王曰『何以利吾國』？大夫曰『何以利吾家』？士庶人曰『何以利吾身』？上下交征利而國危矣。萬乘之國弒其君者，必千乘之家；千乘之國弒其君者，必百乘之家。萬取千焉，千取百焉，不爲不多矣。苟爲後義而先利，不奪不饜。未有仁而遺其親者也，未有義而後其君者也。王亦曰仁義而已矣，何必曰利？」孟子向惠王分析，如果大家都以利字爲前提，都只顧個人的私利，再也沒有人肯爲君主犧牲，肯替國家服務了，試問這樣國還何以成國？利還何以爲利？可惜急功近利的惠王並不了解孟子這套仁義正道之論。在《孟子》書中，記載了不少孟子與梁惠王的對話與勸誡，可惜梁惠王並未採用孟子的意見，後來梁惠王逝世，梁襄王即位，孟子看他不像個人君，留下來也無所作爲，於是帶著失落的心回到了鄒國。

此後，孟子曾一度到過魯國，不過被小人臧倉所阻，這時孟子已經七十多歲，老邁的身體也不允許他再四處奔波，於是他結束了三十餘年的周遊日子，回到鄒國和學生一起講談論學，留下了《孟子》七篇（原本有十一篇，然後世有學者認爲其中四篇非孟子原作），在他八十四歲那年，離開人世。關於孟子學說的中心思想，主要保存在《孟子》一書，歸納孟子的學說理論，大致可分爲以下幾點說明：

⑴性善論

戰國時期對於人性的討論，是諸子爭鳴的重要議題之一，孟子對此有大篇幅的討論，他主張的「性善論」可以說是孟子哲學的核心部分，在《孟子‧告子》裡記載了他與告子的一場辯論。告子，生卒年不詳，曾受教於墨子，提出「性無善無不善」之說，由於告子沒有著作流傳，現今也只能從《孟子》書中窺見其說一二。我們先來看看告子對於人性的主張：

告子曰：「生之謂性。」
告子曰：「食色，性也。仁，內也，非外也；義，外也，非內

也。」

　　告子曰：「性無善無不善也。」或曰：「性可以爲善，可以爲不善，是故文武興，則民好善；幽厲興，則民好暴。」

　　告子曰：「性由湍水也，決諸東方則東流，決諸西方則西流。人性之無分於善不善也，猶水之無分於東西也。」

　　告子曰：「性，猶杞柳也；義，猶桮棬也。以人性爲仁義，猶以杞柳爲桮棬。」

　　以上五段文字是了解告子人性論的主要材料。人性是什麼呢？告子認爲「生之謂性」，人性是我們生命的主要內容。像是人要能生存在這世上，必須覓食；人要能延續其後代，則需要有男女之歡，因此告子所說的「食色性也」，即生命內容以食色爲主，就成了十分合理的推論。再進一步而言，飲食男女之事既是一經驗事實，故無所謂善惡可言，因此告子很合理地宣稱「性無善無不善也」，即認爲性是中性的，受到環境的影響，可以爲善，也可以變爲惡，如同湍水一樣，可以往東流，也可以往西流，都是由外在條件決定。告子又做了一個比喻，他將人性比喻爲「杞（qǐ）柳」（植物名。楊柳科柳屬，枝條可用來編織器物），杞柳可以彎曲編製成桮棬（bēi quān形狀彎曲的木製飲酒器）之類的器具，但是不能就此認爲「杞柳」就是「桮棬」，故人性中的仁義是外加的，而非人性本有的內容。

　　孟子是如何反擊告子對於人性的看法呢？首先，孟子認爲告子的人性論是不周延、不充分的，告子只提到人性中的部分內容，並沒有窮盡人性中的所有內容。在孟子看來，告子對於人性的看法並非錯誤，只是他忽視了人之所以能爲人，並異於禽獸的最有價值、最有意義的區別。《孟子‧離婁下》說：「人之所以異於禽獸者幾希。」也就是說，人和禽獸相同的地方很多，不同的地方很少，但是在談人性時，應該是談人與禽獸相異的部分。因此，人之所爲人之性，不在於「食色」之性（因爲禽獸也有），而在於他有禽獸

所無的仁、義、禮、智之性，也就是人的「道德之性」。因此，孟子反對告子將人生具有的一切本能都可以稱爲「性」，〈盡心下〉說：「口之於味也，目之於色也，耳之於聲也，鼻之於臭也，四肢之於安佚也；性也，有命焉，君子不謂性也。」

此外，孟子回應告子，水之性固然可以往東流或往西流，但不論流向任何一方，都是自然向低處流，這自然向低下處流就是水的「性」，孟子認爲：「人性之善也，猶水之就下也。」（《孟子‧告子上》）孟子認爲，如同水是有向下流的定則一般，人性也是有其定則，人性的定則就是在爲善，這即是所謂的性善。人性本來就包含「善端」，正因如此，所以才能「順杞柳之性而以爲桮棬」。孟子也舉例說明，人性向善是極爲自然的事，他說：

> 所以謂人有不忍人之心者，今人乍見孺子將入於井，皆有怵惕惻隱之心。非所以內交於孺子之父母也，非所以要譽於鄉黨朋友也，非惡其聲而然也。

當人們突然間看到一個小孩子快要掉到井裡時，不假思考、當機立斷去搭救他，應是所有人的自然反應，你之所以會伸出援手，並不是因爲想要結交這小孩子的父母，藉此得到什麼好處；也不是爲了要博得行善救人的美名；更不是因爲討厭聽到小孩子落井時發出的慘叫聲。孟子認爲，這種心情是一觸即發，是出自於人性中「仁」的天性，表現在善良的「不忍人之心」，也就是「惻隱之心」，而這種爲善的能力就是我們的「良知良能」[5]。孟子更進一步說明：

小辭典

5 良知良能：指人天賦的善性知能。〈盡心上〉說：「人之所不學而能者，其良能也；所不慮而知者，其良知也。」不需要學習就能做的，是人的良能；不經思考就知道的，是人的良知。

　　無惻隱之心，非人也；無羞惡之心，非人也；無辭讓之心，非人
也；無是非之心，非人也。惻隱之心，仁之端也；羞惡之心，義之端
也；辭讓之心，禮之端也；是非之心，智之端也。人之有四端也，猶
其有四體也。

　　孟子說惻隱之心、羞惡之心、是非之心、恭敬之心（有時他用辭讓之心
代替），就是四大善端（「端」是起點的意思），它們具體表現在仁、義、
禮、智上。本著愛心去待人接物叫做「仁」，「惻隱之心」就是見人將遇
害，覺得可憐或不忍的心情，這種心情即是上述提到的「不忍人之心」，不
忍他人受傷害的心情，這正是愛人的表現，所以它是仁之端。對於事理，做
正確判斷，對於事情，做適當處理，叫做「義」，羞惡之心是對自己的不義
行為感到羞恥、對他人不義感到憎惡的心情，這種心情產生是判斷事理的結
果，所以說它是義之端。依據義理行事，叫做「禮」，禮必須以恭敬之心為
基礎，所謂恭敬，必須是表裡如一、誠心誠意，所以說恭敬之心就是「禮」
之端。明白事理、明辨是非叫做「智」，能夠清楚判別何者為是，何者為
非，是明理的表現，所以說是非之心是「智」之端。這四端是人人皆有，而
且是「我固有之」，並非外力所加而有者。孟子說：

　　仁、義、禮、智，非由外鑠我也，我固有之也，弗思耳矣。故
曰：求則得之，舍則失之。

　　按照孟子說法，人人有向善為善的本能，但是有的人卻成為小人，其
中的差別就在於為與不為。因此，孟子雖然主張人性本善，但並未主張所有
的人都能天生地表現善性，能否表現善性必須有待於存養，所以說「求則得
之，舍則失之」。我們簡單地打個比喻，人的善性善端就像植物的種子潛藏
在土中，我們必須加以培養，使之發芽茁壯；同樣地，我們必須使人性仁、

義、禮、智的種子茁壯成熟，並加以推廣，使它們的效用宏大，這是孟子所說的「擴充」工夫。孟子強調，如果不懂得擴充，那麼善端終將枯萎，則人失去仁、義、禮、智，就和禽獸沒有什麼分別，這樣的情況連侍奉父母最基本的道理都做不到了。所以孟子說：

　　凡有四端於我者，知皆擴而充之矣。若火之始然（燃），泉之始達。苟能充之，足以保四海；苟不充之，不足以事父母。

　　這就是呼籲人們，凡是了解自身具有四個善端的人，都知道把它們全部推廣與擴充起來，它們就如同剛燃起的火焰、初流的泉水一樣。人如果能夠擴充這四個善端，推恩於天下，就足以保有四海；如果不能擴充，就連侍奉父母都不夠。孟子將他的人性論推展到政治思想上，進一步提出「仁者無敵」的響亮口號。

(2)仁者無敵

　　孟子的思想重心主要在討論治國，《孟子》七篇之首〈梁惠王〉幾乎通篇都在論述爲政之道，他的政治綱領主要是從其性善學說推演而來的，即是以不忍人受害的「仁心」，施行不忍人受害的「仁政」。孟子說：

　　人皆有不忍人之心，先王有不忍人之心，斯有不忍人之政矣。以不忍人之心，行不忍人之政，治天下可運之掌上。

　　「不忍人之政」即是仁政，孔子對仁的討論多針對個人修養來說，孟子則擴大到政治層面來討論，他爲梁惠王描繪出心目中理想「仁政」的藍圖，更具體提出「仁者無敵」的口號。〈梁惠王上〉：

地方百里，而可以王。王如施仁政於民，省刑罰，薄稅斂，深耕易耨；壯者以暇日修其孝悌忠信，入以事其父兄，出以事其長上，可使制梃以撻秦楚之堅甲利兵。彼奪其民時，使不得耕耨，以養其父母，父母凍餓，兄弟妻子離散。彼陷溺其民，王往而征之，夫誰與王敵？故曰：「仁者無敵。」

「仁者無敵」是因為仁者行王道，而仁政的內容包含了司法（省刑罰）、財政（薄稅斂）、農業（深耕易耨）、教育（修其孝悌忠信）、國防（制梃以撻秦楚之堅甲利兵）等方面；另外，孟子還呼籲國君要能「尊賢使能」（〈公孫丑上〉）、「制民之產」（〈梁惠王上〉）、「與民同樂」（〈梁惠王下〉），這些都是孟子仁政的主要內容。孟子的「仁政」思想中，最突出的就是「人民」，像是他的「保民而王」的思想（保民而王，莫之能禦也。〈梁惠王上〉）以及「民貴君輕」之說（民為貴，社稷次之，君為輕。〈盡心下〉），認為人民是國家存亡的關鍵，〈梁惠王下〉更明白道出：「桀紂之失天下也，失其民也；失其民者，失其心也。得天下有道，得其民，斯得天下矣。」這種以民為貴的說法在當時是十分可貴的。不過，孟子雖向各國極力推薦仁政，並呼籲「仁之勝不仁，猶水勝火。」（〈告子上〉）可惜當時的國君急求速效，無法貫徹始終地施行仁政。

《孟子》一書和《論語》同為儒家學派重要著作。從漢朝到唐朝，《孟子》始終被列入子部儒家類；到了宋代，《孟子》的地位升格被列入十三經[6]之中；至南宋時的朱熹，對《孟子》加以集注，與《論語》、《大學》、

小辭典

6　十三經：是中國古代影響最大的十三部儒家基本的經典，是中國傳統文化的代表作品。十三經之目分別是《詩經》、《尚書》、《周禮》、《儀禮》、《禮記》、《周易》、《左傳》、《公羊傳》、《穀梁傳》、《論語》、《爾雅》、《孝經》、宋末再加上《孟子》，即成為十三經。

《中庸》列爲四書之一，明清兩代更成爲科舉命題考試的用書，爲當時讀書人必讀的教材，因此，他對中國的思想文化有著難以估量的影響。此外，《孟子》一書說理暢達、氣勢磅礴，並長於論辯的文字表述，在中國文學史上也有很高的地位。

延伸閱讀

1. 王晉光《論語孟子縱言》，臺北：臺灣書店，1999年。

2. 徐漢昌《先秦諸子》，臺北：臺灣書店，1997年。

3. 張起鈞、吳怡《中國哲學史話》，臺北：新天地書局，1979年。

4. 王開府《四書的智慧》，臺北：萬卷樓圖書有限公司，1995年。

5. 勞思光《新編中國哲學史》，臺北：三民書局，1995年。

6. 傅佩榮《傅佩榮解讀孟子》，臺北：立緒文化事業有限公司，2004年。

7. 王冬珍等《中國歷代思想家㈡墨子‧商鞅‧莊子‧孟子‧荀子》，臺北：臺灣商務印書館。

3.荀子

　　荀子名況，字卿，亦作孫卿。在先秦諸子中，除了他的弟子韓非之外，可以說是最晚出的一個。他是戰國末年趙國人，約生於趙肅侯十五年（西元前336年左右），距離秦國統一天下大約只差一百一十多年。關於荀子的事略，最早見於司馬遷《史記‧孟子荀卿列傳》，根據裡頭的記載，荀子在五十歲以後始遊學於齊，並三爲祭酒[7]。因遭齊人讒言，乃適楚，春申君以他爲蘭陵縣令。春申君死，荀子亦被廢，家居蘭陵。其後荀子在蘭陵講學著述以終。

　　荀子和孟子一樣推崇孔子學說，但是他們各秉承了孔子學說的一面加以

小辭典

7　祭酒：古代宴饗時，先由尊長者酹（lèi，以酒灑地而祭）酒祭神，故稱爲「祭酒」。

發展，孟子較注重孔子的「仁」，因此，他的工夫就偏向內在的尊德性，樹立了仁義之道；荀子較重視孔子的「學」，因此，他的工夫就偏向外在的道問學，建立了禮義之統，但是他們兩人都是孔門的功臣。

荀子的學說思想主要集中在《荀子》一書，其學說的基本概念可以天論與人性論爲代表。尤其是「性惡論」，是荀子十分特殊的論點，這也是他成爲先秦儒學歧出者的重要因素。以下即介紹荀子的天論。

(1)天論

中國古代對於天的看法，多含有濃厚的宗教意味，法天主義的思想極爲流行。在《詩經》、《尚書》裡，多半將天視爲人格化的神，當作人敬畏禮拜的對象。雖然儒家的孔、孟，宗教色彩淡薄，但在《論語》裡的天，大部分還是指具有主宰能力的「神」；《孟子》所言的天，有時爲主宰的天，有時爲義理的天，天的道德意味也很濃厚。

荀子對天的看法主要集中在〈天論〉篇。荀子一反之前對於天的看法，否定天具有意志、能禍福人間的說法，將天單純視爲一種常行有序的自然現象。首先，〈天論〉說：

天行有常，不爲堯存，不爲桀亡；應之以治則吉，應之以亂則凶。彊本而節用，則天不能貧。養備而動時，則天不能病。修道而不貳，則天不能禍。

故水旱不能使之饑，寒暑不能使之疾，妖怪不能使之凶。本荒而用侈，則天不能使之富。養略而動罕，則天不能使之全。倍道而妄行，則天不能使之吉。……故明於天人之分，則可謂至人矣。

這段話是說：天的運行有自己一定的規律，不會因爲堯存在，也不會因爲桀滅亡。應用自然的規律有條理地治理，事情就會有利；應用自然的規律卻無條理來治理，事情就會有害。只要能加強耕織生產，節省開支，那麼

上天就無法使人貧窮；凡是養生周備而動作合時者，上天也無法使他生病；修養自己的人格而無所偏差者，那麼上天也不能使他遭受災禍。因為他已經盡了人事當盡的努力了。所以，水災旱害不能使人五穀歉收而挨餓，天氣的冷熱不能使人生病，怪異而害人的精怪不能使人受害。不過，若荒廢耕織生產而又浪費，那麼上天也無法使他富裕；養生不足而怠於運作，那麼上天便不能使他強健；違背事物規律而胡作非為，那麼上天就不能讓人得到善果。……所以，能夠明白天與人各有不同職責者，便可以稱得上是至人了。

　　所謂的「天行有常」，即是荀子論天的基本觀念。荀子認為，天的運行有其既定且互古不變的軌道和律則，他反覆申論人世間的治亂是和天沒有關係的，天並不具備任何主宰人事的力量。因此，他主張人不可對天有任何企求或怨慕。〈天論〉說：「不可怨天，其道然也。」「其道然也」即天道自然如此之義。在這樣的前提下，荀子破除了天的神秘性與權威性，並進一步提出「天人之分」的說法。在荀子眼中，天與人的職責是不可以混淆的，天的職責是依其常律來生養萬物、供應資源、運轉日月、替換四時，至於人世間的治亂、禍福、吉凶，完全不干上天的事。至於人的職責，就是在善用天時地利、努力生產、節省開支。其實，荀子的天論最重要的目的就是要劃清天和人的界線，喚醒人們重視「人」的能力。因此，荀子的天論首先建立出天只是一個客觀的自然現象，並提出「天人分職」的觀念，將人與天的分際彰顯出來，人必須對自身負責。再者，荀子更提出了「制天用天」。該如何制天用天？荀子所提示的方法主要是「應時而使之」與「順類而用之」。所謂的「應時而使之」，就是順應自然不變的原則，藉此來長養萬物，像是春耕、夏耘、秋收、冬藏，能配合時序則必定能五穀豐收、糧餉不絕。「順類而用之」則是順著不同物類的特質加以改變，使成為可供人利用的東西，像是陶土成器、鑄鐵成具，以達到物盡其用的實效目的。荀子以「應」與「順」作為制天、用天的主要方法。

⑵性惡論

　　荀子的天道思想直接影響他的人性論，荀子論天，說天只是自然，論性亦從此義出發。首先，荀子對於人性的定義為何？我們可從下列幾條引文來討論：

　　　生之所以然者謂之性，性之和所生，精合感應，不事而自然者，謂之性。（〈正名〉）
　　　性者，天之就也，不可學，不可事。……不可學不可事而在人者，謂之性。（〈性惡〉）
　　　今人之性，飢而欲飽，寒而欲暖，勞而欲休，此人之情性也。（〈性惡〉）

　　「精合感應」是人心遇到外來刺激時所產生的一種自然反應，此與「不事而然」、「不可學不可事」同樣是與生俱來，不待人為而後始然的。至於所謂的「天之就」，指的是與生俱來、無分善惡的天然之性，也就是人的天賦及本能，像是飢而欲飽、勞而欲休等自然而發的生理需求，並非學習得來的，都屬於生理學上的性。此外，目好美色、耳好樂音、口好佳味、心好利益，這些喜、怒、哀、樂、愛、惡、欲等心理反應，只是一種盲目的好惡，而非理智的迎拒，因此屬於心理學上的性。在荀子看來，不論是生理或心理上的性，都是天賦之自然，只是人人所具有的五官、七情、六欲等官能，這些生理本能與心理反應，顯然皆是從人的動物性上來說，並不包括先天理性的善端。簡而言之，「以生言性」是荀子論人性的主要方式，這顯然也是告子論性的態度，照理說，這天生自然的性應是無所謂善，也無所謂惡，那麼荀子又根據什麼的見解，提出「性惡」的說法呢？首先，荀子從人的官能欲望來證明人性之惡。〈性惡〉說：

今人之性，生而有好利焉，順是，故爭奪生，而辭讓亡焉；生而有惡疾焉，順是，故殘賊生，而忠信亡焉；生而有耳目之欲，順是，故淫亂生，而禮義文理亡焉。然則從人之性，順人之情，必出於爭奪，合於犯分亂理，而歸於暴……用此觀之，然則人之性惡明矣。

這是荀子從自然之性導引出性惡的重要論證。荀子認為，人性天生便有好利的傾向，若順任其發展，必會產生爭奪而無辭讓可言；同樣地，人性天生也有疾惡的傾向，若順任其發展，也產生殘賊而無忠信可言。而耳目聲色之欲，也是人類與生俱來的天性，若順任其發展，亦必產生淫亂而無禮義文理可言。是故，好利、疾惡、耳目之欲都是人的自然之性，這個自然之性所以會變成惡性，就是因為「順是」緣故。所謂「順是」，即順自然情性發展而不加節制。荀子認為，順隨人性發展，總是「欲多不欲寡」（〈正論〉）、「窮年累世不知足」（〈榮辱〉），一旦順任人性自然發展，則人就算是累其世、窮其年去追逐欲望，恐怕一輩子也沒有滿足的時候，最後就造成人與人之間為了滿足欲求而爭奪不休，則人性為惡就成了必然的結果。因此，荀子是從動物本能氾濫的後果來論性，而得出性惡的結論。所以，要強調的是荀子的性惡論，並非就動機而言，更非就性之本然而言，而是針對行為結果而論。

既然順隨「天然之性」的需求必會導致「性惡」的結果，因此，要使性的「趨惡」傾向有所節制，荀子認為必須仰賴客觀的禮義（偽）不可。因此，「人為的禮義」成為治性的標準，而「天然的本性」就成了被治的對象。〈性惡〉說：

直木不待檃栝（yǐn guā，矯正曲木的器具）而直者，其性直也；枸木必將待檃栝烝矯然後直者，以其性不直也。今人之性惡，必將待聖王之治，禮義之化，然後皆出於治，合於善也。用此觀之，然則人

之性惡明矣，其善者僞矣。

　　荀子以樹木之曲直爲例，說明直者不用矯正，但曲者卻須矯正才得爲直，人之性惡，好比彎曲樹木一樣，須待聖王的禮義教化才能爲善。是故相較於孟子的性善論，孟子認爲人性中本具有善端，人只要將這善端擴充之，便可成爲堯舜般的聖人。但荀子主張人性中本無善端，一切的善行概由後天的努力，而這努力主要仰仗禮義的功效，荀子提倡禮義之化的目地就是「化性起僞」。〈性惡〉起首處便說：「人之性惡，其善者僞也。」即是說人性善的表現，是靠「僞」（指的是人爲努力）的工夫得來的。荀子接著解釋道：

　　　　不可學不可事而在人者，謂之性；可學而能可事而成之在人者，
　　謂之僞。是性僞之分也。（〈性惡〉）

　　荀子將「性」與「僞」清楚區隔開來，「性」即是如上述所論，指的是天生自然的生理、心理本能，是不可學者。「僞」指的是後天依從禮義的修養工夫，它並非自然而有，故屬於可學而能。再者，性既是天賦本能，原無善惡之道德義，但是若任隨性來發展，則會有趨於惡的傾向，故說性是惡。但是「僞」則相反，人一切的善行都是來自於僞的作用，簡單來說，「性」與「僞」的關係：一爲自然，一爲人爲；一爲被治，一爲能治。「性」就像加工前的原物料，「僞」就是加工後的成品了，即如〈禮論〉所說：「性者，本始材朴也；僞者，文理隆盛也。」故荀子論性，並非一味著意於性之惡，其重點主要放在性的可塑性，也就是性可經由禮義的化導，使其離惡趨善，最終以實踐其禮義之治的理想。

　　最後，比較一下孟子的性善論與荀子的性惡論，兩者間的異同。首先，關於什麼是人性及道德觀念起源問題。關於人性的定義，孟子是不贊同「生

之謂性」這種觀點的，孟子認為應該強調那些為人所特有，能區別人禽之分的才可稱為性，是故在孟子眼中，仁義禮智君子才稱之為性。而仁義禮智這是人所特有的道德屬性，是人性中所固有的，孟子稱之為「善端」。荀子則不認同孟子的說法，提出「性偽之分」。荀子認為，性指的是人與生俱來，自然而然的屬性，凡是通過後天學習而成的都稱之為「偽」，全然將道德意識與行為視為後天人為的結果。

　　其次，在人的道德行為與理想道德境界如何養成上，孟子著重於善性的「擴充」，他說：「凡有四端於我者，知皆擴而充之矣。」（〈公孫丑上〉）荀子則提出「化性起偽」，他說：「凡禮義者，是生於聖人之偽也，非故生於人之性也。」（〈性惡〉）強調惡性之改造，只有通過這層工夫才能使人達到符合禮義的道德境界。不過，不論是「擴而充之」或是「化性起偽」，雖然兩者的途徑不同，但是孟子與荀子都認同人是可以透過修習達到理想的道德境界，孟子認為「人皆可以為堯舜」（〈告子下〉），荀子說「塗之人可以為禹」（〈性惡〉），是故荀子之學雖與孟子不同，但他們同尊孔學，同以至善為目的，兩者間仍有相似之處。

　　不過，由於荀子在人性論的思想之中不把道德看成是人與生俱來的本質，以及主張人性為惡之說，遂被視為儒家的「異端」人物。但是荀子為孔孟之後，無人能取代的儒學大師，這點是不可否認的。

延伸閱讀

1.王晉光《論語孟子縱言》，臺北：臺灣書店，1999年。

2.徐漢昌《先秦諸子》，臺北：臺灣書店，1997年。

3.張起鈞、吳怡《中國哲學史話》，臺北：新天地書局，1979年。

4.勞思光《新編中國哲學史》，臺北：三民書局，1995年。

5.廖名春《荀子新探》，臺北：文津出版社，1992年。

6.王冬珍等《中國歷代思想家(二)墨子・商鞅・莊子・孟子・荀子》，臺北：臺灣商務印書館。

道家（Taoist）

　　英國學者李約瑟（Joseph, Needham）曾說：「中國如果沒有道家，就像大樹沒有根一樣。」道家和儒家一樣，同為先秦時期重要的學術派別，一般認為，道家形成於春秋戰國時期，創始人為春秋晚期的老子；除了老子以外，此派主要的代表人物還有莊子。道家思想在中國文化扮演的重要角色，實在難用三言兩語道盡，雖然不是每位華人都閱讀過道家的經典，甚至不知老子、莊子是誰，但他們或多或少不經意地表達出道家的性情，像是謙讓不爭、淡泊自守的處事態度；崇儉抑奢、知足寡欲的生活原則；反璞歸真、回歸自然的生態智慧；清靜無為、小國寡民的政治理想，至今仍廣泛深入地影響到華人的人生態度。

　　在二十一世紀亂象叢生、物欲橫流的今日，道家清靜無為的思想越來越受到世界上的重視，代表經典之一的《老子》更廣受世界各國的歡迎，它被翻譯為各國文字，成為僅次於基督教《聖經》外，翻譯最普遍的書籍。以下首先介紹道家學派的首要代表人物──老子。

1.老子

　　在中國歷代思想家中，老子應該是最具傳奇性的人物，主要是因為有關他的生平事蹟，典籍所記載的不多，一直到漢代司馬遷的《史記》裡才有較完整的敘述。根據《史記》的記載：「老子者，楚苦縣厲鄉曲仁里人也，姓李氏，名耳，字聃，周守藏室之史也。孔子適周，將問禮於老子。……老子修道德，其學以自隱無名為務。居周之久，見周之衰，乃遂去。至關，關令尹喜曰：『子將隱矣，彊為我著書。』於是老子乃著書上下篇，言道德之意五千言而去，莫知其所終。」

　　老子姓李名耳，字伯陽，諡曰聃（dān）。楚國苦縣（今河南省鹿邑）厲鄉曲仁里人，曾做過周朝守藏室之史（管理書籍文物之官，相當於國家圖書館館長），相傳孔子曾問禮於老子。老子學說以自隱無名為務，他看到周

日漸衰微，於是決定離開，到了關口，守關的人深怕老子學說失傳，要求他把他的思想寫下來，於是老子勉為其難寫了一本書。這本書分為上下兩篇，主要說明「道」與「德」的意義，總共有五千多字。老子寫完書後一出關，從此就行蹤不明，沒有人知道他的下落，有人說老子活了一百多歲，也有人說他活了兩百多歲。

《史記》記載，學者認為值得懷疑的地方相當多。首先以他的姓來說，《史記》說他姓「李」，但是據考證，春秋時並沒有「李」這個姓氏，而先秦諸子都以姓稱，如孔子、孟子、荀子，如果老子姓「李」，為何不稱為「李子」？再者，孔子向他問禮的事也深受學者懷疑。其他像是他的籍貫、年齡、出關後的行蹤，無不存有問題。因此，有人說他活了一兩百歲，是中國道教的宗祖，也有人說他離世避俗，是後世隱者的典範。

比較確定的是《老子》這部經典，此書又名《道德經》，總共有八十一章。從第一章到第三十七章叫做〈道經〉，〈第一章〉首句就說：「道，可道，非常道。」，「德」字在〈道經〉裡面，頂多出現兩、三次，這三十七章稱為上篇，主要講述了宇宙的根本，以及天地萬物生成與變化的玄機。下篇從第三十八章到最後的八十一章，稱為〈德經〉，因為〈第三十八章〉首句是說：「上德不德，是以有德」，從本章起有較多關於「德」的論述，《德經》主要說的是處世和治國的方略，闡述了人事的進退之術。所以說，本書既談「道」又論「德」，所以叫《道德經》。《道德經》的中心思想就是「道」。老子用一個「道」建構其宇宙論，再由此伸展到人生論與政治論。老子所說的「道」（Tao）是什麼呢？又有什麼特色呢？以下簡單扼要地來介紹老子的「道」。

⑴「道」是宇宙萬物的本源，非人之感官所能察覺、區辨
〈第二十五章〉說：

　　　有物混成，先天地生。寂兮寥兮，獨立而不改，周行而不殆，可

以爲天下母。吾不知其名，字之曰道，強爲之名曰大，大曰逝，逝曰
遠，遠曰反。故道大，天大，地大，人亦大，域中有四大，而人居其
一焉。

　　老子提出一個渾然而成的東西，它是在天地還沒創生之前就已存在了。
它既沒有聲音，也不具形體，但卻是獨一無二，超然於萬物之上而恆久不
變，它循環運行於宇宙之中而生生不息，它創造天地萬物，其孕育之功，
可比爲萬物之母。我不知道它的名字，但爲了便於稱呼，只好勉強給它一
個名字叫「道」。勉強形容它，就稱它爲「大」（這個大是獨立、周行的
「大」，而非與「小」相對的「大」），它的「大」是廣大無邊而周流不
息，周流不息而伸展遙遠，伸展遙遠又返回本源。所以，「道」是大的，
「天」是大的，「地」是大的，「人」也是大的。
　　從這段引文約略可知老子所說的「道」，在時間上，它是最原始的，它
超越萬物恆久地存在著；在空間上，它是周遍運行，永不止息的。它創生天
地萬物，是天地萬物的生成根源。不過，「道」雖具有這麼多特點，但它並
不是人們感官經驗所能察覺到的，在〈第十四章〉也提到「道」的特色是：

　　視之不見，名曰夷；聽之不聞，名曰希；搏之不得，名曰微，此
三者不可致詰，故混而爲一，其上不皦，其下不昧，繩繩不可名，復
歸於無物，是謂無狀之狀，無物之象，是謂惚恍。迎之不見其首，隨
之不見其後。執古之道，以御今之有。能知古始，是謂道紀。

　　「道」是不具有具體形象的東西，所以，老子形容它：視之不見、聽
之不聞、搏（《說文解字》：「搏（bó），索持也。」就是用手去抓取的
意思）之不得。老子用「夷」、「希」、「微」三個字，來強調「道」的無
色、無聲、無形。視、聽、觸三種感官都無法掌握、窮究，所以說，這三方

面不能「致詰」（zhì jié）（追根究底、窮究真相），它是渾然一體的。所謂的「其上不皦，其下不昧」，「皦」（jiào）是光亮；「昧」（mèi）是黑暗，這兩句話是承接前面的「混而為一」，是說它（道）外顯的部分不明亮，隱含的部分也不晦暗，它是「繩繩不可名」的。吳怡先生在《新譯老子解義》裡注解這個「繩繩」時，說得十分形象化，他說「這個『繩』字是從『一』字的形象而來的。因為『一』像一根繩子，就其延伸來看，是綿綿不絕的；就其向本源的探索來說，又是玄之又玄的，因為『一』正連接了『無』和『有』，也綜合了『無』和『有』。」因此，「道」是「繩繩」（綿延不絕，沒有窮盡），無可名狀，然後又回歸於空無一物。

　　不過，這個「無物」並非真的一無所有，這叫做沒有形狀的形狀，沒有物體的形象，老子稱它為若有若無的「惚恍」（huǎng hū）8。那麼，這個「道」到底是從哪來呢？老子接著說：「迎之不見其首，隨之不見其後」，意即迎向它、探索它，看不見它的源頭，從後面跟隨它，也看不見它的後續。我們究竟該如何把握住它呢？老子說：「執古之道，以御今之有，能知古始，是謂道紀。」所謂的「古之道」、「古始」，就是把握住已存在的「道」，這指的是「道」的作用，因為「道」的作用是存在於現象界的，是自古至今一直在作用著，所以我們藉此才能掌握當前的一切。「道紀」的「紀」，是「綱紀」，就像是記錄、記載一樣，只是這個「道紀」不是人去

⊙小⊙辭⊙典

8　惚恍（huǎng hū）：「惚恍」或「恍惚」有兩個意思，一是形容隱約模糊，不可辨認（blurred），另為神志、精神不清醒（in a trance）。《老子》所習用的「惚恍」，主要是第一個意思。在書中，老子常用「恍惚」來形容「道」的不可捉摸、不可聽聞、若有若無的樣子，如〈第二十一章〉所說：

　　道之無物，為恍為惚，惚兮恍兮，其中有象，恍兮惚兮，其中有物，窈兮冥兮，其中有精，其精甚真，其中有信，自古及今，其名不去，以閱眾甫。

記錄，而是道生化作用所留下的規則。因此，儘管我們看不到、聽不到、摸不到這個「道」，但卻可以依於「道紀」而行，掌握「道」的規律。

意即「道」看似恍恍惚惚、若有若無，但是其中又「有物」、「有象」、「有精」、「有信」，它不是虛無的，而是最眞實的存在。

⑵「道」有其規律，可作爲人類行爲的準則

老子的「道」雖然是無形不可見、恍惚不可隨的，看似難以把握，但是它作用於萬物時，卻表現出某種規律，可以作爲我們行爲效法的準則。如〈第四十章〉說：「反者道之動」，老子認爲，自然界事物的運動變化莫不依循著某些規律，其中一個規律就是「反」。在《老子》書中，這個「反」字可以作「相反」講，也可等同於「返」字，作「返回」講。它蘊含了相反對立與返本復初（反覆循環）兩個概念。首先，老子認爲一切現象都是在相反對立的狀態下形成的。即如〈第二章〉所說的：

> 天下皆知美之爲美，斯惡巳；皆知善之爲善，斯不善巳。故有無相生，難易相成，長短相形，高下相傾，音聲相和，前後相隨。（〈第二章〉）

當天下人都知道怎麼樣是美的，這樣不美的觀念便相對地產生了。當天下人都知道怎麼是善，於是不善的觀念便相對地產生了。所以，天底下的事物觀念，「有」和「無」是相待而生；「難」和「易」是相因而成；「長」和「短」是相比而顯的；「高」和「下」是相依而存的；「音」和「聲」是相和而出的；「前」與「後」是相連相續的。老子認爲，任何事物都有它的對立面，同時順著它的對立面而形成，所謂「相反相成」，因此所有的價值判斷都是相對的。老子並指出相反對立的狀態，往往都是互相轉化的，〈第五十八章〉說：「禍兮，福之所倚；福兮，禍之所伏」，禍與福、幸與不幸

往往相倚，「塞翁失馬」9的故事就是最好的說明。

　　因而在老子看來，看似禍患不幸的事，裡頭可能隱藏著幸福；幸福的事，裡頭也可能隱藏著禍患。故老子認為世間一切事物，都在對立的情況中反覆交替轉化，而這個轉化的過程是無止盡的。老子之所以如此重視事物的相反對立與轉化，其目的就是喚醒世人，看待事物不要只看它的正面，也該注意它的反面（對立面），才能對事物有深切的了解。並提示我們要重視對立面的作用，例如，書中常列舉的先後、高下、強弱、有無，一般人往往只想要爭先、居高、逞強、據有，老子卻要人取後、居下、處弱、重無。老子為我們分析，「下」是「高」的基礎，基礎不穩固，高的就要崩塌。說到「無」，陶器、房屋正因它們的中空、空虛（即是「無」），才能發揮「有」的作用，這皆提醒我們對於反面作用的把握。此外，老子認為事物發展到一定程度時，就會轉向反面發展，也就是所謂的「物極必反」，這在《老子》書中常常提到，如〈第三十六章〉提到：

小辭典

9　塞翁失馬：典出漢代《淮南子·人間》。古時候，北方邊塞有一位善於養馬的老人，大家都叫他塞翁，有一天，他養的一匹馬偷偷地從馬棚裡逃到胡地去了。鄰居們知道以後，都來安慰塞翁，勸他不要難過。可是塞翁卻一點也不傷心，還笑著說：「馬雖然走失了，說不定能給我帶來好處呢！」過了幾個月，這匹馬跑回來了，還帶著一匹好馬回來，鄰居們知道後，又來向塞翁道賀。塞翁卻皺著眉說：「平白得到一匹駿馬，說不定會帶來災禍。」塞翁的兒子喜歡騎馬，有一天他騎著那匹得來的駿馬遊玩時，竟然從馬背上摔了下來，把腿給摔斷了。鄰居們聽說這件事之後，又紛紛趕來慰問塞翁。塞翁只是淡淡地說：「我的兒子雖然摔腿斷，但說不定會因禍得福呢！」一年後，胡人大舉入侵邊疆，所有青年男子被徵調當兵，很多從軍的青年都戰死沙場。塞翁的兒子因為斷了腿，所以不用當兵，也因此保住了性命。後來這個故事多用來比喻人的禍福可以互相轉換，壞事可能不一定壞事，有時反而會變成好事，也可說成「塞翁失馬，焉知非福」。這正是老子所說的「禍福相倚」的最佳例證。

　　將欲歙（xì收縮）之，必固張之。將欲弱之，必固強之。將欲廢
之，必固興之。將欲奪之，必固與之。是謂微明。

　　必須先說明的是，這一章常被後代學者批評爲權詐之術，雖然這幾句話
可以當作「術」來應用，但老子思想是本之於「道」、本之於「自然」的，
所以回歸老子原意，這幾句主要是談「道」在現象界的作用，也就是自然現
象。老子指出：當一件事物將要收斂，必定先擴張；將要衰弱的，必定先強
大；將要廢頹時，並定先興盛；將要被奪取的，被定先被給予，這是自然界
極微妙又明確的事實。我們觀察天地間的事物，的確如老子所說「物極則
反」，像是月之將缺，必定極滿；花之將謝，必定盛開，這是物勢的自然。
〈第四十二章〉也說：「物或損之而益，或益之而損」（萬物變化中，減損
反而能增益，求增益反而遭減損）。
　　總結上述所說，老子認爲「道」的規律之一，即是它的運動與發展是向
對立面轉化，亦即朝反方向進行著，因此當「道」作用於事物時，事物也依
循著這個規律運行著，這是老子講「反」律的第一義。
　　「反」律的第二義，即是「返復」、「循環」、「周行」的意思。〈第
四十章〉說：「反者，道之動」，即是說「道」的運動規律是循環往復的。
在〈第二十五章〉及〈第十六章〉分別提到：

　　有物混成……周行而不殆，可以爲天下母。吾不知其名，字之曰
道，強爲之名曰大。大曰逝，逝曰遠，遠曰反。
　　致虛極，守靜篤，萬物並作，吾以觀復。夫物芸芸，各復歸其
根。歸根曰靜，是謂復命。復命曰常，知常曰明。不知常，妄作凶。

　　老子說「道」是周行不殆，「周」就是循環的意思，後面所說的「大曰
逝，逝曰遠，遠曰反」，就是對「道」周行而不殆的解釋，「道」是廣大無

邊而無止境的，而它的無止盡是永遠周流不息地運動著、是返回本源的，這樣「一逝一反」就是一個「周行」。〈第十六章〉「萬物並作，吾以觀復」的「復」，也是「周行」的意思，老子從萬物蓬勃生長中，領悟到往復回歸之理。

他認為萬物變化紛紜，最後都各自回歸它們的本根。由此可見老子的「反」有返回的意思。那麼，本根是一種什麼樣的狀態呢？老子認為是一種虛靜的狀態，「歸根曰靜，是謂復命」，「復命」就是回歸本來虛靜的狀態，在老子看來，「道」合乎自然，虛靜是自然的狀態，而萬物煩擾紛爭都是不合自然的表現。所以只有返回本根，持守虛靜，才不會引起煩擾紛爭，才是最佳的狀態。上面我們從「反」的概念，說明「道」及其所作用的事物主要的依循著對立面轉化及循環往復的規律運行。老子告誡我們，能了解自然的規律，就是知「常」，所以，我們應該循著自然規律來行事，否則不了解常理而輕舉妄動，將會遭遇凶險。

(3)人日常生活準則的「道」

「道」作用於萬事萬物時顯現的特性，可以作為我們人類行為準則，形而上的「道」，落實到生活層面，作用於人生，老子稱它為「德」。老子以體與用的關係說明「道」與「德」的關係，「德」是「道」的作用，也是「道」的顯現。簡單地說，混而為一的「道」在創生萬物的過程中，亦內化於萬物之中，這便是「德」，可以說落向到經驗界的「道」，就是「德」。那麼落實到我們人生層面，作為我們生活準則這一層次的「道」（即是「德」），到底蘊含了哪些特質可供我們取法依循呢？老子認為大抵有自然無為、柔弱勝剛強、居下不爭、知足寡欲幾項。

①自然無為

老子指出，天地無心才能自然生萬物，無心無為才能天長地久。〈第五章〉說：

天地不仁，以萬物爲芻狗；聖人不仁，以百姓爲芻狗。天地之間，其猶橐籥乎！虛而不屈，動而愈出，多言數窮，不如守中。

這裡提到的「芻狗」，是一種用草做成的狗，上面再加上文飾巾繡，弄得漂漂亮亮，主要是祭祀時所用，當祭祀結束後，隨即把它拋開了，這是芻狗的作用。

這一章常受到後人誤解，以爲天地冷酷不仁，利用萬物又棄絕萬物；聖人冷酷不仁，利用萬物又棄絕萬物。乍看之下，這一段話的確給人不好的感受，其實老子所說的「仁」，指人們失去了原始德行後的道德規範，是指那些有爲、人爲的仁愛道德。王弼對此段話的注解說得很清楚：「天地任自然，無爲無造。萬物自相治理，故不仁也。仁者必造立施化，有恩有爲，造立施化，則物失其眞；有恩有爲，則物不具存。物不具存，則不足以備載矣。」王弼的意思是說，天地無心愛物，全任自然，而仁心因有心愛物，所以有時施愛不夠周延，而使愛有所偏。所以老子強調「天地不仁」、「聖人不仁」。至於儒家所說的「不仁」，是指人的仁心不發用，老子的「不仁」是說不有爲、不偏私。我們在解釋這個「不仁」時，就不可解讀成殘酷無情（ruthless）了。

那麼爲何說以萬物、以百姓爲「芻狗」呢？「芻狗」在祭祀完畢後，不就被棄置、拋棄了嗎？原來，老子的本意是說芻狗本來是用草做成的，它從草中來，再讓它回到草中去，從自然而來，再回歸自然，這怎麼叫做拋棄呢？所以，老子所說的「以萬物爲芻狗」，絕不是利用完後就予以拋棄，而是「放開萬物」、「放開百姓」，讓萬物與百姓自生自長、自在自得，而不加以干涉。老子通過「不仁」，來實現放開萬物、百姓，所以這叫「以萬物爲芻狗」、「以百姓爲芻狗」。

老子接著說天地之間就像是一具「橐籥」（tuó yuè）（a tube for blowing up the fire in a furnace），這是中國古代冶煉鐵器時用來鼓風吹火的裝

置，現在稱爲「風箱」。「橐」是這個大風箱的外殼，「籥」是指裡面的扇葉，一推一拉下扇葉就會產生風。風箱本身是空的，雖沒有風，但稍一鼓動就出來了，而且源源不絕。就好像是天地之間萬物生長，生生不息一樣。老子接著說「多言數窮，不如守中」，意思是說議論太多、話說得太多，很快就會理盡辭窮，還不如把握住無爲虛靜的原則，這樣動靜都順乎自然。這裡的「中」，與「沖」字相通，「沖」即空虛。所以說，風箱因爲是空的，所以才有無窮的可能。以此來看待人生，言論越多或統治者政令繁多，就越會走向窮途，所以還不如善守虛靜，循著本章所強調的「天地無心、萬物自長」的自然無爲原則，因此老子的政治觀，主張最理想的政府就是純任自然，不用任何權謀治術的。〈第五十七章〉就對統治者呼籲道：「我無爲而民自化，我好靜而民自正，我無事而民自富，我無欲而民自樸。」這個「我」，就是希望統治者能夠不妄爲、不多事。

　　因此，「自然無爲」是老子思想中一個十分重要的概念，簡單來說，老子主張天地間任何事物都應該順任它自身的情況來發展，不需要也不應該受到外在意志的干涉。因爲「道常無爲，而無不爲」（〈第三十七章〉）、「道法自然」（第二十五章），是故人在行事上當學習道的「爲無爲，事無事」（〈第六十三章〉），老子認爲，抱著「無爲」、「無事」的態度去「爲」與「事」，就是最佳的處事之道。所以老子說：「聖人無爲，故無敗」（〈第六十四章〉），可見老子強調「無爲」，並不是一無作爲，而是要順應自然，不造作、不妄爲，如同天地順應萬物本性，各遂其生，所以雖然無爲，卻能無所不爲。

②柔弱勝剛強

　　老子說：「弱者道之用」（〈第四十章〉）、「綿綿若存，用之不勤」（〈第六章〉），這是說「道」的創生作用雖然柔弱，但卻是綿延不絕，作用無窮的。柔弱的作用運用到人生，老子認爲「柔弱勝剛強」（第三十六章），堅硬的東西最容易折斷受損，反倒是柔軟的東西卻最有韌性，不易受

傷。因此他說：

> 人之生也柔弱，其死也堅強。萬物草木之生也柔脆，其死也枯
> 槁。故堅強者死之徒，柔弱者生之徒。是以兵強則不勝，木強則兵。
> 強大處下，柔弱處上。（〈第七十六章〉）

> 天下之至柔，馳騁天下之至堅。無有入無間。吾是以知無爲之有
> 益。（〈第四十三章〉）

　　老子觀察現象界，發現堅木易折、柔條難斷。像是颱風過境時，高大
的樹木往往被催折，而柔軟的小草卻能迎風伸展，這正是因爲它的柔軟。如
同俗語所說的「狂風吹不斷柳絲，齒落而舌長存」。人與植物也有相同的狀
況，當充滿生命力時，軀體都是柔軟的，當人死亡後，軀體則枯萎僵直。由
此老子體會到，凡是屬於柔弱的，都近乎容易生存的一類，凡屬於堅強的，
則近乎死亡一類，由此得出「堅強者死之徒，柔弱者生之徒」的結論。「堅
強」的東西往往失去生機，而「柔弱」之物卻充滿著生機。從它們外在表現
上來說，「堅強」的東西之所以屬於「死之徒」，是因爲它們的顯露突出，
因此當外力相逼時，便首當其衝了。老子所謂「柔者適生，強者遭禍」的道
理，誠如〈第九章〉所說：「揣（chuǎi，錘鍊）而銳（尖銳）之，不可長
保」，意思就是堅硬如刀劍般的東西，錘鍊使其刀鋒尖銳不可當，但是它的
鋒芒必然不能長久保存。原因就在於因爲刀鋒過於尖銳，容易導致折損。所
以，老子才說剛強的東西容易遭折毀，柔弱的東西反倒難以摧折。
　　老子以「水」爲比喻，水似乎是天地間最柔弱的東西了，但看似柔弱，
卻最爲堅強，滴水可穿石。因此老子說：

> 天下莫柔弱於水，而攻堅強者莫之能勝。其無以易之，弱之勝
> 強，柔之勝剛，天下莫不知，莫能行。（〈第七十八章〉）

　　老子「柔弱」的主張，主要是針對「逞強」的作爲所提出的，因爲逞強者往往自以爲是，其結果不僅惹出爭端，也使自身受到傷害。在柔弱的前提下，老子進而提出「居後」、「不爭」的觀念，以下我們就來討論老子所說的「居後」與「不爭」。

③居下不爭

　　在日常生活中沒有人喜歡居後，課業成績要爭第一，自我表現要爭第一，生活享受也要爭第一，然而因爲「爭」，多少紛爭與傷害因此而生，老子深有所感，因此他教人「利物而不爭」（〈第八章〉）、「爲而不爭」（〈第八十一章〉）的哲學。老子又援舉「水」這個例子，說明水不僅柔弱，還具備處下不爭的特點。〈第八章〉說：

　　　　上善若水，水善利萬物而不爭，處眾人之所惡，故幾於道。……夫唯不爭，故無尤。

　　老子說水有利於萬物的生長，卻不與物相爭，居處眾人所討厭的卑下之地，因此水的德行可說是非常接近於「道」了。上善之人的德行就像水一樣，他善處於卑下之地，因爲他不與物爭的特性，所以不會引來責怪。〈第六十六章〉也說：

　　　　江海所以能爲百谷王者，以其善下之，故能爲百谷王。是以聖人欲上民，必以言下之；欲先民，必以身後之。是以聖人處上而民不重，處前而民不害，是以天下樂推而不厭。以其不爭，故天下莫能與之爭。

　　老子說，江海之所以能成爲百川歸往聚集之所，就是因爲它善於自處於最低下的地方，所以才能成爲百谷之王。因此，要能居於人民之上成爲君主，就必須在言語上謙下於民；要能在人民前面爲先導者，一定要能退讓於

後。如此一來，聖人居於上位，但人民卻不覺得有所負擔；雖然站在人民的前面，但人民卻不覺得有所妨礙，所以天下人都樂於擁戴他而不會厭棄他。老子認為，這正是因為他不與人民爭，因而天下萬物也不會和他爭。這就是老子以退為進、居下不爭的哲學。

不過，要弄清楚的是，老子所主張的「不敢為天下先」（〈第六十七章〉），要人「利萬物而不爭」（〈第八章〉），並非毫無鬥志、自甘居下，或是自我放棄，老子不爭的觀念，主要是為了消除那些鬥氣逞利、爭先爭勝所引發的爭端，他仍要人去「為」，但所「為」必須能利萬物，且利萬物後不與人爭奪功名，從而達致「夫唯不爭，故天下莫能與之爭」的境界。

④知足寡欲

老子發現時人總把一生的幸福寄託在物質享受上，以為取得物質的充分滿足便是幸福，老子告訴人們，感官的過度刺激最終將導致人心麻木。所以〈第十二章〉說：

> 五色令人目盲；五音令人耳聾；五味令人口爽（差失也）；馳騁（chí chěng，騎馬奔馳打獵）畋獵令人心發狂；難得之貨，令人行妨（內心亂，行為不正直）。是以聖人為腹不為目，故去彼取此。

老子提出了五色、五音、五味的追求，會造成人目盲、耳聾、口爽的後果。盲、聾並不是真的看不見、聽不到，只是形容由於五色繽紛、五音雜沓，看得人眼花撩亂，聽得人震耳欲聾。各式滋味過分享受，刺激過度，最後將導致味覺失靈。盡情騎馬奔馳、獵取野獸，將使人浮躁狂妄。貪愛金銀珠玉這些難得的珍寶，最容易引起人心的貪欲，所以太重視物質生活而任由物欲膨脹的人，往往埋下為非作歹的禍根。視覺、聽覺、味覺等自然官能本來就是最敏銳的，然而為了逐馳一時之快，盲地追求這些聲光物欲的刺激，終將造成身體及精神兩受疲累，老子認為這是本末倒置的作法，所以〈第

四十四章〉他提醒我們：「身與貨孰多？……甚愛必大費，多藏必厚亡」，生命和財貨，哪一個才比較重要呢？為滿足過分的貪欲，將付出更大的代價，多方聚斂物資，最後必定失去更多。因此，上述〈第十二章〉所說的聖人「為腹不為目」，指的正是滿足生理的基本需求即可，不要做貪妄的追求。否則貪婪之心不平息，不僅自身遭到傷害，甚至還會造成社會的紊亂。

老子深深的體會到這個道理，因此他告誡人一味向外追求，永遠得不到滿足，唯有向內追求才是幸福的不二法門。〈第三十三章〉說得很好，它說：「知足者富」，因此一個不知足的富翁，他的處境絕對比一個知足的乞丐還要貧困，因為一旦知道滿足，便永遠不會感到匱乏，外界的物欲刺激將與您的心絕緣。因此老子教人要「寡欲」，〈第四十六章〉說：

> 罪莫大於可欲，禍莫大於不知足，咎莫大於欲得。故知足之足，常足矣。

意即人最大的禍患，就是不知滿足；最大的過錯，就是想要獲得。人若懷有「可欲」、「不知足」之心，則貪念自生。只有「知足」帶來的滿足感，才是真正的滿足，也就是我們常說的「知足常樂」。因此，老子要求人要「去奢、去泰（過度）」、「少私寡欲」，持守「儉嗇」的原則，視此為個人立身必須持守的「三寶」之一，所謂的「儉嗇」就是指簡約不奢侈，愛惜財務，節制過分的物質慾望，如此才能達成「知足不辱，知止不殆（危險），可以長久」的境界。

老子《道德經》是一部偉大的作品，雖然只有寥寥五千餘字，卻意旨深遠，其內容涉及哲學、文學、美學、社會學、政治學、軍事學等諸多領域，儼然如一部精緻的百科全書。老子的時代距今已有兩千多年，但他的人生智慧至今仍具啟發性與引導作用。它對於中國文化造成的影響，絕不是五千餘字可以闡述得清楚的，我們這篇介紹性的短文就已經超過五千言了，然仍只

能約略性地做一簡介。所以，想要洞察《老子》書中的智慧，看完這篇導讀後，不妨去圖書館或是書店買下這本小書，親自體驗老子五千言歷久不衰，至今仍風行於世的獨特魅力吧！

延伸閱讀

1. 陳鼓應《老莊新論》，臺北：五南圖書出版公司，1993年。
2. 黃登山《老子釋義》，臺北：臺灣學生書局，1987年。
3. 張起鈞《智慧的老子》，臺北：東大圖書公司，1989年。
4. 吳怡《新譯老子解義》，臺北：三民書局，1994年。
5. 張起鈞、吳怡《中國哲學史話》，臺北：新天地書局，1979年。
6. 傅沛榮《究竟真實——傅沛榮談老子》，臺北：天下遠見，2006年。
7. 洪安全等著《中國歷代思想家㈠周公‧管子‧老子‧孔子‧孫子》，臺北：臺灣商務印書館，1999年。
8. 王邦雄《生命的大智慧：老子的現代解讀》，臺北：漢光文化事業股份有限公司，1991年。

2.莊子

　　與老子同為戰國時期道家代表人物的莊子，名周，宋國蒙（今河南商丘，另說安徽蒙城）人，與梁惠王、齊宣王同時。他的生平事蹟根據《史記》的記載，早年曾在蒙做過漆園吏（職官名，負責掌理園圃的工作）。雖然生活貧困，他卻淡泊名利，以清靜修道為務，相傳楚威王聞其賢德，曾派使者贈以千金，並請他擔任宰相，但被他拒絕，由此反映出莊子不慕榮利的人生哲學。

　　莊子著有《莊子》一書，本書大旨本於《老子》，但也有他獨到的見解，司馬遷說莊子「著書十餘萬言，大抵率寓言也」，「寓言」是有所寄託比喻的話，也就是以淺近假託的故事或用擬人手法，表達某種哲理的文學。莊子的思想幾乎都是藉著引人入勝的寓言來表現，每個故事的背後都寄託了

深奧的哲理，在文辭上表現得靈活巧妙、氣勢縱橫，深受後人的推崇。現存《莊子》有三十三篇，分爲內篇（計有七篇）、外篇（計有十五篇）、雜篇（計有十一篇）。一般學者認爲，外篇、雜篇各自獨立、內容不一，很可能是他的弟子及後學所作；而內篇七篇條理一貫，當是莊子本人的作品，是我們了解莊子思想的重要資料，其篇目依次是〈逍遙遊〉、〈齊物論〉、〈養生主〉、〈人間世〉、〈德充符〉、〈大宗師〉、〈應帝王〉。我們主要就內七篇中的〈逍遙遊〉、〈齊物論〉、〈養生主〉、〈應帝王〉及外篇雜篇中的故事，來介紹莊子的思想。

⑴無待與逍遙的生命境界

　　《莊子》首篇〈逍遙遊〉的主旨，即是講人應該如何適性解脫，透破功名利祿、權勢尊位的束縛，使精神活動臻於逍遙自由的境界。莊子分析，人生種種苦惱與不自由，其根本原因在於「有待」與「有己」。

　　「有待」是指人爲達到某種目的時，必須仰賴或具備一定的條件，然而這些條件往往成爲妨礙人自由的束縛。文中莊子以「鵬飛萬里」的故事爲開端，生動描繪了大鵬鳥飛越時的壯闊高遠，牠的境界是那些小鳥無法體會的。但是，大鵬鳥看似逍遙，是仍不符合莊子所說的「逍遙」境界，因爲大鵬鳥高飛必須靠著「垂天之雲」的大翅膀及能負荷巨翼的大風，在莊子看來，這仍是「有所待」的，因此稱不上眞正的逍遙自由。眞正的逍遙應該是「無待」的，是不須依賴任何條件的，莊子認爲要達到「遊於無窮，而無所待」，就必須破除「有己」，達到「無己」。所謂的「有己」，就是指人們總是意識到自身與外在環境的差異與對立，從而去區分善惡苦樂、計較得失。而與「有己」相對的「無己」，則是不執著自己，消除物我間的對立，無論是大小、美醜、貴賤、夭壽、是非、有無，都把它們等同起來，物與我不再是對立而是一體。因爲自我「無己」、不執著於自己，人間功名利祿失去了依附的主體，使精神生命得到眞正的解放，這就是逍遙無待的境界。我們可以這樣解讀莊子的「逍遙」：「消」是消解，「遙」是遠大；「消」

是工夫，「遙」是境界。《莊子》稱生命不成爲追逐任何外在目標的工具爲「無待」。

〈逍遙遊〉中有則寓言，說惠施跟莊子提到魏王送他一顆葫蘆的種子，結果惠施種植後竟然長成五石大（約一百二十斤）的大葫蘆瓜，由於過於巨大，所以既不能當酒壺，也不能當水瓢，又平淺無所容，惠施覺得它沒有任何用處，於是把它擊碎，莊子聽了就說他「拙於用大」。莊子以「不龜手藥」（龜，jūn，裂開。利於漂洗綿絮而不使手凍傷的藥物）爲例，說明同樣的藥物，有人用它世世代代幫人家漂洗棉絮，所得不過數金，有人用它賣給吳國，使士兵在冬天水戰時手腳不凍裂，結果大敗敵軍而獲割地封侯。莊子認爲，這就是「用」的不同。因此東西本身並非無用，只是由於使用者或使用方法的不同，因而它發揮的功能也就有很大的不同，於是莊子對惠施說：

今子有五石之瓠，何不慮以爲大樽，而浮乎江湖，而憂其瓠落無所容？則夫子猶有有蓬之心也夫！（〈逍遙遊〉）

看似無用的葫蘆瓜，可以把它繫在身上，當成腰舟，浮浪於江湖之上，這就是葫蘆瓜的大用。在莊子看來，惠施只想把它當作酒壺或製成水瓢，這是人的「有蓬之心」，以喻世人心靈封閉，見小而不識大。因爲人爲的拙於用，結果葫蘆瓜被擊碎了，使它失去自身本有的用。

惠施聽了莊子的話後並不死心，又說有一棵大樹，樹幹盤結、小枝捲曲，是無法用來製造任何器具的，所以生長在路旁，工匠連看都不看它一眼，就是因爲它「大而無用」呀！莊子回答他，大樹就像大葫蘆瓜一樣，有它本身的用處，你不要把它當木材來用，就不會在乎它是否捲曲盤結。爲何不把它種在虛寂的鄉土、廣漠的曠野（無何有之鄉，廣漠之野），「心無何有」（沒有實用與否的立場），你就可以自在徘徊在樹旁，悠遊地寢臥在樹下，自在而逍遙。因爲沒有材用的考量，所以大樹的無所可用也不會招來斧

頭砍伐。

　　莊子認為惠施因為對生命有執著、有預期，當生命的發展不符合原來的預期，或不能迎合世俗之用（世俗的價值）時，就會因失落而毀傷自己。莊子的態度是：如果能夠「無所待」，不以特定的「用」困住生命，不把生命當追逐任何外在目標的工具，「無所待」就可遊於無窮，這就是逍遙了。是故莊子所認為，有用之用，是人為的用；無用之用，是自然的用。人為的用，是有心有為、自困自限；自然的用才是無心無為、自在自得。莊子強調，萬物回到自己本身的用，才能達到本篇所說的「無所可用，安所困苦哉！」

⑵萬物與我為一的齊物之論

　　本篇的主旨是講一切事物都是相對的，如果要達到上篇所說的逍遙解脫，就必須齊物。所謂的「齊物」（the equality of things），即主張萬物的平等，莊子從物性平等的角度，將人類從自我中心的侷限中超拔出來，以此消解人們對於世俗價值的盲從與執著。莊子教人以開放的心靈觀照萬物，去體會萬物都有其獨特的意義。莊子認為，現象界中的萬物，或成為人，或成為物，全是偶然的，全由造物者作主，因此在他眼中，天地萬物是渾然一體，沒有差別相的，人與萬物齊同平等，人並不特別尊貴，萬物也不特別低賤，沒有尊卑貴賤的不同。世間上的事物許多都是相對而非絕對的，〈齊物論〉說：

　　　天下莫大於秋毫之末，而太（泰）山為小；莫壽乎殤子，而彭祖為夭。天地與我並生，萬物與我為一。

　　這段話的意思是說，一般人總以為泰山為大，但是一和天地四海相比，它就顯得十分渺小；常人總以為秋毫（鳥獸在秋天所生的細毛，後比喻微細的事物）之末為小，但和我們肉眼不能察覺的細微之物相比，它就顯得十分

巨大了；常人皆以殤子（未成年而夭折稱爲「殤」）夭亡爲短命，但和蜉蝣（fú yóu，蟲類，長六、七分，頭似蜻蛉而略小，有四翅，體細而狹。夏秋之交，多近水而飛，往往數小時即死。）生物相比，他就顯得長命了。同樣地，常人以彭祖爲高壽（相傳他活了七、八百歲。因爲封於彭城，故稱爲「彭祖」，後世用以比喻長壽），但是與萬年大木相比，彭祖就顯得短命。所以每一個東西，都較比它小的東西爲大，但也較比它大的東西爲小，因此莊子說每個東西都是大的，也都是小的。所謂的小、大、夭、壽，不過是在有限時空中比較得來的，如果從無窮的時空觀來檢視，所有的差別相只有相對的意義。所以他說：「天地與我並生，萬物與我爲一。」

　　莊子將天地中的一切萬物齊觀，人與萬物同樣都來自於自然，也都將走向自然、回歸於自然，不必去分別、強調彼此間的差異。況且，萬物之間即使有所差異，也只是人從某個角度、觀點去看而造成的，如同〈德充符〉所說：「自其異者視之，肝膽楚越也（言肝與膽在人體內雖近，亦猶楚國越國的距離一般遙遠）；自其同者視之，萬物皆一也。」因此，從萬物彼此之間「相異」的「差別相」來看，物與他物之間必定會有相異的差別；反之，若從萬物彼此之間的「相同」的「共同相」來看，萬物之間自可歸於齊一等同。本篇末段載有一則著名的故事：

　　昔者莊周夢爲胡（蝴）蝶，栩栩然胡蝶也，自喻適志（自得快意的樣子）與！不知周也。俄然（忽然）覺，則蘧蘧然（qú qú，驚動的樣子）周也。不知周之夢爲胡蝶與？胡蝶之夢爲周與？周與胡蝶，則必有分矣。此之謂物化。

　　有一次，莊子作夢夢見自己是一隻蝴蝶，無憂無慮地在花叢裡飛舞著，不知道自己是莊周。可是等他醒來以後，卻訝異自己是莊周，這時他覺得有點疑惑：究竟是莊周作夢夢見變成蝴蝶，還是是蝴蝶作夢，夢見牠變成莊

周呢？蝴蝶與莊周本來是有差別的，由夢覺（清醒）不分，把這兩者融在一起，分不清誰為誰？莊子說這種境界就叫做「物化」，象徵人與外物的和諧交感，泯除物與我的隔閡。這個故事與〈秋水〉篇莊子與惠施的「濠梁之辯」[10]可相互輝映。

　　在這段辯論中，可知惠施把彼此得界線分的很清楚，使物我相隔。但莊子卻能以自己的心去體現萬物，由自己的悠然推知魚兒們的快樂，因而消解了物與我的樊籬，把物我融為一體，這就是齊物思想的最高表現。

⑶依乎天理、因其固然的養生之理

　　在〈養生主〉裡，莊子講述如何養護生命之主體，強調精神生命的重要性。揭示養護精神的方法莫過於順任自然。本篇首段即點出全篇總綱──「緣督以為經」，即是順守自然。在這篇中，有一個莊子極為著名的寓言故事──「庖（páo）丁解牛」[11]。這個故事的主角是一位為文惠君宰牛的廚師──庖丁，庖丁在支解牛隻時，他手所接觸的，肩所依靠的，腳所踩踏的，膝所抵住的，皮骨相離發出砉然（huò皮骨分離的聲音）的聲音，當刀子插進去，所發出的聲響都切中音律，如同在演奏樂曲一般。按理說，屠宰牛的過程當是血淋淋的場面，但在莊子卻以藝術化的方式呈現，使之成為一幅結合音樂節奏與舞蹈動作的畫面。他說庖丁解牛，聲音既好聽，動作更美妙，因此連文惠君都忍不住讚美庖丁，但也疑惑他宰牛的技術怎能如此高超。於是

小辭典

10　濠梁之辯：莊子與惠子游於濠梁之上。莊子曰：「儵魚出游從容，是魚之樂也。」「子非魚，安知魚之樂？」「子非我，安知我不知魚之樂？」「我非我，固不知子矣，子固非魚，子之不知魚之樂全矣。」「請循其本。子曰：『汝安知魚樂』云者，既已知吾知之而問我，我知之濠上也。」

11　庖丁解牛：比喻對事物了解透澈，做事能得心應手，運用自如。如：「這件專案自從由他接手後，原本棘手的部分便如同庖丁解牛一般，輕鬆迎刃而解。」

庖丁放下刀子回答說：「我所愛好的是『道』，早已超過技術層次，我最早開始支解牛隻時，眼中所見的都是一整隻牛（所見無非牛者）；三年之後，就不曾見到完整的牛了（目無全牛[12]）。以我現在的情況來說，當我解牛時，我是以心神去接觸牛體，而不是用眼睛去看牛，讓感官作用停止使心神充分運作（以神遇而不以目視，官知止而神欲行），按照牛自然的生理結構（依乎天理、因其固然），劈開牛筋肉的間隙，導向骨節的空隙，順著牛體本身的條理及構造來運刀，這樣連經脈相連、骨肉相接處都沒有碰到，更何況是大骨頭呢！」庖丁繼續說：

良庖歲更刀，割也；族庖月更刀，折也；今臣之刀十九年矣，所解數千牛矣，而刀刃若新發於硎（xíng，磨刀石）。彼節者有閒（空隙），而刀刃者無厚，以無厚入有閒，恢恢乎（寬綽有餘）其於遊刃（運轉刀刃）必有餘地矣[13]。是以十九年而刀刃若新發於硎。雖然，每至於族（筋骨肌肉交錯聚結處），吾見其難為，怵然（chù）為戒，視為止，行為遲，動刀甚微，謋（huò，骨與肉剝離的樣子）然已解，如土委地，提刀而立，為之四顧，為之躊躇滿志（chóu chú，從容自得，心滿意足），善（同「繕」，擦拭）刀而藏之。

他說好的廚師每年要換一把刀，因為是用刀割肉；普通的廚師每個月換一把刀，因為是用刀砍骨頭。如今我這把刀子已經用了十九年了，支解過數千頭牛，而刀刃卻像剛用磨刀石磨過一樣鋒利。原因就在於牛的骨節之間

⚫小⚫辭⚫典

12 **目無全牛**：庖丁解牛，幾年後技術純熟，宰牛時已不注意牛的外形。後用以比喻技藝純熟高超。

13 **遊刃有餘**：好的廚師宰牛時，刀刃在骨節間的空隙運轉，覺得空隙還很大。後以遊刃有餘比喻對於事情能勝任愉快，從容而不費力。

有空隙，而我的刀刃薄得沒有什麼厚度，用沒有厚度的刀刃切入有空隙的骨節中，自然寬綽而有活動的餘地了，所以用了十九年，刀刃還像新磨過的一樣。雖然如此，每當遇到筋骨交錯處，仍會特別謹慎小心，目光集中、慢慢動手，然後稍一動刀，牛的肢體就分解開來，像泥土一樣散落地上。我提刀站立，環顧四周，意態從容而心滿意足，然後把刀擦拭乾淨，收藏起來。文惠君聽完庖丁的這番話，說他得到了「養生」的道理。

　　莊子藉庖丁宰牛之法，來比喻養生之理，再由養生之理來比喻處世之道。他以牛的筋骨盤結比喻人事間的錯綜複雜。不會操刀的人又砍又割，徒然傷筋動骨、吃力而不討好，不懂道理的人處理事情也是損形耗神，勞累而沒有效率。唯像庖丁順著牛體的自然理路來運刀，啓迪我們處世不能強行妄為，要「因其固然」、「依乎天理」，遵循客觀規律，又以庖丁遇到筋骨盤結時所採取的「怵然為戒」，凝神專注的態度，告誡我們遇到困境時，行事更當謹慎戒惕。最後，以庖丁成功解牛後「躊躇滿志」的喜悅與「善刀而藏之」的態度，教導我們事成後應內斂，不可得意忘形，這才是真正的處世之道。

⑷「無用以免害」的處世哲學

　　在〈人間世〉裡，莊子藉由「大櫟樹」的故事，來講述人處世與自處之道，提出了「無用之用是謂大用」的結論。這則故事說有一名木匠帶著幾名徒弟到齊國去，師徒一行人看見一棵巨大無比的櫟樹。它的樹蔭可以容納好千頭牛在樹下休息，樹幹粗直，好幾丈高之後才見分枝，而這些枝枒粗到可以拿來當做造船材料的，就有好幾十枝。許多路人圍觀，嘖嘖稱奇，只有這名木匠瞄了一眼，掉頭就走。徒弟們就問他們的師父說：「我們生平未見過這麼高大華美的樹木，師父怎麼不看就走了呢？」這位木匠回答他的徒弟說：「這棵樹其實是沒有用的散木。用它來做船會沉，做棺材會腐爛，做器具會損壞，做門窗會流出汙汁，做柱子會長蛀蟲。這是不材之木，沒有一點用處，所以才會這麼長壽，這樣高大。」結果木匠夜裡夢見這棵大櫟樹對他說：

女（汝）將惡乎比予哉？若將比予於文木邪？夫柤梨橘柚，果蓏（yū，瓜果之類）之屬，實熟則剝，剝則辱；大枝折，小枝泄（拉扯），此以其能苦其生也，故不終其天年而中道夭，自掊擊於世俗者也。物莫不若是。且予求無所可用久矣，幾死，乃今得之，爲予大用。使予也而有用，且得有此大也邪？

原來這棵大櫟樹在夢中對木匠說：「你怎麼說我沒用呢？你要拿我和什麼東西相比呢？你想想看那些你們認爲有用的樹木，像是柤、梨、橘、柚等果樹，當果實成熟時，就被人拉扯摘下，結果大枝被折斷，小枝被扭扯，這都是由於它們有用而苦了自己的一生，所以不能享盡天賦的壽命，中途就死亡了，這都是因爲顯露出有用而招來的打擊，一切有用的東西無不如此。你眼中的無用，對我來說，正是大用。假如我像你所說的有用，豈不早被砍伐了嗎？我還能長得這麼高大嗎？」莊子以大櫟樹爲喻，說明那些露才揚己的人，往往「以其能苦其生」，就像那些果樹一樣，遭到斤斧砍伐之患。因此就現實人生來說，人若能泯除世俗相對的價值觀，不淪於他者之工具價值，以此應世，自然不會落入世俗中「有用」的陷阱裡，而自害其生，自然可以保全自己。因「無用」故「無害」，所以是一種大用。

⑸德有所長而形有所忘的修養境界

莊子在〈德充符〉篇裡主要在講論道德，這篇以不小的篇幅描寫許多相貌特異、外表醜怪的人，莊子的用意是希望藉此破除外形殘全的觀念，教人重視人的內在性。莊子透過寓言形式描寫王駘、申徒嘉、叔山無趾、哀駘它等幾個肢體殘缺、形體醜陋的人，但他們不自暴自棄，不讓外型的殘缺侵擾他們的心靈，他們所重視的是整體的生命人格，但是他們的道德都是完美充實的，因此能超越外在形軀的殘缺，莊子稱其爲「才全而德不形」。

所謂的「才全」，是說人的天性不受外物的傷害而能得到完備的保存。人生在世難免會受到死生、存亡、富貴、毀譽等外在因素的影響，但莊子認

為，人必須認清這些外在的變化只是運命流行，好比晝夜的輪替一樣，人必須不讓外界變化侵擾「靈府」（心），這樣才能達到「才全」的境界。所謂的「德不形」，即是說德不外露，內心保持極度的靜止，而不為外物所搖蕩（內保之而外不蕩也），追求內在生命的充實，才能體現大道的精神，即是莊子所說的「德」。故，莊子藉寓言形式，描寫型態醜陋、形軀殘缺的人，主要是為了強調心靈的美，哪怕是「惡駭天下」，也不會妨礙其德行之美，這裡取一則本篇的故事來說明：

> 闉跂（腳曲）支離（殘缺不全）無脤（唇）說（遊說）衛靈公，靈公說（悅）之，而視全人，其脰（脖子）肩肩（狹小的樣子）。甕㼜大癭（形容脖子上的瘤大如盆狀）說齊桓公，桓公說之，而視全人，其脰肩肩。故德有所長，而形有所忘。

　　這是說有一個跛腳、駝背、缺嘴的人去遊說衛靈公，衛靈公很喜歡他，而看到形體完整正常的人，反而覺得他們脖子太細小了。有一個脖子長了大瘤的人去遊說齊桓公，齊桓公很喜歡他，看到形體正常完整的人，反而覺得他們脖子太細小。所以莊子說，只要有過人的德行，形體上的殘缺就會被世人遺忘，莊子說這就叫做「德有所長而形有所忘」。所以說，人當追求形體之外更高價值的東西，超越外形殘全的觀念，重視與追求內在生命價值的提升。

(6)安時而處順的生死觀

　　面對人生命的有限，莊子從自然的角度，來消解世人畏懼死亡的情緒，〈大宗師〉說：「死生，命也，其有夜旦之常，天也。人之有所不得與，皆物之情也。」莊子分析，人的生死就像是有黑夜與白天一樣，是自然的規律，這是人力不能去改變干預的，這就是物之實情。他對人之生死的看法是：「得者，時也，失者，順也，安時而處順，哀樂不能入也。此古之所謂

縣（懸）解也。」莊子認爲，既然生死現象是不能隨著人爲主觀意志，去改變那客觀的必然，因此，人就不應該執著在「形軀我」的層次，當「安時而處順」與大道同流，順隨自然變化的規律求得生命的安頓。關於莊子的生死觀，〈至樂〉篇提到他遭逢妻子過世的自身經驗：

> 莊子妻死，惠子弔之，莊子則方箕踞（jī jù）鼓盆而歌。惠子曰：「與人居，長子老身，死不哭亦足矣，又鼓盆而歌，不亦甚乎！」莊子曰：「不然。是其始死也，我獨何能無慨然！察其始而本無生，非徒無生也，而本無形；非徒無形也，而本無氣。雜乎芒芴（hū）之間，變而有氣，氣變而有形，形變而有生。今又變而之死。是相與爲春秋冬夏四時行也。人且偃然寢於巨室，而我噭噭（jiào jiào，痛哭的樣子）然隨而哭之，自以爲不通乎命，故止也。」

　　莊子的妻子過世時，惠子前來弔喪，他看見莊子箕踞（兩腿舒展而坐，形如畚箕，是一種隨意不拘禮節的坐法），一面敲擊瓦盆，一面唱歌。惠子便對莊子說：「你們夫妻共同生活，她替你生養孩子，現在她死了，你不哭泣難過就算了，怎麼可以還鼓盆而歌？你不覺得自己很過分嗎？」莊子回答：「不是的，我的妻子剛剛死去時，我怎麼會不傷心呢？但是觀察她最初本來就沒有生命，不但沒有生命，而且連形體也沒有，莫說沒有形體，也沒有氣息。在若有若無間，變而成『氣』，由『氣』再變成形體，形體再變成生命，這樣生死往來的演變過程有如四季交替一樣，不過是大自然運行的自然現象。現在我的妻子正安詳地睡在天地之間，如果我還嚎啕大哭的話，豈不是太不通達生命的道理，所以我決定不哭了。」
　　這則故事說明莊子在面對死亡時，起初亦曾悲傷，但他領悟到人原本來自於天地宇宙間，死了之後，又回到天地宇宙的懷抱，他之所以鼓盆而歌，就是因爲他看破了生和死的界限，了解生與死之間是其實沒有什麼分別的，

這樣就不會被「樂（喜歡）生惡（厭惡）死」的情緒所困擾，也才能以豁達樂觀的心胸去面對死亡。

(7)無為而治的理想政治

　　在〈應帝王〉篇，莊子討論治天下的帝王之道，透過寓言故事來強調「無為」的重要性，主張為政之道當因順自然、順應民性，反對任何形式的統治，並提出無治主義的理想。篇中最著名的故事就是「渾沌」鑿七竅而死，文曰：

　　　　南海之帝為儵，北海之帝為忽，中央之帝為渾沌。儵與忽時相與遇於渾沌之地，渾沌待之甚善。儵與忽謀報渾沌之德，曰：「人皆有七竅（指兩眼、兩耳、兩鼻孔及口）以視聽食息，此獨無有，嘗試鑿之。」日鑿一竅，七日而渾沌死。

　　這則寓言是說：南海帝王名叫「儵」（shù），北海帝王名叫「忽」，而中央的帝王名叫「渾沌」。儵與忽常常到渾沌的境地相會，渾沌待他們十分好，因此儵與忽想要報答渾沌的善待，他們想到人皆有七竅，用來視、聽、飲食與呼吸，唯獨渾沌沒有，於是決定為它開鑿七竅，一天鑿一竅，到了第七天時渾沌就死了。莊子以渾沌比喻質樸心善的人民，南海與北海之帝比喻為欲知恩報恩、一心想有所作為、回報人民的統治者，藉此說明帝王的動機或許是好的，但是卻「日鑿一竅」──今日設一法、明日改一政，煩擾的政舉往往置民於死地，以此論證「有為」所帶來的惡果。

(8)曠達自在的人生態度

　　在〈秋水〉當中有兩則與莊子切身相關的故事，反映出莊子不慕榮利、不願受外物所累的人生態度。第一則故事是說，某天莊子在濮水邊垂釣，楚王派遣兩位大臣先行前往致意，對莊子說：「楚王希望能將國內政事委託給

你。」莊子手把釣竿頭也不回地對他們說：

> 吾聞楚有神龜，死已三千歲矣。王巾笥（笥，sì，布巾與竹箱）
> 而藏之廟堂之上。此龜者，寧其死爲留骨而貴乎？寧其生而曳尾於塗
> 中乎？」二大夫曰：「寧生而曳尾塗中。」莊子曰：「往矣！吾將曳
> 尾於塗中。」

　　莊子告訴這兩位使者說：「我聽說楚國有一神龜，已經死了三千多年，楚王把牠裝在竹箱裡，用巾飾覆蓋著牠，珍藏在宗廟裡。請問這隻神龜是寧可死去留下骨骸讓人尊貴呢？還是寧願活著拖著尾巴在泥水中爬著呢？」兩位大臣說：「寧願拖著尾巴活在泥水裡。」莊子說：「你們走吧！我還是希望能拖著尾巴在泥水裡自在地爬著。」根據記載，莊子的一生生活十分貧困，甚至還要向人借貸才能維生，但當楚王要聘他爲相的時候，他卻又斷然拒絕，這是因爲他寧可安於貧困，而自由自在地生活著，也不肯爲追求富貴而喪失生命情性。後來我們也以「曳尾塗中」或「曳尾泥塗」這個成語，來比喻人寧願貧困而逍遙自在，不願尊貴禮遇而備受拘束。

　　另一則故事則記錄了莊子的好朋友惠施被封爲魏國宰相，莊子很替自己的朋友高興，啓程去訪見惠施。有人歪曲莊子的來意，並在惠施面前挑撥說：「莊子此次拜訪，來者不善，我看他意在謀取你的相位。」惠施一聽，心裡十分恐慌，於是下令搜捕莊子。爲了抓到他，整整在國都搜查了三天三夜。惠施的舉動被莊子知道了，莊子索性主動的登門求見。惠施見莊子竟敢自投羅網，吃驚不已，莊子也不向惠施多解釋，只是坐下來講了一個故事：

> 南方有鳥，其名爲鵷鶵（yuān chú，子知之乎？夫鵷鶵發於南
> 海而飛於北海，非梧桐不止，非練實不食，非醴泉不飲。於是鴟
> （chī，貓頭鷹）得腐鼠，鵷鶵過之，仰而視之曰：「嚇」！今子欲

以子之梁國而嚇我邪？

　　在南方傳說中有一種神鳥，與鳳凰同類，名叫鵷鶵，牠從南海出發飛往北海，在途中，若不見高高的梧桐樹，絕不棲息；不是翠竹與珍稀的果實，絕不食用；不遇甘甜的泉水，絕不暢飲。神鳥一路飛翔，牠在天空看見地面上有隻貓頭鷹，正在啄食一隻腐爛的死鼠。貓頭鷹看見頭頂上的神鳥後，以為牠是來搶食死鼠的，於是漲紅了臉，羽毛豎起，怒目而視，並對著神鳥聲嘶力竭地發出嚇人的嚇叫！莊子把貓頭鷹遇到神鳥的故事講完後，坦然地笑著問惠施：「今天，您獲取了魏國相位，看見我來了，是不是也要對我恫嚇（dòng hè）一番呢？」說完，莊子放聲大笑，拂袖而去。這則故事再次反映出莊子的人生態度。

　　藉由上述的介紹，不難發現莊子其人想像力豐富，他不喜歡正襟危坐地論理說教，而善用寓言，寓言如同披著外衣的真理，藉由巧妙的構思，生動的譬喻，將抽象化為具體，來表達深刻的哲理，其風格不僅在先秦諸子中自成一家，對後世文學影響尤其深遠。像莊周夢蝶、庖丁解牛、遊刃有餘，皆已成為人人耳熟能詳的成語，今日我們所習用的佳言名句，不少都出自於《莊子》，除了上面提到的幾則之外，就內七篇來說，還有一些較著名的成語：

　　大而無當〈逍遙遊〉：過大而不合用，形容人言行過度，不切實際。

　　大相逕庭〈逍遙遊〉：喻相去甚遠；大不相同，或彼此矛盾。

　　尸祝代庖〈逍遙遊〉：祭祀時主讀祝文的人叫尸祝，庖指廚師。尸祝代替廚師的工作，後用以形容越權代理，做事超過自己的本分。

　　秋毫之末〈齊物論〉：鳥獸在秋天所生之細毛的末端，比喻極微小的東西。

　　栩栩如生〈齊物論〉：活潑生動的樣子。

　　朝三暮四〈齊物論〉：不能辨別形勢改變而內容不變之愚者。或指意志不堅，主張不定的人。

　　槁木死灰〈齊物論〉：喻毫無生氣，意志極為消沉。

　　師心自用（人間世）：用以形容人自以為是，不聽勸告。

　　無用之用（人間世）：有才者以其能而受苦，是說全生遠害在於以無用為大用。

　　虛室生白（人間世）：喻心靈潔淨純白，不為慾望所蒙蔽。

　　螳臂擋車（人間世）：勇敢而力量薄弱，喻人不自量力。

　　溢美之言（人間世）：指過分誇讚的言辭。

　　肝膽楚越（德充符）：同居於一身之中的肝與膽，就像楚國與越國一樣遙遠。

　　真知灼見〈大宗師〉：正確而深刻的見解。

　　功蓋天下（應帝王）：形容功勞很大。

　　虛與委蛇（應帝王）：本用來形容心境空虛寂靜，隨物變化。後用以形容假意敷衍應付。

延伸閱讀

1. 張起鈞、吳怡《中國哲學史話》，臺北：新天地書局，1979年。

2. 王冬珍等著《中國歷代思想家㈡墨子‧商鞅‧莊子‧孟子‧荀子》，臺北：臺灣商務

3. 印書館，1999年。

4. 王邦雄等《中國哲學史》，臺北：國立空中大學，1995年。

5. 陳鼓應《莊子今注今譯》，北京：中華書局，1983年。

6. 陳鼓應《老莊新論》，臺北：五南圖書出版公司，1993年。

7. 楊儒賓《莊周風貌》，臺北：黎明文化事業公司，1991年。

8. 葉海煙《莊子的處世智慧》，臺北：健行文化出版事業有限公司，2006年。
9. 傅佩榮《向莊子請益：傅佩榮說莊子》，臺北：立緒文化，2007年。

三、宗教篇

　　華人宗教信仰最早屬於祖靈及自然力泛神崇拜，之後逐漸融進佛、道兩教義理，使得華人宗教更具豐富的思想和教義。

　　中國人以農業立國，人民耕種要能獲得豐富的收成，就必須風調雨順。因此，人們常求助自然神的助佑，泛靈崇信便因此產生。像是向土地神祈求作物成長茁壯；祭拜天帝希望天災不生等等。另外，華人也認為靈魂不死，人死後會變成祖先，並且相信那些生前存世濟人、忠貞不屈、身懷絕技者，過世以後，又可轉化成可靠的神明，為世間人們解決生活上的各種難題。因此在華人世界裡，存在著許多頗具神力的神明，不時地為信徒們排解難題。

　　除了祖靈泛神信仰外，認識中國土生土長的道教及自印度傳入的佛教，對於我們了解中國傳統的哲學思想與歷史文化，有著重要的意義。因為佛、道兩教對中國文化影響極為深刻，舉凡哲學、科學、文學、藝術、書法、繪畫、雕塑、建築等方面，均可見到佛、道二教的影子，因此，研究中國文化者不能忽略這兩部分。以下便從道教、佛教與民間信仰三方面，來介紹華人的宗教信仰。

道教（Taoism）

　　中國道教形成於西元後二世紀的東漢時期，發展至今已經歷了兩千多年，相較於佛教、天主教，道教屬於中國土生土長的傳統宗教，其所信仰的神祇包括祖先及自然神靈。在先秦道家學說的基礎上，道教的發展歷程中還廣收博採儒、墨、醫、佛等諸家之學，及五行學說與各類方術，並建立一套

煉養理論。道教深信人只要經過一定的修煉方式，即可長生不死、羽化成仙[1]。

1.道教形成淵源

　　道教既爲中原本土的宗教，其萌芽、形成、發展的漫長歷程中，與中國傳統思想文化至爲密切，道教學說的建立主要有以下幾個思想淵源：

⑴鬼神崇拜及巫術

　　在遠古人類社會中，由於先民認識力的侷限，面對諸如風雨雷電、山洪地震、晝夜循環、四季更迭等紛呈莫測的自然現象均無法理解，因此，深信其背後有股超自然的神祕力量在控制著、主宰人類不能控制的一切，舉凡日月星辰、山川草木、風雨雷電，乃至死人亡魂，都視爲神靈，在當時人們心中，存在著一個有別於人世間的鬼神世界，從而產生「萬物有靈」的觀念。誠如《禮記‧祭法》所載：「山林、川谷、丘陵能出雲，爲風雨，見怪物，皆曰神。」「天垂象，聖人則之，郊所以明天道也……萬物本乎天，人本乎祖，此所以配上帝也。郊之祭也[2]，大報本反始也。」這是說山林雲氣都被稱作「神」，而萬物本於天，祭祀上帝的祭典爲郊祭。在萬物皆有靈的觀念下，上古社會存在著一種專門以巫術爲業的集團，擔負人神之間溝通的橋樑，調和自然與超自然間的關係，此種媒介者即是巫師。《山海經》裡有許多與巫相關的記載，這些巫儀爲後來道教所吸收，像是道教中的符咒、齋醮、科儀等。

---

⑨⑨⑨

1　羽化成仙：「羽化」即是「成仙」的意義。道教系統中稱的「仙」是透過修煉而達到的境界，又名「體道真仙」。按道教的分法，「仙」的種類有：⑴天仙：舉形昇虛；⑵地仙：中遊名山成仙；⑶尸解仙：死後蛻變，尸解成仙。

2　郊祭：《中庸》：「郊社之禮，所以事上帝也。宗廟之禮，所以祀乎其先也。」朱熹注曰：「郊，祀天；社，祭地。」郊祭就是敬事上帝，上帝者天也，即為昊天上帝的意思。

(2)神仙方術的承襲

神仙思想在道家出現之前就已存在，在《山海經》裡已有關於長生不死的記載。在中國戰國時期，燕齊一帶出現了鼓吹長生成仙之術的神仙方士，長生不死之說更深深打動那些想，永保人間富貴權勢的帝王們的心。因此，從戰國時期的齊威王、齊宣王、燕昭王，到秦始皇、漢武帝，都曾派人入海尋訪神仙，以求得長生不死之藥，在他們的求仙活動影響下，在當時掀起了一股求仙的風潮，由此發展出許多以求仙成仙爲目的的各式方術，繼而匯歸名爲「方仙道」的方術集團。這些方術在班固《漢書・藝文志》中多被收錄至〈方技略〉，分別爲「醫經」、「經方」、「房中」、「神仙」四家。在神仙一類所著錄的書名來看，神仙家的求仙方術主要有服食（特殊的飲食法）、導引（配合有呼吸方法的體操）、行氣（也叫「服氣」、「調氣」，類似今日的「氣功」）等。神仙家的神仙信仰與方術多爲道教所承襲，並演變成道教重要的修煉方法。

(3)讖緯思想（chèn）

「讖」字的意義是指「預兆」，這是一種具有宗教性質的預言；而「緯」字的意思是，本來是指織布上的橫絲，後來引申爲「經典」的意思。所謂的「讖緯」，即是以神學的觀點及陰陽五行學說來解釋儒家經典。而「讖」常配有圖，所以也叫「圖讖」。不少道教經典就吸收了讖緯思想，早期道教經典像是《老子想爾注》裡，就有部分關於忠、孝、仁、義，融合陰陽五行及圖讖觀點。《太平經》中更有大量圖讖符命的內容。

(4)援引道家學說

道教想成爲一個宗教，必須有自己宣揚的思想教義，援引道家學說，便是合理之舉。之所以名之爲「道教」，其實正是對「道」的宗教化而得名。道教大量吸收老子的思想，利用並誇大了老子學說中「道」的神秘性質，並將其清靜無爲、少私寡欲、抱樸守一的思想，發展成爲其修煉養生的指導原

則。此外，還將老子思想中像是「谷神不死」、「長生久視」之詞，牽強改造爲長生不死的信仰。甚至神化老子，將奉爲教主，尊爲神明，把《道德經》視爲道教主要經典。簡單來說，道教繼承改造了道家的理論，它以「道」爲最高信仰，以奉道守誡、修道成仙爲

終極目標，老子成爲「道」的化身，被道教徒奉爲教祖。因此道教與道家學派，在思想淵源上有著密切關係。

　　綜上所述，道教的思想淵源是多源頭、多面向的，也由於它的廣納並蓄，所以宋代學者馬端臨稱它「雜而多端」。

2.道教的形成與演變派別

　　道教正式形成約在東漢順帝之後，東漢道教組織最初興起於民間，主要有東方的太平道與西南地區的五斗米道兩大教團。

⑴太平道

　　東漢順帝時，山東瑯琊人宮崇來到京師洛陽，向朝廷獻上一部「神書」，據說這部「神書」是他的老師于吉在曲陽泉水上所得。該書共有一百七十卷，稱爲《太平清領書》，它的內容主要在講如何使天下太平的政治理想，以及興國廣嗣、養生成仙之術。不過，這部神書被漢代朝廷視爲妖妄不經，所以未被採納。桓帝時，平原人襄楷再次來京師獻進當時，仍未受到重視。直到漢靈帝即位，此書才受到統治者的注意，同時也在民間傳播開來。這部神書就是早期道教所奉持的重要經典《太平經》。它的內容十分龐雜，主要講的就是如何「去亂世，致太平」，書中假借神人降世，提出許多

挽救社會、政治危機的主張；此外，還有相當份量關於養生成仙、符咒治病，及使皇帝多有子嗣的方術。

東漢末年由於政治混亂，加上災疫流行，人民流離失所，此時鉅鹿人張角便利用《太平經》組成一個名為「太平道」的教團組織，張角自稱「大賢良師」。據《後漢書》及《三國志》的記載，張角要求信徒向神靈跪拜叩頭，以懺悔罪過，然後飲用符水（在紙上畫符，焚燒之後將餘灰摻入水中），唸誦咒語以消災治病。張角依《太平經》的「三統」思想，號稱自己為天公將軍，提出「蒼天已死，黃天當立。歲在甲子，天下大吉」的口號，號召太平道教徒起義，推翻漢朝統治，起義者皆頭戴黃巾作為標誌，故史稱「黃巾起義」或「黃巾之亂」。朝廷派大軍前往鎮壓，經過十個月的激戰，因張角病死及朝廷重兵圍剿之下，起義失敗。此後太平道的教團組織也漸漸散亡。太平道所發起的黃巾起義雖然失敗，但這是利用道教組織所發動的起義，標誌著道教開始登上歷史舞臺。

⑵五斗米道

大約與太平道同時期出現的，是在巴蜀一帶的五斗米道。其創始人是沛國人張陵。根據《後漢書》、《三國志》的記載，據說他在漢順帝時曾客居蜀郡，修道於鶴鳴山中，造作道書建立教團，這個派別之所以稱作「五斗米」，是因為入教者必須繳納五斗米，也被稱為「米賊」。張陵死後，其子張衡繼承其業，張衡死後其子張魯又繼之。

相傳張陵或張魯為了教化道民，著有《老子想爾注》一書，這本書從宗教的立場改造《老子》思想，書中神化老子的「道」，並將老子視為「道」的化身，稱為「太上老君」。書中勸誡修道者必須奉行道誡，施惠散財，競行忠孝，修善積德。又教人如何保養精神、積精服氣，修習長生之術。誠如書中所說：「奉道誡，積善成功，積精成神，神成仙壽。」建安二十年（215年），張魯投降曹操，漢中五斗米道徒眾組織瓦解，轉往江南及北方一帶轉進發展。

(3)上清派

　　這個派別傳是西晉司徒魏舒的女兒魏華存（251-334年）所創立。她早年志慕仙道，常服藥行氣。婚後育有兩子，由於心慕仙道，待二子稍長便與丈夫分居別寢。相傳某夜忽有神仙降臨其室，授予她《上清眞經》，位爲紫虛天君，治理天臺、大霍山洞府，主管下教學仙者。其弟子給楊羲與許謐父子交好，由於三人都信奉道教，故合作造作道教經典。東晉興寧二年，楊羲託稱魏夫人及衆仙下凡傳授《上清大洞眞經》三十餘卷。

　　此後此經開始在社會廣爲傳播，及至南朝齊、梁之際，陶弘景（456-536年）在茅山傳宗，所傳上清派分支——茅山宗，歷經隋、唐、宋皆和朝廷關係密切，專爲政府禱告祈福。教義依照《上清大洞眞經》爲基礎，主張道發於無，用「斂精聚神，御祖氣，以徊旋鍊神、會道」作爲修道，會聚精、氣、神的方法。

(4)靈寶派

　　靈寶派是由晉朝末年葛巢甫所創立，他在古《靈寶經》的基礎上，新編出許多靈寶類的經書，宣揚者遂聚成靈寶派。靈寶派尊崇《靈寶經》，《靈寶經》強調救世及符籙。「符」爲遣神御鬼的咒術，「籙」是書有神靈名號及相貌的簿冊。所有神靈裡，靈寶派以元始天尊爲主神，重要經典如收錄《正統道藏》之《太上靈寶五符序》、《太上洞玄靈寶眞文要解上經》等諸部經書。

(5)全眞派

　　全眞派由王哲（1113-1169年）所建立，爲華北新興道派。王哲又名王重陽或重陽子，因科舉考試未能登第，於四十七歲開始從事宗教活動，宣稱曾遇見道教的神仙，教授他眞訣，開始進入終南山中修練，再赴山東半島傳道，居弟子馬鈺[3]（1123-1183年）之南園，名曰：「全眞堂」，人便以堂爲

小辭典

3　馬鈺：馬鈺山東寧海的富族。因一直對輪迴觀念有著疑惑，傳說王重陽出神入馬鈺夢中，

教名，終創立全眞教，收了丘處機[4]（1148-1227年）等七位弟子，號稱「全眞七眞」。全眞教義融攝儒、釋、道三家學說，傳習佛教《般若心經》、道教《道德經》和儒家《孝經》。認爲三教全隨意度化眾生，皆不離於道。

全眞之道重在以自我修養來實現眞性。主張爲實現眞性，人們應該保持心靈純和，應該用心擺脫認識感覺及情感，過著無憂慮的生活。爲達到心靈純和，此派會要求教徒打坐，關閉眼、耳、口、鼻四門，以杜絕外物影響。如此雖身在塵世，卻可名列仙位，由肉體成仙，漸漸轉成精神不死。

3.道教基本思想

道教要求人們在內在精神世界中，必須淡泊寡欲及謙卑無爭，通過道德修養，促使修道者達到高尚的神聖境界。道教徒最終目的是追求長生成仙，但成仙的方法卻有不同演變，從絕世煉丹，服丹以成仙，到主張修仙必用一種關懷生命的角度，切進信眾的生活裡，才能達到一個絕對圓滿境界。換句話說，他們把「入清靜，合自然」列爲修行目標，然又認爲「入清靜」不須完全摒除世俗生活，反而應處於塵世中，「奉道誠，積善成功，積精成神」，始可進至「功行兩全」的境界。根據以上道教的發展，相關的思想、觀念簡介如下：

⑴精、氣、神

道教既然是一種以人爲主的宗教，在尋求生命自身意義的前提下，必定對生命問題的分析及探討。道教曾以精、氣、神來闡述生命觀，認爲人的生

⼩辭典

　　警示天堂、地獄和輪迴之苦，方歸入王氏門下。他相信人因造惡業受苦，唯靠修真入得仙

　　班，方能「神與道合」，精神永劫不毀。

4　**丘處機**：他是全真教第五代教主。金世宗（1188年）曾向他請教「廷生」的道理，以及成

　　吉思汗請益「長生之藥」。他爲宋金以降，內丹養生的集大成者，著有《大丹直指》。

命是由精、氣、神相合而成，那麼欲長生，就要受氣[5]、養神、重精，使三者合於道，不離形體，方能久活。例如《太平經》說：

> 人有一身，與精神常合併也。形者乃主死，精神者乃主生。常合即吉，去則凶。無精神則死，有精神則生。常合即為一，可以長存也。

　　精、氣、神為生命活動重要元素。精者，是人身裡物質精華，可分為先天之元精及後天之精液；氣者，乃促使身體運動的機能，有先天之元氣和後天之呼氣分別；神者，專指人的精神意識，能區別成先天之元神和後天之識神。因此，先天精、氣、神即為無形的生命運動的本能，而後天之精、氣、神便是經過人體內分泌、氣血循環與感覺思維等方式呈現出來。所以，長生的秘密就在於如何使精、氣、神長存，並且跟形體相密合一。此外，在精、氣、神裡，尚可再區分成精神和形體兩個部分，長久不死代表生命處於良久的狀態，但欲成仙，尚且需要達到精神（性）與「道」合一的境界，既重肉體修煉養護，又重修心養性，通過體道虛心，進而達到無執著的境界，始可回歸人們原有的清靜本性、道性。如此正是道教講求精、氣、神合於道，以及「性命雙修」的真諦。

⑵外丹

　　「外丹」一詞相對於「內丹」而言。主要以鉛、汞、丹砂等礦物，再搭配其他藥物，經過爐火所煉製而成的丹藥。服丹藥以致長生，是道教一種修煉的方術。簡之，就是使用器具製造丹藥服食，尋求長生。關於外丹術的內

小辭典

5　受氣：受氣指「稟道受氣」的意思。道教以為「氣來入身謂生」、「從道受生謂之命」。「道」為萬物之本源，人與萬物全源於它。人生於天地間，稟道氣之和，為最有靈性者，故稱人為「萬物之靈」。

涵，葛洪（284-363年）曾做過整理和分析，《抱朴子・內篇・金丹》即說：

> 金丹之爲物，燒之愈久，變化愈妙；黃金入火，百煉不消，埋
> 之，畢天不朽。服此二物，煉人身體，故能令人不老、不死。此蓋假
> 求於外物，以自堅固。

　　道士們認爲服食不死之藥可長生，唯有堅固不朽，經火煉製也毫無變化
的藥物，才可稱爲長生不老藥。服食者深信藉由服食這類藥物，能將它們的
「不朽性」擴及轉移至服用者的身體，達到不死目的。葛洪大力宣揚服食金
丹以成仙，還提出「假萬物以自堅固」的口號。
　　到了唐代，煉丹術十分鼎盛，出現不少著名的煉丹家，此時諸位皇帝也
深信藉由外丹之術可以長生不老，在各方面協助道士進行煉丹的活動。由於
煉丹風氣的熾盛，唐代因服丹中毒死亡的人數也大爲增加，可見服食外丹存
在著極高的風險，因此從五代之後，外丹之術漸趨式微，興起了講究內在身
心修煉的煉丹法，也就是內丹，此後道教修煉理論也發生了變化。

(3)內丹

　　內丹術的形成主要吸收了自古以來各種內修方術，其方法主要是以自身
爲爐鼎，以體內蘊含的精氣爲藥物，用神（意念）導引使之在體內循環，最
後使精氣神凝聚成爲仙丹。內丹的修行，重在內心修爲及精神境界的提升，
而非借服食外物來達到成仙的目的。內丹的修習於東漢已產生，魏伯陽《周
易參同契》便主張修行者必須清虛守內，會精養神，如此內丹才可形成。其
實，說穿了「內丹」術只不過是道士將「外丹」轉到自己身體來修煉而已。
煉丹的材料由丹砂、鉛汞，換成人體的精、氣、神，修成成果將在體內凝結
「金丹」，或叫「內丹」及「聖胎」，功效也著重於使人長壽成仙。其實，
內丹修煉可分成四個階段：
①築基準備：要求道士必須身體健康，達到全精、氣、神。又需要調節呼

　　　　吸，重在細長深厚，並且嘗試有節奏的呼氣、吸氣。

②煉精化氣：這個階段是「初關」。重在使體內精氣互相轉化，凝結成「大
　　　　　　藥」，防病健身。

③煉氣化神：此稱「中關」。必須使精、氣、神三者相合，煉到統一情狀，
　　　　　　凝結成「聖胎」。

④煉神還虛：修煉階段名叫「上關」。再把「聖胎」精煉粹化成「內丹」，
　　　　　　成就身外之身。這時身外之身的「內丹」，即可從頂戶飛出，
　　　　　　終能飛升成仙。

　　著名的內丹修行者為唐代呂洞賓[6]（796-？年），道號純陽子。曾作〈內
丹百字吟〉來介紹自己固精、養神、煉氣的過程。呂洞賓視人體為丹鼎，煉
形化氣，煉氣化神，煉神合道，他的修行成果驚人，死後更成為家喻戶曉的
神仙人物。

⑷齋醮（jiào）

　　道教要弘揚宗教意識及教義，必須透過一定的儀式。通常會以舉行法
事活動，來凝聚信眾的向心力。齋醮法事可說是民間最流行的道教活動，一
般稱作「做道場」，根據《雲笈七籤》記載，「齋」分成三種：其一，供
齋意謂設供，邀神和敬神，望積德解愆；其二，為食齋，在於控制修行者
的食欲，期待少吃以養生長壽；其三、心齋即是靜坐觀道，求取向道及得
道。另外，「醮」則是因為某種需求，舉行法事，向神靈提出請託、幫助。
「齋」、「醮」原本分屬不同的意義，唐代以後，兩者常連稱，代表道士敬
神、求神、懺謝和禳災等各種儀式。道教齋醮儀式自唐末五代時期的杜光庭
（850-933年）整理教內各種齋儀後，編了《太上三五正一盟威閱籙醮儀》等

小辭典

6　呂洞賓：號純陽子。其身世有說他是唐懿宗顯通年間的進士，做過兩任縣令，遇黃巢之
　　亂，歸終南山修行得道；有說幼年即通曉各種典籍，屢試不第，遇到仙人鍾離權教授得
　　道。弟子施肩吾，唐憲宗（820年）進士也，歸隱西山修煉。

儀書，各式齋醮儀式如北斗延生清醮儀、道士修眞謝罪儀等，與社會民眾所需要的謝罪和祈福之儀式幾乎都包括在內。舉辦一個齋醮法事，其儀節組合可分成設壇、擺供、燃燈、焚香、升壇、禮神、存念冥想、高功宣衛靈咒、鳴鼓、降神、迎駕、奏樂、步虛、贊頌、宣詞、唱禮、送神各種儀程。整個齋醮的舉行可說是一場神聖的表演，道士有的吟誦唱唸各種贊、頌、偈文，吟誦詞章的行腔曲調稱爲「步虛聲」，唱誦詞章就爲「步虛辭」。

　　此外，法事進行中，道士還會「步罡踏斗」，即是依次踩踏北斗諸星位置，行咒誦詞，宛如跳舞般營造出宗教氣氛，藉此徹底進入仙界和神仙交感，迎來天國賜予的福氣，趕走人間不幸災禍的穢氣，滿足信眾求福除災的願望。由於舉行齋醮需要花費許多金錢，所以現今在華人的社會中，只有在各廟宇新建完成時，才會舉辦此種法會。

(5)符籙（lù）

　　符籙是種祈禱神靈的秘密方術，「符」又稱作「符圖」或「神符」，相傳天神將符以雲彩狀描繪在天空，有道行的道士再將其記錄下來，也有天神直接授予某位高士的說法。如《雲笈七籤》說：「符者，三光之靈文，天眞之信也。」《太平經》也提及：「是生神之願，輒有符傳，以爲信行。」符來自天界，爲上天賜下，顯示天威的媒介，代表著天神給予道士神力的信物。據說五斗米道張陵等人習用符水，來爲百姓治病或召請鬼神。《太平經》中，有記載「服開明聖符」、「佩星象符」等符咒，全書甚至記載多達三、四百種符。簡單地說，「符」就是一種類似象形文字的神秘符號。

　　「籙」爲「記錄」，意義有二：其一是天神名錄。記載十方神仙的名諱及職司的名冊。其二爲道士名簿。記錄道士姓名、道號、師承、道階，又名「登眞錄」、「道士登冊」，等於在神明那裡登記，既受神明保佑，又屬神明代言人，可行使天神法術的權力。由於籙又配有相應圖案，故像符一樣，是個特殊文字符號。

　　因此，符籙就是象徵天神旨意的文字圖案，一般符籙都由道士們用毛筆沾著朱砂，在黃紙上畫出來，具有宗教神力。

4.三清信仰

　　「三清」就是道教裡最高的神祇，分別是玉清元始天尊、上清靈寶天尊、太清道德天尊（也就是太上老君，或稱老子）。「三清」指的是這三位天尊所居住的三清天、三清境，「天尊」則是道教給天神最高的尊稱，道教認為，三清為先天的神仙，凡經修煉而成仙者，則被視為後天的神仙。以下分別對這三位神祇做一簡單介紹：

(1)元始天尊

　　「元始」一詞本是道家敘述宇宙起源的用語，意為本始開端。道徒附益成元始最高天神。《太玄真一本際經》說：「無宗無上，而獨能為萬物之始，故名『元始』。運道一切為極尊，而常處二清，出諸天上，故稱『天尊』。」天崩地壞，天尊之體永存不滅。元始天尊不只為宇宙起源，也為人類上帝。

(2)靈寶天尊

　　又稱為「太上道君」、「靈寶君」，關於靈寶天尊的來歷，在《洞元本行經》和《洞真大洞真經》中有所介紹。靈寶由二晨之精氣凝成，寄胎在洪氏婦人（不詳何許人）身上，誕生於西那天鬱察山浮羅之岳，因度人無數，始成天尊。

(3)道德天尊

　　即《道德經》的作者老子，姓李名耳，一名聃。其生平據《史記》記載，是楚國苦縣人（河南鹿邑），曾擔任周朝守藏室史（相當於國家圖書館館長），之後見周朝日益衰敗，便辭官為隱士。不過，道教將老子的生平神格化，《雲笈七籤》說：「太上老君者，混元皇帝也。乃生於無始，起於無

因，爲萬道之先，元氣之祖也。」「太上」是指皇帝，爲如帝王高上；「老君」乃指生而白首的老子。太上老君亦是萬道的化身，被視作宇宙的眞理。

　　總言之，道教融合傳統方技術數、命運承負、陰陽五行、道家清靜無爲等成分，並摻入佛教制度，使其具有超越民間信仰的格局，一躍成爲有組織教義的宗教。不過道教的中心思想還是圍繞著神仙崇拜，像是對符籙的講求，即屬偏重驅鬼、役神的巫術儀式；丹鼎煉丹，則是爲了獲取內、外金丹，希望憑藉此道長生不死。由於它的多元性與包容性，使其在中國宗教中占有重要的地位，時至今日仍有深遠的影響。

佛教（Buddhism）

　　佛教傳入至中國，在中國文化發展上是一件大事。佛教入華之前，華人的信仰爲祖靈信仰和自然力神祇的崇拜。祖靈是由血緣所衍生的奉祀，屬於親情的延續，而自然力化身的神明，沒有深刻的宗教教義，祂們不足以提供普世超越價值，因此佛教傳入中國，可謂塡補中國文化這一缺口。

1.佛教東傳入華

　　佛教何時傳入中國，較明確的記載是東漢明帝永平年間，前往西域求法的說法。如《牟子·理惑論》說：

　　昔孝明皇帝，夢見神人，身有日光，飛在殿前，欣然悅之。明日，博問群臣，此爲何神？有通人傅毅，曰：「臣聞天竺有得道者，號曰：『佛』，飛行虛空，身有日光，殆將其神。」於是上悟，遣中

郎蔡惜、羽林郎中秦景、博士弟子王遵等十八人，於大月支寫佛經
四十二章，藏在蘭臺石室第十四間。

　　這一段記載提出「佛」、「金人」神像，表示當時對佛教已有初步的認
識，並且顯示佛教似乎盛行於西域各地。佛教入華大致是由絲路傳播進來，
逐漸在百姓和部分上層文人、學者中傳揚開來。東西陸路要道「絲路」約開
拓於西元前一世紀，當時佛教隨著往來商賈及旅客傳至中原，應屬於合理的
推測。《晉書・佛圖澄傳》說：「漢代初傳其（佛）道，唯聽西域人得立寺
都邑，以奉其神，漢人皆不得出家。魏承漢制，亦循前例。」由佛寺的建立
可推知，佛教在漢代開始已於中國生根，有寺院就有傳播思想及教義的根據
地，亦可聚合信徒，成立處理教務的組織。
　　佛教文化除了自西域傳來外，如果依照古蹟的考古，尚可發現在江蘇
北部、山東半島南部連雲港市郊孔望山發現涅槃圖等佛像；內蒙古自治區和
林格爾壁畫亦有發掘出舍利供養圖；四川省樂山崖墓也刻有帶項光的坐姿佛
像等，約產生於後漢桓帝、靈帝年間的佛教文物。由此可推知，佛教傳到中
土，雖然西域絲路是主要管道，但通過蒙古草原傳進中國，以及自海路傳播
至山東和江蘇，顯然也是佛教傳進的道路。所以佛教東傳經路應該是多元
的，似乎不只限於絲路[7]一途。

2.中國佛教的主要派別

　　佛教傳入中國後，開創出一些宗派。東漢佛教傳入中土，魏晉南北朝

⊙小⊙辭⊙典

7　絲路：古代歐、亞間陸路運輸的主要路線，因為我國的絲織品多經由這條商路運往西方，
　　所以又稱為「絲道」、「絲綢之路」。絲路除促進東西商業繁榮外，還兼具民族、宗教、
　　文化上遷移和傳播的重要意義。後來因為海空運輸的日益進步，絲道則逐漸衰落。漢代的
　　絲路有二條：其一，鄯善到莎車為南道，往西經蔥嶺，出大月氏（支）、安息；其二，車
　　師至疏勒是北道，經蔥嶺，出大宛、康居等地。

時，形成所謂的「格義佛教」。所謂「格義」，就是援引中國固有的哲學概念，來解釋佛教思想裡的類似概念，使人易於理解、掌握佛教的義理。例如，以老子「無」的概念，來解釋佛教「空」的思想。另外，又有各種佛教的「孝經」，像是《佛說父母恩重難報經》等，解釋接引民眾出家並非不孝行爲。然後再宣說「三教同源」，嘗試和儒、道兩家處於平等的地位，並且在中國開創出一些宗派，使中國成爲佛教文化思想的重鎮。其中，重要的派別如下：

(1)教理綜合、融攝的宗派

關於教理的融合判教，是把當時流傳於中國的各種經典，依據它們的性質，加以融匯成一家思想體系。這方面可以天臺和華嚴二宗爲代表：

①天臺宗

創立者爲陳、隋時期的智顗（538-597年），創立地是浙江天臺山，因山得名，依據經典乃《法華經》[8]。此派認爲釋迦牟尼一生說法，總共經歷五個

⑩⑪⑫

8　《法華經》：此經又稱《妙法蓮華經》，較重要的譯本爲鳩摩羅什的版本。本經以「妙」名比喻教法微妙無窮；以「蓮花」比喻經典潔白高雅。書中介紹佛在王舍城爲眾生說法，認爲眾生全有佛性，即「佛之知見」。與「諸法性空」義相通。中國天臺宗視爲根本經典。

時期，分別爲：a.華嚴時，宣說《華嚴經》[9]之頓教。b.鹿苑時，宣講《阿含經》的小乘教理。c.方等時，講《維摩詰經》等讚揚大乘經典。d.般若時，說《般若經》等之「一切皆空」的道理。e.法華、涅槃時，宣講《法華經》、《涅槃經》之「常住不滅」的佛理，視爲最深奧的道理，以及不妨礙鈍根者來了解的「圓教」理論。主張的思想如「一念三千」，以爲人的一念具足宇宙任何事物的法，即想透過禪定的工夫，達到一念裡具足三千法的解脫境界。

此外，「佛不斷惡」的觀念也是天臺宗宣述的教理，意義是佛不斷本性惡。如前所說，即一念可具三千法，即佛（法）界中，便具足地獄眾生等惡的因子。佛法難免含具他界眾生之「惡」，這個觀念重在宣說惡者亦具足佛性，不受「惡」所役使，吸引眾多惡眾成爲天臺教徒，進而接觸佛法。

②華嚴宗

此宗集大成者是唐賢首法藏（643-712年），在他之前有杜順和智儼（602-668年）兩位僧人，被尊奉成華嚴宗第一、二代祖師，依據經典爲《華嚴經》。他們依照智顗的理論，提出「五教十宗」的判教，認爲佛說的法可分成：《阿含經》的小乘教、只是進入大乘初階如《般若經》之大乘始教、大乘終極道理像《楞伽經》的大乘終教，和禪宗之大乘頓教。例如，法藏《華嚴一乘教義分齊章》即說：「此上十家立教諸使堅疑碩滯，氷釋朗然。聖說差異，其宜各契耳！」融攝歧異，綜合諸說，這種「異中求同」特色，則爲中國佛教各派的特色。它與天臺宗一樣，主張自己宗派爲圓教。宋代承達《注華嚴全師子章》說：「一乘圓教者，即此情盡體露之法，混成一塊。繁興大用，起必全眞。萬像紛然，參而不雜。一切即一，皆同無性。一即一

⟨小⟩⟨辭⟩⟨典⟩

9　《華嚴經》：全稱爲《大方廣佛華嚴經》，現以唐代實叉難陀譯的八十卷本較盛行，爲中國華嚴宗主要依據的經典。演說佛於天上人間七地方九次說法的內容。主張世間萬法一即一切、一切即一的思想。還說明菩薩修行成佛的過程，取得果位的差別。

切，因果歷然。力用相收，卷舒自在。名一乘圓教。」華嚴宣說「一乘圓教」的教理，以爲現象界的差別事物和生起差別事物的如來藏心都不相隔礙，像金塊製成獅子，獅子身上任何毫毛都含有金塊本質，即「一切即一」、「一即一切」，達到事事無礙的境界。

　　以上兩派全企圖綜合佛教各理論，希冀融合成一家之言，獨出於各派，成爲在中國產生的重要宗派。

(2)重修行之融攝宗派

　　中國儒家和道家則影響到禪宗及淨土宗的理論建構。這兩宗的情況分述如下：

①禪宗

　　中國禪宗的開立，相傳是由印度菩提達摩在（？-530年）傳來，他傳揚《楞伽經》[10]的思想，並宣揚禪法。禪法的內容依據《楞伽師資記》說：「深信凡聖含生同一眞性，但爲客塵妄覆，不能顯了。若也捨妄歸眞……此即與眞理冥符」，其說「眞性」指出禪法修行欲悟「眞性」，「眞性」即爲佛性。達摩的禪法傳至禪宗六祖惠能（638-713年），再次被改變。依《六

⑩小⑭辭⑭典

10　《楞伽經》：菩提達摩是以《楞伽經》來印心，他所用的《楞伽經》，爲求那跋陀羅（394-465年）於永嘉二十年（443年）譯出的版本。達摩用已流傳中國一段時間，國人接受的佛典來教授禪法，從一開始就已深深打上中華文化的烙印。此經把禪法分類成：a.愚夫所行禪：就是凡夫的外道禪。b.觀察義禪：悟我空之理的小乘禪。c.攀緣如禪：證得我法二空的大乘禪。d.如來禪：契合如來藏者。像是《楞伽阿跋羅寶經》說：「云何如來禪，謂入如來地，自覺聖智相三種樂住，成辦眾生不思議事，是如來禪。」

祖壇經》說：「心平何勞持戒，行直何用修禪。恩則孝養父母，義則上、下相憐。」又說：「迷人著法相……真心座不動，除妄不起心……心不住即通流，住即被縛。」惠能的修法為頓禪，強調「心不住，即通流」，一切唯心在作用。另外，他又其主張修禪能培養「孝」、「義」等德行，這種重視強效及現世利益的禪法，猶如道家強調修真即可強身、延壽和成仙，以及儒家重視人倫現世功效。

②淨土宗

　　中國淨土宗則是隨著一些淨土經典的翻譯而成立。淨土宗隨著《佛說無量壽經》、《佛說觀無量壽經》、《佛說阿彌陀經》[11]譯出後，才被建立。此派主張西方有一個「極樂世界」，為阿彌陀佛的清淨淨土，人往生其間，便可追隨彌陀修行，終至開悟。要如何往生西方淨土，從修行方式不同，可區分成三派：a.西晉慧遠（334-416年）認為需要自力往生，依靠修行者勤加念佛，念出猶如禪定力的工夫，臨終方能一心不變地往生極樂。b.北魏曇鸞（476-524年）主張的他力往生，只要信仰阿彌陀佛，雖沒什麼修行力，卻可依靠彌陀願力，前往西方極樂淨土。c.唐慈愍慧日（680-748年）提倡「禪淨雙修」，念佛參禪同時執行。兩者互不妨礙，屬於折衷派。總之，淨土宗提出之淨土世界，正與道教形塑出來的神仙世界相近。淨土宗深受華人歡迎，主要是因為修行方式簡單，只要念佛便可。像是唐道綽《安樂集》就說：「言易行道者，謂以信佛因緣，願生淨土，起心立德，修諸行業。佛願力故，即便往生。」甚至生前行惡事，亦能帶業往生佛國。這種易行道[12]使得

⏤⏤ 小辭典 ⏤⏤

11 淨土三經：此三經分別是曹魏康僧鎧譯《佛說無量壽經》、後秦鳩摩羅什譯《佛說阿彌陀經》、劉宋良耶譯《觀無量壽經》。三部經主要讚誦阿彌陀佛願力，成就西方極樂世界，以及眾生欲往生的方法等。

12 易行道：淨土宗只求念佛往生西方極樂淨土，常被判作「易行道」，是「易修易悟」的法門，甚至拒斥其他般若法門。以為淨土一門能解眾生苦，給予眾生樂。一切全憑阿彌陀佛願力為之，無關乎人之善、惡，譬如「水路，乘船則樂，故名易行道也」。

淨土宗成為現今華人地區佛教的主流。禪宗的「祖師禪」[13]及淨土宗之念佛往生法門、易行道，象徵佛教修行方法已中國化，適合華人實踐修行。

3.中國佛教崇仰的佛、菩薩

　　佛教寺院亦有奉祀一些神明，供給信眾祈求及祭拜。佛教如同中國其他宗教一樣，有著很多神祇，較重要有以下諸位：

(1)三世佛

　　三世佛是一組受歡迎的佛陀組合，這組合通常以釋迦牟尼佛為主。「釋迦」意思是「能」；「牟尼」為「仁」、「儒」、「忍」、「寂」等意義，合起來則為「能仁」等意涵。釋迦牟尼俗名喬答摩·悉達多，佛經裡，通常用「世尊」稱呼祂，祂經修行悟道，轉法輪後，成為佛教教主。故寺院以祂為主祀神，便是理所當然之事。除了釋迦牟尼佛外，配合的佛陀有二形式：其一，中間為釋迦牟尼佛，配合過去佛燃燈佛[14]及未來佛彌勒佛[15]；其二，則是釋迦佛居中間，而合祀東方淨琉璃世界的藥師佛[16]和西方極樂世界的阿彌

小辭典

13 **祖師禪**：菩提達摩以《楞伽經》為弘揚經典，宣揚的禪法，人稱作「楞伽禪」，有固定的方法、次第，漸次修行。這種禪法和漢末安世高傳入華的「般若禪」相似，元後神秀繼承，又稱作「如來禪」。及至禪宗六祖惠能時，把禪宗禪法道家化，沒有固定方法、次第及教條，著重「頓入」之「頓禪」，又名「祖師禪」。

14 **燃燈佛**：華人視燃燈佛為釋迦牟尼的老師，故祂的法力最大，又稱作「定光佛」。傳聞祂生時，一切身邊如燈，故名燃燈太子，做佛亦名「燃燈」。當釋迦還未成佛前，有一次見燃燈佛出門，地上有泥濘，就脫下衣服蓋地，請祂踩在上面前進。燃燈佛則預言他未來會成佛，號釋迦文如來。

15 **彌勒佛**：彌樂佛意思為「慈氏」。是一婆羅門後，來成為釋迦牟尼的弟子，釋迦授記他將繼承自己，成未來佛。修煉成道，先於釋迦入滅，往生兜率天說法，再下生娑婆世界，成佛轉法輪。

16 **藥師佛**：藥師佛又稱「大醫王佛」，曾發十二大願，其中願望有包括要除去一切眾生病，

陀佛[17]。

⑵四大菩薩

　　菩薩全稱爲菩提薩埵，意譯爲「覺有情」，是佛教高級職稱，是僅次於佛的覺者。以下介紹的這四位神祇，在寺院中，可以分祀與合祀。祂們分別是文殊、普賢、觀音與地藏四大菩薩。四大菩薩生平如下：

①文殊

　　「文殊」乃「妙」的意義，「師利」即「吉」、「德」意思。身世如《菩薩處胎經》說：「本爲能仁（釋迦）師，今乃爲弟子……我欲現佛身，二尊不並立。」言文殊本是釋迦佛的老師，爲佛門大業，便屈居其下。於造像方面，祂常坐在青獅子身上，手持寶劍，表示智慧威猛及銳利，中國山西五臺山是其顯靈之地。

②普賢

　　《大日經疏》說：「普賢菩薩者，普是遍一切處，賢是最妙善義。謂菩提心所起願行，遍一切處。純一妙善，備具眾德，故以爲名。」普賢菩薩誓願要將「善」普及到一切地方，實爲功德無量的願行。至於祂的身世，據《悲華經》記載：「有轉輪聖王，名無諍念（阿彌陀佛）。王有千子，第一

小辭典

　　令身心安樂。其願力形成淨土世界在東方，名為「淨琉璃」。是一個以「除眾病」為願望、為度化重點的覺者。日光、月光二菩薩為協侍，協助祂行善。

17　阿彌陀佛：西方極樂世界的教主為阿彌陀佛，與觀音菩薩和大勢至菩薩合稱為「西方三聖」。引導眾生念佛，往生西方極樂淨土，再進一步教導來者修行，終至涅槃。

太子名不眴，即觀世音菩薩……第八王子名泯圖，即普賢菩薩。」普賢隨父無諍念修行，父成彌陀佛，子成普賢菩薩。佛教裡，普賢常騎六牙白象。四川峨眉山是其顯靈之地。

③觀世音

　　《悲華經》宣稱祂為轉輪聖王無諍念的第一太子不眴，他立下宏願，生大悲心，修行證果，便成觀世音菩薩。信仰傳到中國，傳聞觀音乃是楚莊王三女兒，因堅持不婚，跑去出家修行，成就菩薩果，幻成千手千眼觀音菩薩[18]。浙江普陀山即是祂的道場。

④地藏

　　「地」代指大地，「藏」卻是有儲藏的意思，全名意義如《地藏十輪經》說：「安忍不動，猶如大地，靜慮深密猶如祕藏。」說的是菩薩「忍」和「靜慮」如大地不動。根據《地藏菩薩本願經》的說明，有一婆羅門女，她的母親不信佛教，毀謗三寶，死後墮入地獄受苦。婆羅門女夢遊地獄，見母親慘狀，為幫母親脫離苦難折磨，便於自在王如來像前立誓，說：「願我盡未來劫，應有罪苦眾生，廣設方便，使令解脫。」釋迦佛告訴文殊菩薩，婆羅門女即地藏菩薩。這位菩薩在中國亦有道場，安徽九華山便是祂的顯靈地。[19]

小辭典

18　妙善公主傳說：觀音在華人眼中，為漢家公主妙善。在宋末元初時，有管道昇編寫出一部觀音的家譜，書名為《觀世音菩薩傳略》，是妙善公主傳說集大成的著作，書裡描述中國人熟悉觀音成仙得道的故事。據這個傳略，除了給予菩薩一個中國式的身世外，也對觀音為何變成千手千眼法相提出看法。認為祂因捨手、眼給父親療病，導致再生出千手千眼，可讓祂幫助更多眾生。這充分表現出華人面對不熟悉的觀音造像時，想給個合理解釋的企圖。

19　九華山金喬覺：傳說金喬覺為地藏菩薩的化身。他生於唐武則天萬歲登封元年（696年），逝世在唐德宗貞元十年（794年），享年九十九歲。據傳其是朝鮮新羅國第七代王金理洪之子，因仰慕佛教，遂來到中國出家。因看中九華山環境優美，於是住山苦行，募建化城寺。由於長相神似地藏菩薩法相，死後又成就全身舍利，世人即說他為地藏菩薩的轉世，視九華山為菩薩顯靈的道場。

　　中國佛教傳揚的是大乘佛教，因此，以上諸位佛與菩薩便是華人信仰較重要的佛教神明，而少見到阿羅漢成為寺院中的主祀神佛。

4.中國佛教宣揚的思想

　　釋迦牟尼佛於鹿野苑「初轉法輪」後，陸續奠定及宣講出許多佛教的教義。釋尊遊化說法的地點，大體上東從摩揭陀國的首都王舍城，到拘舍羅國的首府舍衛城一帶，教化許多僧俗信眾，令他們皈依佛教。祂宣說的佛教思想，華人較熟知有以下諸義：

(1)四聖諦

　　「諦」為真理的意義，「四聖諦」就是釋尊宣講的四種神聖真理，分別是苦、集、滅、道四理。

　　世俗的世界一切本質全是苦的，例如人生就有生、老、病、死等苦處。而「集」乃是指苦形成的原因，即一切都是五陰熾盛。所謂「苦」乃指，由身心渴望貪求所造成。所謂的「滅」乃是斷滅世俗一切產生痛苦的原因，提升自己到涅槃的境界。至於「道」即為達到涅槃，必須實踐八種正道[20]。八正道指的是八種使人由凡轉聖，從迷轉悟，到達解脫的途徑。

　　它們分別為正確的見解、意志、言語、行為、生活、努力、思想和精神統一，所謂的「正」，指符合佛教義理的作為。

(2)十二因緣

　　世尊以為人的幸福及不幸，皆源自自己的作為，一切從緣起生。世間的一切都是依於因緣（種種的條件因素）而生，亦依於因緣而滅。緣起的內

（小）（辭）（典）

20　八正道：關於八正道分述如下：①正見：對佛法有正確的見解和信仰。②正志：決定去除惡習，決心走向解脫之路。③正語、正業：口中發出及身體作為一切合於正道。④正命：正當職業。⑤正方便：為求解脫，勤加修行。⑥正念：心不妄、不虛。⑦正定：永定「三昧」，內心不亂。

容，依據《雜阿含經》說：「緣起法者……所謂此有故彼有，此起故彼起。謂緣無明、行；乃至純大苦聚集。」此果的存在及生起，是因爲彼因的存在和生起，沒有絕對獨立存有的「彼」與「此」。而在這「緣起」的具體內容裡，則以「十二因緣」爲主。如《雜阿含經》說：

> 所謂緣無明行，緣行識，緣識名色，緣名色六入處，緣六入處觸，緣觸受，緣受愛，緣受取，緣取有，緣有生，緣生、老、病、死、憂、悲、惱、苦，如是如是純大苦聚集。

　　十二因緣解說有情一期的生死。人的產生來自父母無明的衝動及情欲，孕育出生命後，興起思惟作用的行，思惟過後，便形成認知的主體和作用之識，認識的主體知曉到對象的名色，一個人要認知，必須透過眼、耳、鼻、舌、身、意六入於識處，並產生六觸的感官、知覺作用，於是有苦、樂的受，能感受愛欲，能由喜愛產生取捨行爲，並因這些行爲有了業力和果報，更能孕育另一類的有情生出。

　　此外，既生爲有情，生命的存在即是老、病、死等痛苦。由以上解說可知，十二因緣可看作爲對有情「生」之前心靈意識結構進行解析，以及這樣心識與有情爲何出現老、病、死、憂、惱、悲等苦痛的理解和把握。故一般來說，華人受這樣觀念的影響，普遍認爲「人生是苦的」。

(3)業與輪迴

　　「業」泛指人的一切身心活動，包括行爲、語言及思想等活動。佛教中，業有三種意義，分別爲：①作用或作用力。②持法式。是指佛教教團裡的成員必須遵行的作法。③分別果。則說的是佛教之「業論」，指的是「行爲」意思。其中，提到「行爲」之意志、動作一定伴隨苦與樂，沒有意志的動作，即使有所行動，亦不能說是佛教提出的「業」。因此，「業」便是伴著人意志的動作，「業」可說是有情行爲的世界。

　　「業」即是行為。行為有一些實踐的階段：首先，生起做事的意志。其次，再產生去做的行為。最後，則為結果。而這個過程全放在「因果關係」的原理上，來作為運作的根本，即「業」有業因及業果。然而人類行為的結果並非「一因一果」，反而是「多因多果」的關係。雖說善因會產生樂果，惡因會產生苦果，但結果的產生因為有許多因在發生作用，所以善因結果並非一定就是樂果。此外，這業因及業果非必然性還涉及另一個因素，那就是人的意念，會有「業」產生的行為，必是有意志的行為，故意念改變，業果也會跟著改變。

　　一般而言，人還是可經過性格的修改，轉變自己的命運。不管業果如何，其產生必相續，因為身心活動必留有力用，即稱作「業」，而業報必輪迴。依附的意念透過五蘊[21]和合的生命體，就會由前世轉到後世。總之，佛教業的觀念關係到人類生命的輪迴。華人普遍相信有一個實體的業，會隨著人世世延續，因此常常勸人勿造惡業；又透過消災消業法會，期待經過向佛、菩薩的祈求，保佑除去惡業惡果，故常常勸人造善業，累積功德，以致來生有好的去處。

⑷無常與空

　　華人世界的佛教習用「無常」來描述苦難的現實世間，主張世間的一切事物和生命體的作為，並非永久不變。由於世間無常，諸行無常，以致它是痛苦的。這些無常，必須用八正道的方法撫平，體驗「諸法無我」及「空」的證悟。[22]

⑨⑨⑨

21 五蘊：「蘊」是積聚的意義，佛歸納有情的蘊素為五聚。分別為：①色蘊：所識知外界山河大地等形質。②受蘊：為領略境界，受納於心，產生情緒。③想蘊：即為取像，心攝取境相，而現為心象，構成概念。④行蘊：為「造作」，引發決斷，成意志作用。⑤識蘊：即說「能識」的意義。

22 三法印：「三法印」是佛教用來印證合不合佛法的三種標準。其乃由無常、苦、空至非我

　　諸行無常乃因一切都是緣起的關係，自無常能修空性，一切事物和行為都是有條件的前提才會出現，當存在構成的條件改變了，一切也會變化，沒有不變的本性可把握，故說無常。相同地，人之色、受、想、行、識五陰亦爲無常，無常不斷變動，就是苦產生的原因。既然五陰沒有不變的「我」存在，所以即言「無我」，即說「空」，「無我」正是「空」。若再由「緣起」的角度來看，隨著因緣合匯，由於「此有故彼有，此無故彼無」，而有不同的境界產生，因此物和物之間乃依存的關係，於是眼、耳、鼻、舌、身、意產生之識別及意境，也非固定不變，往往隨境輪轉，物物皆無獨立、絕對固定的本質，即是「空」的原意。華人的世界裡，常提及「無常」、「空」等佛教的概念，用以安慰心靈受創的人，勸說世界常變不定，沒有東西能恆久把握，因此如有東西失去，也不要覺得可惜，因它們就算現在得到了，以後還是會喪失。

　　這樣的解說的確能讓人心靈獲得一時慰藉，不過「無常」及「空」其實是十分積極的道理，因爲「無常」的理念告訴人們，現在處於不好的境界，以後還是會有好的情況產生。藉由對「空」的體悟，可以知道世界事物沒有固定不變的本性，就算一時失去，同樣會有其他美好事物正形成，不該沉寂悲傷。

(5)慈悲

　　華人通常會用「大慈大悲」一詞，來讚美一個有德行的人。慈悲原爲二種概念：慈是指「朋友」及「親愛的人」；悲意爲「溫柔」、「哀憐」等。慈悲即是對朋友等親愛的人，溫柔地給予哀憐。佛典裡，相關的詮釋如：

小辭典

　　四種觀念的組合。其分為：①諸行無常：世間事物由因緣和合生，非恆常，沒獨立存在物。②諸法無我：所說諸我，沒有一個不變的自我作為事物主宰。③涅槃寂滅：生生輪迴苦，必須涅槃解脫。

《大智度論》說：

　　慈名愛念眾生，當求安穩樂事以饒益之。悲名愍念眾生受五道中種種身苦、心苦……大慈與一切眾生樂；大悲拔一切眾生苦。大慈以喜樂因緣與眾生；大悲以離苦因緣與眾生。

《俱舍論》說：

　　無量有四：一慈；一悲；三喜；四捨。言無量者，無量有情爲所緣故，引無量福故，感無量果故。

《大般涅槃經》說：

　　善男子！大慈大悲名爲佛性。何以故？大悲大慈常隨菩薩如影隨形，一切眾生必當得大慈大悲，是故說言一切眾生悉有佛性。大慈大悲名爲佛性，佛性名爲如來。大喜大捨名爲佛性……

　　在佛教中，慈悲內涵不斷被的擴大。以對象而言，在《大智度論》裡，已把哀憐的對象從親近的朋友擴充到不認識的眾生，而助人的內容又由憐憫，明確地指出爲「拔苦與樂」。《俱舍論》編成時，此經又確定地說「慈」是與一切眾生喜樂，「悲」爲拔除一切眾生的苦。

　　再把看到眾生離苦心，生歡樂之「喜」與捨怨捨親心的「捨」，配合慈、悲，合成「四無量心」[23]；並說只要行「四無量心」，就會獲得無量福報，把它比作佛的本性。大乘佛教非常重視「四無量心」的實踐，視它爲證悟成佛的途徑。由上上述，可見華人佛教強調的是大乘佛教的價值觀念，以修助人法門爲主，很少限於無常苦的體悟中。

小辭典

---

23 四無量心：佛教慈悲的極至爲「四無量心」的實踐，名之「無量」，是說眾生有無量，欲慈悲的對象有無量。其內容分別是：(1)慈：給眾生喜樂。(2)悲：拔除人們的痛苦。(3)喜：見眾生離苦，心生歡喜。(4)捨：捨怨親平等。如以四心面對眾生，能感得無量福德果報。

⑹六波羅蜜

　　六波羅蜜就是大乘菩薩道，為菩薩的修行要項。波羅蜜梵文是漢譯為「完成」、「到彼岸」等意思。六波羅蜜乃匯集釋迦牟尼累世的修行方法，以及《阿含經》中持戒、禪定、智慧三學而成。整體而言，波羅蜜的修行不求自利，一直都盡力利他。對於六波羅蜜的內容和重要性，如《增一阿含經》即說：

　　　菩薩發意趣大乘，如來說此種種別，人尊說六度無極，布施、持戒、忍、精進、禪、智慧力如月初，逮度無極觀諸法。

　　大乘的思想在於菩薩道，菩薩道就是「六波羅蜜」。它的內容為：奉獻給眾生的「布施」、遵守戒律之「持戒」、寬恕他人的「忍辱」、不倦策進修行之「精進」、安定心神的「禪定」、了解真理之「智慧」由六度的內容可推知，要修行者以自他和樂為本位，修施、戒、忍與精進，亦要參及禪、慧，完成後，轉向做種種利他的事業，一方面幫助眾生，另一方面增進德性而成佛，名為「即人成佛」。

⑺禪定

　　禪定就是指內心體驗的修養方法，華人俗稱為「坐禪」，主要由調身、調息、調心，把精神集中，以使思緒歸於平靜。所以習禪定，就是要遠離欲望，因為貪戀著人世間的物質生活，一定不能達到定的境界。雖說修定必離色、聲、香、味、觸五欲，而離欲首重內心煩惱的平伏，不過，也不是全部斷絕世間的一切需要，而是要淨化自心合於社會的情況，不隨環境的貪愛轉動。佛教禪定的內涵以「四禪」為主，如《雜阿含經》說：

　　　離欲，惡不善法，有覺，有觀，離生喜樂，具足初禪……離有覺，有觀，內淨，一心，無覺，無觀，定生喜、樂，具足第二禪；離

喜，捨心住；正念、正智、身心受樂……具足第三禪……離苦息樂，
憂、喜先斷，不苦不樂，捨淨念，一心，具足第四禪。

　　禪的境界有初禪至四禪的分別。修禪必須有定有觀，也就是說，除了靜
坐外，亦要出定作觀，行觀智慧的程序。由初禪到四禪，心的集中會越加強
化。初禪有尋有伺[24]，還有對外界的思惟；二禪以上是「無尋無伺」，斷絕
對外界的認識。但初禪至三禪修者內心仍能感受到「樂」，所以修禪內心可
得到安樂。若至四禪境界，「樂」則跟著消失，成就捨念清淨。總之，禪的
本性為心一境性的定，居此定與慧同在一處，慧的作用更加快。以上所說的
四禪內涵，乃世尊所宣揚的禪定進程，華人言的「坐禪」大都也依此為基礎
而開展。

⑻素食

　　素食在印度被視為一種聖潔的行為，與「不殺生」的傳統有關係。由
於釋迦牟尼在宣教時，不贊成過分的苦行，及放逸享樂，希望實行中道。因
此，要求僧侶不吃看見被殺、聽到因我而殺，及懷疑因我而殺的肉食。世尊
會有如此宣示，也和佛教飲食相關。印度僧人以乞食為生，施主家中未必剛
好有準備素食，故他不堅持素食主義。

　　由於世尊並未嚴格的實行素食，現今食素者只好依據「不殺生」的戒
律，作為自己信仰的根源。因「不殺生」與「不妄語」、「不盜」、「不
淫」、「不飲酒」同為佛教堅持的重大戒律。及至大乘佛教成立，再次加強
對素食的要求。大乘者用兩點理由來說服信眾：其一，引入輪迴的觀念，認
為只要食肉，那可能會誤食到自己親屬轉世投胎的生物，主張「一切眾生不

小辭典

24 尋伺：「尋」為面對某境、某問題，腦中念念生滅，意識取境。意謂「覺」、「念」，緣
　　境粗淺認識，可善可惡；「伺」是「觀」的意義。對事理思考推量，深思熟慮。禪定的過
　　程，尋、伺會有不同的變化，漸至無生這兩種感覺。

分生死，生生輪轉無非父母、兄弟、姊妹，猶如演藝者變易無常，自肉、他肉都是同一塊肉，因此諸佛不吃肉。」其二，認為吃肉食為不慈悲的行為。如《梵網經》說：

　　若佛子，一切肉不得食，斷大慈悲佛性種子，一切眾生見而捨去。

　　佛教徒需要替人消除苦與樂，當然不會去殺生。況且眾生都具有佛性，皆具有成佛因子，人們故意吃牠們，的確有違大慈大悲的理念。隨著大乘佛教傳入中國，素食主義對華人也產生重大的影響。

　　中國佛教所以全變成素食者，與梁武帝（464-549年）[25]的大力推行有著重大的關係。他以為戒律乃佛教之本，不守戒，則無從習禪定，何以成就般若智慧，即無所謂的佛法存在。而「不殺生」是為菩薩戒的根本，故「蔬食」、「斷酒肉」更是僧人最基本的修持。如他頒敕的〈斷酒肉文〉說：

　　凡出家人所以異於外道者，正以信因、信果、信經所明，信是佛陀。經言：「行十惡者，受於惡報，行十善者，受於善報。」此是經教大意，如是若言，出家人猶嗜飲酒、噉食魚肉，是則為行同於外道，而復不及。

　　在帝王提倡下，直言食酒肉為外道，因此鑑於出家人慈悲為懷以及政府

小辭典

25 梁武帝：武帝名蕭衍，字叔達，生於464年，死在549年。南朝齊時，曾任雍州刺史。後在502年代齊朝而立，建立梁朝。梁武帝信奉佛教，廣建佛寺，因大力扶持佛教，世人稱為「皇帝菩薩」。他融合儒、釋、道三教，宣揚「神不滅論」及「因果報應」，提倡佛教徒必斷酒肉。他編纂的「梁皇懺法」，為現今最流行的懺法。

提倡，素食主義已成為華人佛教的一大戒律。

佛教傳入中國以後，逐漸朝向「本土化」的發展。從教派的發展來看，在中國產生華嚴、天臺、淨土和禪宗等宗派。如果由思想義理來考察，傳揚於華人社會的佛教，宣說的義理也由人間是無常、苦、空、無我的緣起，講到般若智慧的開悟，推至慈悲幫助眾生的菩薩道完成。不偏於體驗無常苦而厭世極深，反而主張積極入世救度眾生。這樣的特質和儒家宣講修身和治國有益社會的實用哲學非常符合。這也反映了外來的佛教欲在中國本土生根茁壯，「本土化」為一種不得不採取的手段。

民間信仰（Folk Religion）

中國民間信仰的形成，從古代的自然崇拜、靈魂崇拜，到後來的道教、佛教，乃至儒家思想，都是建構巨大民間信仰的重要成分。民間信仰的神明及廟宇，在現實社會中，往往扮演著積極整合社會的功能，可以團結凝聚人民，在災難不幸發生時，更是股撫慰人心的無形力量。而寺廟的建築、雕刻和壁畫，保存及展現地方獨具的文化性。

在華人的世界裡，許多人家大都設有神明廳，來供奉他們敬仰的神祇。因此，欲了解華人與民間信仰的關係，沒有比探討華人正廳神龕供奉何種神祇來得直接。中國人的廳堂所設立的神明桌，大概可分成兩部分。右邊奉祀代表祖先的神主牌；左邊祭祀俗稱作「觀音、媽祖聯」，或名之為「觀音彩仔」[26]的諸神畫像。畫裡民俗信仰的神仙主要有玉皇大帝、觀音菩薩、關聖

⼩辭典

26 **觀音彩仔**：「觀音彩仔」為華人家中，相當普遍被祭拜的神明繪像。整個繪像分成三層：最上層，觀音菩薩坐在南海普陀巖上，旁邊有龍女及善財侍；中層，左邊是關聖帝君，右邊為媽祖娘娘；最下層，左邊是灶神，右邊為土地公。這樣神明繪像的供奉，似乎源於明代下層百姓間，聖板的祀奉。由於雕刻神像需要花費較多的金錢，不是一般人民能負擔得起，民眾變通的作法，只好用木板雕刻或繪製想崇拜的神祇來供養，這即為「觀音彩仔」的由來。

帝君、媽祖、灶神和土地公。以下則分述如下：

信仰繪像裡的神祇，大致有以下幾個意涵：其一，觀音和媽祖都屬於慈悲的女神，不僅女性信徒方便向祂們吐露私密心事，男性信眾也可訴願，得到宛如母親般的安慰，兩者皆是有求必應的神祇。其二，關帝和土地公可視為財神，幫忙民眾招財，滿足生活所需。其三、關聖帝君屬於威猛的男性武神，作用在幫助信眾對抗入侵家宅的邪魔、鬼魅。其四，土地公和灶神為庇佑信眾日常生活。

簡而言之，「觀音彩仔」神明的選擇，主要用意是重於滿足人們企求的大小願望，而且深具佛、道融合的特色。華人神明廳除了「觀音彩仔」外，還有祖先神主牌（俗稱公媽）和門口天公爐的祭拜。此三者把住屋的正廳形塑成一個神聖的空間，靠著諸神，進而產生一股無形的神力，可鎮住宅第，對抗任何神秘看不見的邪靈力量，起著保宅安民的功能。

1.玉皇大帝

玉皇大帝是中國民間信仰諸神的統治者，祂緣於遠古時代的天帝崇拜。在原始社會裡，對於異彩紛呈的自然現象無法提出合理解釋，在畏懼自然力量的情形下產生了自然崇拜。其中對於天空的崇信，逐漸發展成後來的天帝

崇拜，例如，人們看到複雜的氣候過程裡，其實存在著規律的變化。像是下雨，即有雷鳴、閃電，四季出現冷、暖的變化，猶如背後存在一位神明在操控，人類便開始想像有一位最高的神明宰控著，據此「天帝信仰」應運而生。從中國殷商時期的象形文字可知，天上的「天帝」與人間之「帝王」都同時出現於甲骨占卜文辭裡。據甲骨文記載，天上的「上帝」威力無邊，能夠號令風、雨、雷、電，更可降禍、饑荒等災難。相反地，亦會保佑眾生，可謂是統轄天地的至尊神明。及至周朝，他們繼承商朝人的上帝觀，也用「昊天上帝」和「皇天上帝」稱呼這位至上的神祇，想像祂在天上有著一個名為「帝廷」、「帝所」之住處，並且宣揚「君權神授」的思想，宣稱周王為「天子」，是受天帝委派來統治人間的王者。祂會像保護自己的子女般，愛護周朝天子。周王們死後，又會回到天帝的身邊。像是周代文獻《詩經·周頌》說：「時邁其邦，昊天其子之，實右序有周。」《詩經·大雅》說：「文王陟降，在帝左右。」此時天帝如同人間帝王，已非純粹自然的崇拜，已成為與人間秩序相對應的至上神人。

　　周代以後，天帝信仰對民間有著重大的影響。唐代段成式的筆記小說《酉陽雜俎》，就保存一則有關天帝的傳說：據說在漁陽（河北省薊縣）有個名叫張堅的人，他從小就無所忌怕。有一天他捕到一隻白雀，非常喜愛地把牠養在家中，後來夢到劉天翁（姓劉的天帝）因他肆無忌憚的行為要殺他。然而白雀與他相處愉快，便告訴張堅避禍的方法，協助他躲過災難。劉天翁殺人不成，只好下凡一探究竟。張堅殷勤設宴款待劉天翁。但是在席間，則趁劉天翁不注意時，偷駕他的御車及百龍昇天而去，並換了天上的百官，自己作天帝，還封白雀為上卿侯，此後常住天庭。被取代的劉天翁，流離在人間並四處鬧事，後來張堅知道後，便封他為泰山之神，掌管眾生的生死。

　　其實在東漢張角宣揚太平道，組織農民成黃巾軍起義時，自號「天公將軍」。而到唐代《酉陽雜俎》中，又出現兩位天翁（即天公），其中一位

是以人的身分入主天庭，這透露出兩個意涵：其一，「天翁」、「天帝」、「天公」居然能成為人們選項的情況來看，天帝崇拜的確已在人間頗盛行。其二，天帝的形象轉變成「凡人化」。他會生氣殺人，也會因人的殷勤對待而卸下心房，如實地具有一般平凡眾生的個性。唯有將玉皇「凡人化」，如此方能給信徒平易近人的感受，而得以快速流行於人間。

唐代時玉皇大帝的信仰已很普及，許多文人喜歡在他們的詩文作品中引用或描述「玉皇」或「玉帝」。例如，李白的「黃鶴上天訴玉帝，卻放黃鶴江南歸」、韓愈「乘雲共至玉皇家」、韋應物的「奏之玉皇乃升天」等。從這些詩歌作品看來，「玉皇」不僅已獲得獨立的神格，且在當時人們心中已是名符其實的萬神之主。不過，一直要到宋代，玉皇大帝才正式走進中國民間信仰的舞臺中心。將玉皇大帝正式奉上眾神之主寶座的是宋真宗與宋徽宗。《宋史・禮志七》記載了所謂的「天書事件」：

帝（宋真宗）於大中祥符五年（1012年）十月，語輔臣曰：「朕夢先降神人傳玉皇之命云：『先令汝祖趙某授汝天書，令再見汝，如唐朝恭奉玄元皇帝（指太上老君）。』」

在西元1004年，位於中國北方的遼國曾大舉侵宋，宋朝大敗，雙方議和，簽訂所謂的「澶淵之盟」。規定宋朝每年必須輸銀、絹給遼國，兩國互以兄弟相稱。此一盟約對於以「天子」自居的宋代皇帝而言，實為奇恥大辱，國內群臣和百姓更是人心浮動。真宗為穩定人心，鞏固統治地位，於是乞靈於玉皇大帝信仰。在一番策劃下，宋真宗召見群臣，告訴他們他夢見一位神人傳達玉皇大帝命令，宣說宋真宗為天定人皇，奉玉帝令，統治人間。藉此形塑出宋真宗「真命天子」形象。由於安定國家的需求，宋真宗在宮內滋福殿設玉皇像祭拜，上聖號「太上開天執符御歷含真體道玉皇大天帝」；至宋徽宗時，加封成「太上開天執符御歷含真體道昊天玉皇上帝」。從此，

玉皇大帝信仰就在官方與民間的推動下，一直延續到今天，為華人永垂敬奉。

此外，玉皇大帝信仰的傳揚，與道教對祂的尊崇也有很大的關係。道教視為尊神，所以祀奉祂的道觀無處不在，俗稱「天下第一叢林」。北京白靈觀的玉皇寶殿就是著名的道觀。道教訂定正月初九日是「玉皇誕」，以一年第一個九日，為玉皇的生日，因為「九」在中國古代常代表大數，也是極數，用一年最初的九日配屬玉皇大帝，是再適合也不過之作法。

玉皇大帝在華人文化圈裡是如此崇高偉大，民間透過不同的方式崇敬祂。玉皇大帝又稱作「玉皇上帝」、「天祖公」、「天公」等。信眾與祂的關係主要表現在以下幾方面：首先，是「天公爐」的設置。因玉皇大帝地位崇高，民間不敢擅自雕刻聖像，故只設「天公爐」膜拜。並且要求每個廟宇皆於廟前擺置，信眾在拜主祀神明前，先得祭拜祂。其次，一般民眾則在正庭前豎立一根竹竿，或於正門旁牆壁上雕製一個鯉魚及葫蘆狀等香爐，早晚插香，凝望天空叩拜。最後，便是現在「玉皇誕」的祭拜。

正月初九日為玉皇大帝的生日，這一天的前夕，信眾會在正廳設置香案，準備燈燭、水果、齋食、壽麵、清茶、紅龜粿、麵龜等祭品，按尊卑次序上香，儀式完畢後，再焚燒天公金。所以，只要是信仰道教和民俗宗教的華人，「玉皇誕」的祭典皆會準時舉行，充分反映出漢人對上天的敬畏和崇敬。

2.觀音菩薩

觀音菩薩可說是最富中國特色的菩薩，在中國社會由於受到很多人的崇拜，因此唐代文學家韓愈曾有：「家家阿彌陀，戶戶觀世音」的讚嘆。歷來對於觀音信仰的研究指出，觀音菩薩並不是中國虛構的人物，祂在佛典中可找到依據。關於觀世音的身世，佛經有以下三種說法：

① 《悲華經》裡的觀音是轉輪聖王的太子所修成。往昔有世界名剛提嵐，觀音菩薩為當中轉輪聖王無諍念的太子，後因誓言救度眾生苦惱，遂被寶藏

如來授記成爲「觀世音」，祂可看成是以眞人得道的聖者。

②《觀世音菩薩授記經》記錄觀音爲蓮花化生。佛經說明金光明師子遊戲如來之無量德聚安樂示現世界裡，有威德王統治一千個世界，此王和兒子們全在修行無上解脫道。威德王曾在自己園林中進入三昧，左右躍出兩朵蓮花，化出兩位童子，有名寶意者，就是觀世音菩薩。

③《大乘莊嚴寶王經》記載了觀音爲聖馬王。釋迦牟尼佛過世身爲大商人時，因受師子國羅刹女所迫害，幸有聖馬王救度，才可回歸印度。這位馬王似乎爲婆羅門雙馬童神轉化而成，故視爲觀音的自性化身。以上乃是佛

典中有關觀音身世的說明。

中國百姓透過《妙法蓮華經》等經典的漢譯，開始認識觀音菩薩，並爲菩薩塑造一個中國式的身世。華人是經由上述佛教典籍，方知觀音的身世。雖然中國人曾創造出魚籃觀音[27]，但觀音菩薩還是隨佛教東傳，傳播

小辭典

27 **魚籃觀音**：魚籃觀音又稱「鎖骨菩薩」、「馬郎婦觀音」。據傳西元九世紀，唐獻宗時，陝西一帶人們愛好打獵，未信佛教。忽有一美麗女子來到此地，言有人一天可記誦《普門品》，就嫁給他。第二天早上，有二十人通過。又說一天能記《金剛經》者，就嫁他，第三天有十人通過考試。又說三天內能背誦《法華經》者，才要嫁他，最後只有馬郎通過。其便把女子接回家，欲結婚。誰知在完婚前，女子去世，很快被下葬。幾天後，有一和尚來此，見女子墳便打開，發現金鍊子串起來的骨頭，人們始知為鎖骨菩薩來示現教化。又有傳聞故事主角為江蘇賣魚女子，故事最後和鎖骨菩薩不同，乃菩薩提魚籃飛天而去。對於鎖骨菩薩的身分，華人認為就是觀音，魚籃觀音也為華人獨創的菩薩化身。

至中原，並非純粹經由中土所捏造出來的神話小說神祇。

　　然而，中國人雖沒創作出觀音菩薩這一神祇，但給予菩薩一個身世說明，如《新刻出像增補搜神記大全》在解說「南無觀世音菩薩」時，提到：

> 　　昔有一國王，號曰妙莊王。三女：長妙音、次妙緣、又次妙善，善菩薩也。王令其贅，不從逐之，后花園居之，白雀寺尼僧苦以搬菜運水，鬼使代之，王怒焚寺，寺僧俱燼於燄，而菩薩無恙如初。命斬之，刀三折，命縊以白練帶，忽霧遮天，一白虎背之而去。屍多林青衣童子侍立，遂歷地府，過奈何橋，救諸苦難，還魂再至屍多林，太白星君化一老人，指與香山修行。後莊王病惡，剜目斷臂救王，王往禮之，爾時道成，空中現千手千眼靈感觀世音菩薩，奇妙之相，永爲香山顯跡。

　　觀音菩薩在中國被稱爲妙善公主，生於戰國時期的楚國，因爲反抗楚莊王的命令，不願結婚，想去香山修行，經歷各種波折，終於證道，並救得父親重病，化身千手千眼的法相，修行地香山永爲顯靈聖地。

　　另外，在中國民間的神譜中，沒有一個神祇像觀音一樣，擁有這麼多造像。祂不像其他神祇那樣固定化、形式化，而是千姿百態，各具風采。可以說神變是菩薩的一個特點，觀音菩薩發生神變，可以幻化出無數應身，當人們遇到危難時虔誠地呼喚時，其應化之身就會前來救苦救難，因此歷代塑造出琳瑯滿目的觀音形象。

　　觀音信仰也是地方發展的動力，觀音寺廟在社會裡扮演著極重要的功能，如臺北艋舺龍山寺的觀音菩薩也產生諸多作用。首先，觀音之女性慈悲形象具有撫慰、應許人們願望的靈力。其次，也具備超度亡靈的功能，臺灣移民社會因械鬥等因素，造成許多犧牲者，這些亡魂需要超薦，這種安定人心的能力亦符合社會的需求，所以龍山寺每年最大的盛會，即是農曆七月中

元盂蘭盆祭。

　　萬華的龍山寺，終年香火鼎盛，可說是全國性的觀音香火道場，有著傳承文化思想、溝通政府與地方，及展現民間藝術文化的作用。是想要進一步了解觀音信仰，一定要去造訪的地方。

3.關聖帝君

　　關公（160-219年）即是三國時代的蜀漢大將關羽。又有「關聖帝君」、「關帝」、「恩主公」等名稱，祂是中國人最崇拜的武神。華人認為最完美的人才要能文武雙全，發揮文思最極至者為孔子，俗稱「至聖」；而習得武藝最精熟者，就是關羽，世稱「武聖」，在臺灣各地均有設置祭拜祂的文武廟[28]。

　　關羽為歷史上的真實人物，由於他的忠義大節與勇武絕倫，死後深受世人景仰，進而演變成為民間信仰的神明。《三國志·蜀志》記載關公，名羽，字雲長，號長生，今山東解縣人。年輕時，因為殺了一個惡霸，逃至河北省涿縣，此時正值劉備（161-223年）招兵買馬，集合徒眾自立。關羽和張飛（166-221年）於是前往投靠，三人於桃園結義，誓言同死。劉備為平原相，關羽則任司馬，協助攻打徐州，並保護兄長妻小，不因曹操禮遇而變

28 文武廟：華人尊崇儒家思想，孔子為儒家創始者，中國歷代皆尊崇之。各府、州、縣無不立廟崇祀。如明永曆十九年（1665年），鄭經便在臺灣建立孔廟，廟旁設明倫堂，辦理學院。明代洪武年間，定武廟主祀神是關羽，他成為華人眼中的武聖。

節。

　　赤壁之戰時，劉備領江南各郡，關公曆任襄陽太守，掃平曹氏入侵軍隊，及至劉備平定益州後，便督鎮荊州，對抗孫曹進逼。然而吳國孫權為爭奪荊地，敗走關羽。關羽在建安二十四年（219年）被擒殺，享年六十八歲，追諡「壯繆侯」。華人回顧關羽一生，認為他五德兼具，值得效法。五德分別是：

(1)**仁**：會戰長沙（湖南），慈釋黃忠（？-220年，東漢末年，劉表麾下，征西將軍）。

(2)**禮**：秉燭達旦，不亂兄嫂之禮。

(3)**義**：華陽道釋放禮遇他的曹操（155-220年）。

(4)**智**：樊城北層川口（湖北）水淹七軍。

(5)**信**：隻身赴敵國東吳臨江亭宴會。總之，他的英風雄武、忠義亮節等德行，堪與孔子並祀於文武聖廟，同享國家春秋二次祭祀。

　　關羽在民間社會裡有重大的影響，當與宋眞宗、徽宗和明神宗的封賜有關。《三教搜神大全》有著關羽顯靈的記載。傳言祥符七年（1014年），因解州鹽池（山西）信眾想建聖殿，不料觸怒了蚩尤神，宋眞宗求助於張天師，想平伏蚩尤的暴怒。天師遂祈助於關羽將軍，果眞降伏因神的暴怒引發之動亂，眞宗感念此恩，於是賜「義勇」額，封為「武安王」。

　　傳說在宋徽宗時，關公曾於夢中與徽宗相會，求賜封號，此時桌上恰巧有一枚崇寧幣，皇帝便封「崇寧」二字。透過對關公的賜封，藉此籠絡祂的信徒，由這個信徒網絡傳播出去，「皇帝」、「關公」、「信徒」即結合成一個緊密的團體，獲得關公信徒的支持，國家便可更加穩固。由於宋朝政府的利用，關公取得如「王爺」般的神格。到了明代，關公更成為「軍神」，更加受到政府所重視。

　　在明代，關公成為軍隊祭拜的「軍神」，不管是團練或國家編制的軍隊，都有建廟奉祀關公。關公為什麼會被軍人崇仰？原因在於朝廷期望藉著

祂的神力，威嚇軍士不可胡作非爲，並且透過關羽將軍的軍事神力，達到克敵致勝的作用。到了明神宗萬曆年間，更加封祂成「協天護國忠義帝」、「三界伏魔大帝」、「神威遠鎮天尊關聖帝君」。信仰情勢甚盛，清代順治乃封「忠義神武靈佑仁勇威顯護國保民精誠綏靖翊贊宣德關聖大帝」，自此關羽由一名武將榮升成「王」，變成「帝」，又變成「大帝」，聲勢之大可想而知。

關帝崇拜聲勢盛大，於是產生許多與之相關的活動，並且和各階層的人們發生關係。像是繪製關公財神的年畫。據明代小說《封神演義》的說明，漢地財神是趙公明，祂本爲紂王的武將，形象爲黑臉、持鞭、騎虎之態。但中國的廣東、福建等地居民常到海外經商，爲了團結彼此勢力，發揮民族忠義的氣概、精神，則認爲關公不愛財，重節義，可作爲公平的財物分配者，奉之爲財神。因此，隨著「關帝財神」香火遠播，以祂爲主角的財神年畫，便流行起來。

4.媽祖

在華人世界裡，不分男女，普遍廣信媽祖娘娘。「媽祖」又有「天上聖母」、「天妃娘娘」等稱呼。會稱祂爲「媽祖」，有其特殊意涵。一般而言，宗教裡的女神具有兩種意義，對女性而言，祂是私密的傾訴對象；對於男性來說，猶如安慰自己的母親，在華人社會中，媽祖就是扮演這樣的角色。

祂之所以被稱爲「媽祖」，起源有二：其一，由於閩南語的發音，「媽」字是指年長的婦人，具有恭敬的意思，不過並非只代表母親和祖母（阿嬤）。而「祖」字本指祭祀用的神主。故媽媽、阿嬤、阿祖乃女性三輩的，用「媽」、「祖」稱林默娘，具有尊敬及與其親近的意義。其二，「媽祖」來自「馬祖」的轉化。「馬祖」屬於中國二十八星宿裡的天駟星，又名房星或驛馬星，爲遠遊行旅者的保護神，故祭祀房星亦稱作祭馬祖。宋代以後，林默娘信仰的興起，此神神力亦庇佑客旅，所以與同性質的馬祖崇拜融

合，信徒自然把林默娘叫做「馬祖」，後轉成「媽祖」。

　　媽祖是中國沿海各省居民的主要信仰，關於她的生平傳說主要有兩種說法：一是認爲媽祖未必有其人，以水屬陰類，故水神通常是女性。此外，天爲帝，地爲后，水次於天、地，故爲妃。若據此說，則不必拘泥媽祖是否爲眞人眞事，可視爲玄妙傳說。第二種則主張媽祖爲一眞實存在的歷史人物。根據宋元兩代留下的媽祖文獻，大都保持這種說法。例如，丁伯桂〈順濟聖妃廟記〉說：

　　　　莆陽湄州林氏女。少能言人禍福，歿號通賢神女也，或曰龍女也。莆寧海有堆，元祐丙寅夜現光氣，環堆之人，一名（夕）同夢曰：「我湄州神女也，宜館我。」於是有祠，曰：「聖堆。」

《咸淳臨安誌》卷七十三〈祠祀〉也記錄著：

　　　　順濟聖妃廟，在艮山門外。考之廟記：神本莆田林氏女，數著靈異，祠之莆之聖堆。宣和五年賜順濟廟額。自紹興二十六年，封靈惠夫人；元熙元年，改封靈惠妃；慶元四年，加助順……屢封至嘉熙三年，爲靈惠、助順、嘉應、英烈。

　　媽祖本姓林，莆田湄州嶼人，大約生於宋太祖建隆年間。少即能說人禍福，亦以醫藥救世，可生人福人，故莆田人敬之如母親，死後更靈跡卓著，

百姓建廟崇奉。宋哲宗元祐元年（1086年），已有寧海居民合力為之建廟崇祀，這時候媽祖還屬於莆田地區的私自信仰，後來可以公開傳揚，則和宋代朝廷出使高麗有關。

傳聞北宋宣和四年（1122年），使臣路允迪奉命出訪高麗，徵召莆田人為舟人，協助處理船務。在航海途中遇到颱風，經莆田人向他們信仰的媽祖祈求保佑，船桅居然出現代表媽祖的祥光，讓困局轉危為安。回國後，使臣向朝廷報告，遂賜廟額「順濟」，至此媽祖崇拜終於獲得政府承認，可公開建廟，合法傳揚。到了宋高宗紹興年間，莆田人陳俊卿官至尚書右僕射同中書門下平章事兼樞密使，地位如同宰相，經他登高一呼，宣傳故鄉的媽祖信仰，並在白湖獻地建廟，媽祖方成為全國性的神明。紹興二十六年（1156年），再受朝廷誥封成「靈惠夫人」。

宋室南渡後，因大量抽調閩、浙人民為士兵，對於他們信奉的神明媽祖，當然更加的禮遇。宋光宗紹熙元年（1190年），媽祖又被敕封成「靈惠妃」。從此媽祖具海神與水神的神性普遍獲得認同，元代因需要用漕運轉送南方物資到北京，期待媽祖庇佑水路順暢，祂又榮賜天妃的封號。到了清代，媽祖同樣因幫助施琅（1621-1696年）渡海攻占臺灣有功，遂被封為天后，神格趨向穩定。沿海、沿江各地方只要有港口，就會建寺致祭。總之，只要在華人地區的港口看見廟宇，有很高的機率就是座媽祖廟。

媽祖信仰隨著閩、粵的移民來到臺灣，經歷百年的發展，已經在這塊土地落地生根。由於三月是其誕辰的月分，因此華人的社會，三月分最重要的宗教大事，就是「三月迎媽祖」或稱「三月瘋媽祖」。一到此時，全臺各地都會掀起一股媽祖熱潮，其中尤以大甲鎮瀾宮出巡到新港奉天宮的活動最受人們注目。鎮瀾宮屬於大甲地區的信仰中心，廟宇立基已經二百餘年，每年三月「媽祖生」（聖誕），廟方會定期舉辦為期八天七夜的進香活動，現稱：「大甲媽祖文化節」，吸引全省信徒蜂湧隨行，從大甲出發，經臺中、彰化、雲林至嘉義的新港奉天宮媽祖廟，並在奉天宮廣場舉行祭祖大典（祭

祀媽祖父母親）、交香儀式，最後一天返回大甲，便開始繞境市區，戶戶皆備宴席招待親友，各方食客雲湧而來，增添熱鬧的宗教氣氛。

　　除了「大甲進香」外，每當遇農曆三月二十三日媽祖的生日，各地媽祖廟一定會舉辦慶祝活動，若您恰巧在此時來到華人生活地區，不妨就近選擇一個廟宇，親自體驗廟會盛況，感受媽祖慈悲濟世的精神。

5.灶神

　　「灶」（zào）是古代煮飯用的火爐，在過去沒有瓦斯爐的年代裡，灶扮演了十分重要的角色。加上在早期萬物有靈論的思維影響之下，灶亦有它所司的神祇。寒多臘月祭灶，向來為華人年終時重大的習俗。它的來源有很多種說法，灶君亦稱「灶神」、「灶王」、「灶王菩薩」、「司命灶君」、「東廚司命」，複雜者還稱呼祂為「九天廚司命張公定福君之神位」。東晉葛洪的《抱朴子》說：「月晦

之夜，灶神亦上天白罪狀。」南朝詩人范成大〈祭灶詞〉又說：「古傳臘月二十四，灶君朝天欲言事。」農曆二十四日已近年終，灶神此時要上天庭，向玉皇大帝報告人間善惡，每一戶人家為讓祂美言幾句，祈求上天賜福，因此，信眾都用紙馬、糖果祭拜祂，這便是俗稱之「送神」或「送灶」。然而，灶神其為何許人？民間主要有以下幾個說法：

⑴顓頊（zhuān xù）之子梨

　　《禮記·禮器》說：「顓頊氏有子曰黎，為祝融，祀以為灶神。」《癸巳存稿》又說：「灶神，古《周禮》說，顓頊有子曰：『黎』，為祝融，祀以為灶神。」顓頊為古代神王，他的兒子同樣變作神，被看作成灶神。

(2)髻成灶神

　　《莊子・達生》說：「灶有髻。」唐代經學家陸德明《釋文》又說：「髻，灶神。」在古代「髻」與「黎」同音，髻即指顓頊之子犁，為祝融，為灶神。

(3)炎帝死後成灶神

　　《淮南子》說：「故炎帝作火，而死為灶。」炎帝以火德王天下，死後託祀於灶神。

(4)黃帝死後化作灶神

　　《太平御覽》引《淮南子》說：「黃帝作灶，死為灶神。」主張灶是黃帝發明，灶神當然非黃帝莫屬。

　　灶神究竟是誰？答案眾說紛紜。不過炎、黃兩帝皆被視為天帝，灶神屬天帝部下，祂們應該不可能化幻成灶神。排除炎黃兩帝後，其他文獻全指向顓頊子「犁」是灶神，為天帝察看人間善惡，以為上天賜授祿的標準。

　　其實灶神的形成並非空穴來風，最早當源於對生活器物崇拜。《禮記》說：

　　　立七祀：曰司命；曰中霤；曰國門；曰國行；曰泰厲；曰戶；曰竈。

　　戶、竈皆人們生活中的器物，基於對它們的尊敬，而給予祭拜。現在通行的「灶」字在古代並沒有這個字，古時的「竈」字，乃從穴，從土和從黽三字組疊而成，「灶」為炊物之所，有「灶」存在的地方，就是廚房，可見主管「灶」的神和人民是非常密切。祀奉灶神的神龕大都設在灶房的北面或東面，中奉灶神神像，沒有陳設神龕的人家，則直接把神像貼在牆壁上。人們一天至少煮三餐飯，進出廚房很頻繁。因此，以灶神占察凡人罪過，便再

適合也不過了。因此，灶神亦被看成百姓人家的守護神。

　　不同於上述經典的記載，在民間傳聞中，灶神另有其人，他是一位姓「張」的人氏，《臺灣民俗大觀》記錄著：

　　　　有一對姓張的夫妻，家貧又遭年荒，三餐不繼，不得已只好將妻子改嫁給富人為妾。不久，富人賑災濟貧，由此妾來主其事。賑災那天，張夫前來領取飯食，但還未輪到他，飯已發完，只得空腹而回。其妻第二日命人由隊伍後面開始發放，不料張夫這次卻一大早趕來排在前頭，飯仍來到他，就發完了。第三天，其妻決定由中間開始發放，心想總可以輪到他，但這次張夫卻未前來領取。因為多日未食粒米，他已經活活餓死了。其妻悲慟之餘，自縊以殉。玉帝憐他夫妻恩愛，便封其夫為灶神，夫妻二人同時掌理人間大廚，永遠不愁吃喝。

　　根據這則故事，導致有繪灶神神像時，不只畫灶神一個人，有的則一起繪製「灶王奶奶」，如人間夫妻般，祀奉他們。另外，在這些神像上，全印有「東廚司命主」、「人間監察神」、「一家之主」等，註明灶神功德內涵的文字，並配製「上天言好事，下界保平安」的對聯，言明灶神保家佑民，糾察善惡的地位。灶神的故事廣泛流傳於民間，為華人們所熟知。

　　在華人文化裡，有關灶神的信仰活動，則以「送灶」或「辭灶」的儀式為主。「送灶」、「辭灶」就是要送神[29]回到天庭述職，人間百姓為了讓灶神向玉皇大帝說些好話，歲末臘月二十三或二十四日，皆舉辦這個儀式。於黃昏入夜時，家中全體齊到廚房，向灶壁上的灶神敬香，獻上糖果和糖瓜

小辭典

29 送神：「送神」是指送灶神回天庭，向天帝述職。一般在華人廚房灶神神像前舉行，但現今華人很少在廚房另有供奉灶神神像與神龕，然在正廳的「觀音媽聯」就有灶神神像，因此「送神」儀式每戶人家都會舉行，只是把儀式場所換到正廳的神明龕來舉辦。

等供品，並爲祂準備好紙馬和草料，象徵幫忙安排好交通工具。信眾於儀式進行中，會趁機用飴糖塗抹灶神嘴的四周，邊塗邊說「好話多說，不好別說」，用糖塞塡神明的嘴，祈求能向玉帝進好言。整個儀式結束，再將供奉一年的灶神神像請出來，連同紙馬及草料點火焚燒，全家圍著火堆說著：「今年又到二十三，敬送灶君上西天，有壯馬，有草料，一路順風平安到。供的糖瓜甜又甜，請對玉皇進好言。」隨著紙馬等供品燒成灰燼，象徵灶神昇天，完成「送神」、「送灶」的祭儀。正月初四爲「接灶日」，人們會在灶臺上重新貼上新的神像，象徵著灶神已從天庭返回家中。

6.土地公

　　土地公可說是臺灣最普及的神明之一，土地公的信仰是從古代的土地崇拜演變而成。中國古代即有祭祀土地的儀式，稱爲「社祭」，到了夏朝進入農業社會，將人和地連接起來，社方變作「土地之主」。像是《說文解字》說：「社，地主也。從示、土。」《禮記・郊特性》也提到：

　　　社，所以神地之道也。地載萬物，天垂象；取財於地，取法於
　　天，是以尊天而親地也。故教民美報焉！」

　　親地，即是崇敬土地而將其奉祀爲神，美報即酬勞其功，舉行直接獻祭。所謂的「社」，指土地之主，又是土地神。大地養育萬物，人們思報恩情，遂有土地神的產生。畢竟在農業社會裡，一切仰賴種植農作物而生活，土地能否順利培育萬物，實爲人類生存上之一大要事。基於祈求莊稼豐收與報答土地恩情，先民便以土堆設立神壇，或以石塊樹起石桌，用以表現對土地神的祭拜。這種土石壇的建立，其實就是現今村里田間常見的小土地公廟，廟裡放兩塊貌似人形的石塊，以充作土地公金身風俗的淵源。

　　隨著信仰持續傳揚，信徒漸漸將其擬人化，並且賦予祂生平傳略及各種社會職權。在自然崇拜的色彩漸漸消失後，於信眾的眼裡，土地公是眞有

其人其事的神明，祂有「福德正神」、「后土」、「土治公」、「伯公」、「福神」等稱呼。有關祂的生平簡介，民間傳說甚多，如干寶《搜神記》曾有一則記載：

> （蔣子文）逐賊至鍾山下，賊擊傷額，因解綬縛之，有頃遂死。及吳先主（孫權）之初，其故吏見文於道，乘白馬、執白羽，侍從如平生，見者驚走，文追之，謂曰：「我當為此土地神，以福爾下民，爾可宣告百姓，為我立祠，不爾，將有大咎。」是歲夏，大疫，百姓竊相恐動，頗有竊祠之者……於是使使者封子文為中都侯，次弟子緒為長水校尉，皆加印綬，為立廟堂，轉號鍾山為蔣山，今建康（南京）東北蔣山是也。自是災屬止息，百姓遂大事之。

　　最早成為土地公者當屬漢代的蔣子文，他是廣陵人（揚州），曾任秣陵尉，後因在鍾山剿賊受傷而死。他顯靈向世人宣告自己成為鍾山地區土地神，希望能賜福給更多人，因此要求蓋廟，否則之後將有災難降臨，因此鍾山遂改名成蔣山。從這個故事可以看出二個意涵：其一，土地神應該沒有特定指涉的對象。因此，蔣子文死後，才能順利被視為土地公。其二，可被奉為土地之主者，一定要與這個地區有某種關聯，如蔣子文原本就是管理蔣山地區的官員，最後又為保護人民，剿賊而死，故身後百姓感念他，視其為土地神，繼續守護一方之土，便是一件理所當然的安排。

　　除了《搜神記》的記載外，《福德正神金經》附〈福德正神簡略〉裡，還記載著另一個土地公的故事傳說。福德正神（即土地公的別稱）出生自周武王二年二月二日（西元前1076年），姓張，名福德，字濂輝。七歲即能讀古文，常與農民、漁父聯絡感情。在周成王二十四年（西元前1040年），朝廷授予統稅官，任期內愛民如子，舉善無數。至周穆王三年（西元前974年）去世。接任者卻奸惡無常，橫徵暴斂，百姓思念張福德的廉潔愛民，感

其恩惠故立祠奉祀祂，凡虔敬福德的信眾皆五穀豐收，六畜興旺，眾鄉民鑑及神恩護佑，於是興建福德堂一座，廣收各方香火，供人民膜拜。《福德正神金經》的記載說明土地公則屬於生產農業的神明，可保佑人們順利收穫，改善生活。

從上述這兩例「土地公」傳說記載可知，土地公是一位心腸善良，溫厚篤實，樂於助人的長者，也因此民間祭祀的土地公神像，皆是一位白髮長鬚，笑容可掬的慈祥老人。

此外，在民間的觀念中，土地公亦扮演著財神的角色[30]。祂會被視作財神，應該有兩點理由：

(1)土地神具有生產豐收之神力，生產物品越多，可換得錢財也越多。

(2)土地廟常位於田邊水流處，於中國人的眼裡，有「水」斯有「財」，故土地公自然成為財神。據此信仰原理，土地公崇拜下則有相關的宗教活動產生：

「做牙」拜土地

華人每逢農曆二月初二和十六日，都要準備祭品拜土地公，名之為「乞

小辭典

30 土地公的職權：在華人的世界中，土地公不僅是掌管土地生產之神，更擁有財神神格，祂的神職不斷擴大，只要關於地方安全，便無所不管。像是村落守護、家室守護、農業生產、商家招財、墳墓守護、建築業守護、戶政管理、開路保佑，和社會各種雜務庇佑等各種神職，可見祂是和一般百姓最接近的神明。

福」。祈求具財神性格的土地公，能保佑信徒生意興隆賺大錢。即在農曆的十二月十六日，尤其是做生意者，爲感謝土地公整年的庇佑，皆會盛大的祭拜祂，稱作「尾牙」。祭儀結束，緊接著便要宴請員工吃「尾牙」，原先的意義是老闆和員工一起分食祭品，名之爲「吃福」。但現代一般公司因員工眾多，則於餐廳另訂酒席，慰請員工的辛勞，聯絡雇主和雇員的感情，勉勵大家來年還要爲公司努力打拼，開闢更多的財源。

相傳在臺北中和南山的山區有一塊山頭，狀呈烘爐模樣，廟下一百公尺處，又聳立一塊火母巨石，根據風水理論的說法，火又能生金，因此，這塊山區被認定能生金錢的烘爐寶地。居民建立南山福德宮奉祀土地公，樹立了一尊六尺立姿的福德神聖像，信徒習慣健行上山祭拜土地公，並由廟方人員引導唸吉祥語，如「摸神嘴，大富貴」、「摸神手，賺錢無人搶」等，逐一向六尺土地神像禱佑心願。另外，民眾又能至廟後福德宮發跡的小廟，換取銅錢，人們俗稱「錢母」，大都會以五十或十元硬幣，交換二元錢幣，因「二」與臺語的「利」相似，取其同音，名爲「得利」。據說經過土地公香火加持的銅錢，可引來更大的錢財，所以因福德正神可賜財的功德，致使土地廟往往吸引民眾大排長龍來祭拜，用心虔拜福神，希望獲得保佑，錢財滾滾來。

7.祖先與鬼

華人的生活主要以家庭爲中心，以倫理維繫著家庭的和諧，對祖先的祭祀可視爲倫理的延續，所以華人家庭大多設有祖先牌位，希望祖先能保佑在世子孫平安幸福。

在華人社會中，每個男子都可傳承父親的嗣系，名之爲「香火」。他要祭拜去世的父母親、祖父母親等血脈的諸位先人，並且爲他們

設立神主牌位。在女子尚未結婚之前，必須祭拜父親這一方的血緣先祖，嫁人之後則拜丈夫的祖先。因此，所有華人於死後全有自己的歸處，確保受到子孫的祭拜，享受萬代香火。通常祖先牌位是擺放在廳堂神龕的右邊，左邊則是尊貴神明置放處。根據華人的傳統，子孫必須祭拜祖先，雖然祖先的神力比不上神明，但基於孝道實踐以及慎終追遠的價值觀，每個華人全需要負起這個責任。

此外，華人相信祖先可降下災難，處罰後代不孝子孫，故當華人遭遇疾病災禍及缺乏子嗣等不幸之事，常會懷疑祖先作祟，因此祭拜祖先在華人社會十分重要。欲拜祖先，事前當準備好適當的供品，供品相當於家人的一般飲食。致祭時，供桌上還要擺置筷子、飯碗、湯匙等，有時再加放一些像醬油之類等調味料，除了牲品之外，還會準備先人生前喜愛的食物。

華人一般認為，死後的人也有可能會變成「鬼」。如果死後有子孫祭拜，那祂即如神明般，令人覺得溫暖、光明。一般來說，「鬼」可簡單分為兩類：其一，雖有子孫供奉，然別人家的祖先對我們而言，也屬於「鬼」。其二，一些人生前因自殺或橫死後無後人祭拜者，死後多群聚於廟宇附近，或無形地躺在田溝及竹叢者，他們被稱為厲鬼。時會發怒，時會要求人們供奉祭品。以上兩類就成為「鬼」，往往被視為邪惡的存在，華人認為，一旦沾惹上，將會遭到無情的求索，甚至危害自己性命。因此，華人們不會接近及禮拜他們，只有在特定節日，尤其是中元普渡大典，才會對他們進行祭拜，以祈求一整年的平安順遂。

結論

中國宗教有多個源頭，如土生土長的道教、早期自然崇拜、祖先信仰，及外來佛教，整體而言，呈現了相互融合的特色。兼容並蓄的特色表現在下列幾方面。首先，儒家舉人之所以為人，就在於人具有倫理典範，諸如仁、義、禮，儒家認為，人的生理生命有其自然的限制，最後終將走向死亡，但

是人卻可藉由對道德倫理至善的追求，樹立道德生命的永恆不朽，爲後人所景仰推崇。例如，民間信仰中的關羽，便是仁、禮、義、智、信五德兼備，故深受歷代華人所崇敬。其次，道教的貢獻主要在表現在仙、鬼思想的補充，它擴大華人精神活動的空間。道教的神仙例如三清道祖、八仙等，更是備受華人崇仰的神尊。最後，外來佛教主張如無常、苦、空、業、輪迴等觀念，皆成爲華人了解世界及生命變化的一項主要依據。此外，釋迦牟尼佛和地藏菩薩等佛教神祇，也成爲各地寺廟奉祀的主神。其中對觀音菩薩的信仰，更是普遍深遠地影響華人文化。大部分的華人家裡，都在正廳大都掛起聖像祭祀祂，成爲戶戶有觀音的景像。總之，三教融合正是華人宗教的主要特質，儒、釋、道三教豐富及充實了華人的宗教文化內涵，是我們要進一步認識華人宗教文化不可忽略的部分。

延伸閱讀

1. 三枝充著、黃玉燕譯《佛教入門》，臺北：東大，2003年。
2. 水野弘元著、釋惠敏譯《佛教教理研究》，臺北：法鼓文化，2000年。
3. 中村元等著、許洋主譯《印度的佛教》，臺北：法爾出版社，1998年。
4. 石萬壽《臺灣的媽祖信仰》，臺北：臺原，2000年。
5. 平川彰著、莊崑木譯《印度佛教史》，臺北：商周，2002年。
6. 佐佐木現順著、周柔含《業的思想》，臺北：東大，2003年。
7. 李獻璋《臺灣媽祖信仰研究》，澳門：澳門海事博物館，1995年。
8. 金正耀《中國的道教》，臺北：商務，1993年。
9. 後藤大用著、黃佳馨譯《觀世音菩薩本事》，臺北：天華，1994年。
10. 孫亦平《道教的信仰與思想》，臺北：東大，2008年。
11. 馬書田《中國諸神大觀》，臺北：國家出版社，2005年。
12. 馬書田《中國民間諸神》，臺北：國家出版社，2005年。
13. 馬書田《觀音菩薩》，臺北：藝緣堂，2004年。

14.康樂《佛教與素食》，臺北：三民，2003年。

15.許倬雲《萬古江河》，臺北：漢聲，2005年。

16.陳嘉琳《臺灣文化概論》，臺北：新文京開發，2005年。

17.陳建憲《玉皇大帝信仰》，臺北：漢揚，1996年。

18.許理和著、李四龍譯《佛法征服中國》，南京：江蘇人民出版社，2003年。

19.郭朝順《佛法概論》，臺北：三民，2003年。

20.渡邊照宏著、釋慈一譯，《佛教經典常談》，臺北：東大，2002年。

21.湯用彤《漢魏兩晉南北朝佛教史》，臺北：商務，1998年。

22.黃寬重《中國社會史》，臺北：空中大學，1996年。

23.黃懺華《佛教各宗大意》，臺北：文津，1991年。

24.黃金財《臺灣鄉土之旅》，臺北：時報文化，2000年。

25.黃美英《臺灣媽祖的香火與儀式》，臺北：自立晚報，1994年。

26.業露華《佛教歷史百問》，高雄：佛光出版社，1991年。

27.潘桂明《中國的佛教》，臺北：商務，1993年。

28.楊惠南《佛教思想發展史論》，臺北：東大，2003年。

29.萬繩楠《魏晉南北朝史論稿》，中和：雲龍，1994年。

30.蔡相煇《臺灣民間信仰》，臺北：空中大學，2001年。

31.蔡相煇《臺灣媽祖與王爺》，臺北：臺原，1989年。

32.蓋國梁〈認識灶神〉，《泉南文化》，第11期，2005年。

33.鄭素春《道教信仰、神仙與儀式》，臺北：商務，2002年。

34.劉笑敢著、陳靜譯《道教》，臺北：麥田出版社，2002年。

35.劉文三《臺灣宗教藝術》，臺北：雄獅美術，2003年。

36.劉貴傑《佛法概論》，臺北：空中大學，2001年。

37.韓復智《秦漢史》，臺北：空中大學，1996年。

38.謝清淵〈武聖關公事略考〉，《泉南文化》，第5期，2002年。

39.顏素慧《觀音小百科》，臺北：橡樹林文化，2001年。

40.顏尚文《梁武帝》，臺北：東大，1999年。

41.黨聖元《中國古代道士生活》，臺北：商務，1998年。

42.羅偉國《話說觀音》，上海：上海書店，1998年。

43.顧偉康《禪宗六變》，臺北：東大，1994年。

44.釋印順《佛法概論》，臺北：正聞出版社，1992年。

45.釋印順《菩薩心行要略》，新竹：正聞出版社，2005年。

四、禮俗篇

中華民族自古以來素有「禮義之邦」的美稱，在中國歷史文化裡，「禮俗」占有相當重要的地位，《禮記・冠義》更說：「人之所以為人者，禮義也。」說明人之所以異於禽獸，就在於他們有禮義。禮在中國傳統社會所扮演的角色十分多元，它既是維繫道德人心與社會秩序的重要規範，也是人們日常生活行為的準則。迄今華人的生活仍深深受到古禮的規範與影響。本章將介紹中國傳統的冠禮及婚禮。

古代男子的成年禮——冠禮

首先要介紹的是被古人視為「禮之始」（《禮記・冠義》）的冠禮。「冠禮」，簡而言之，就是一種成年儀式，其實世界上許多民族都有類似的儀式傳統，只不過因為民俗風情的不同，成年禮的內容與形式也有很大的差異。不少民族採取鍛鍊體能的方式，來考驗年輕人的能力，例如，經由紋身（tattoo）、割禮（circumcision）、鞭打（whip），或是讓他們與父母分開，去野外求生，在艱苦又危險的自然環境裡經歷日曬雨淋、飢餓受凍，要能通過考驗，才可被認定為成年人。華夏民族文明發展較早，且十分重視身體髮膚的完整，在「身體髮膚，受之父母，不敢毀傷」的觀念影響下，較少見到毀傷型與考驗型的成人禮。

中國古代傳統的成年禮，主要以服飾的改變為其最大特徵，而服飾中又以頭上之「冠」（guān）與「笄」（jī）最受重視，這分別代表古代男子與女子的成年象徵。所謂的「冠」，即首（頭）上之服，也就是帽子。「冠」字亦做動詞，即「加冠」之意，這時「冠」字就要讀成四聲「guàn」。至於「笄」，是一種用來固定髮髻的細長髮飾，一頭銳，一頭鈍，鈍的一頭有突出的裝飾，類似我們今日俗稱的「簪」（zān）（hairpin）。因此，男子的

成年禮便稱為「冠禮」，而女子的成年禮則稱為「笄禮」。「冠禮」在男子二十歲時舉行，而「笄禮」則較冠禮早，在女子十五歲時即舉行，行笄禮後女子則可許嫁。

由於記載笄禮的文獻較少，因此，在這裡我們主要根據《儀禮》與《禮記》中的記載，簡單介紹古代男子的成年禮——冠禮。對於華夏民族來說，在未行成年禮之前，孩童無須束髮、不帶冠，任由頭髮自然下垂，稱為「垂髫（diào）」，或將頭髮紮起垂於腦後，稱為「總髮」，或在頭前部書成左右兩股，如獸之角，稱「總角」。至二十歲後舉行冠禮儀式，就必須將頭髮盤結成髻，戴上冠。以「加冠」作為青少年成人的標誌，可說是十分典雅的形式。

行過冠禮之後，標誌著一個青少年已經成年了，可以依照成年人來對待與要求他了；也可以娶妻生子、入仕為官，可以按宗法倫理規定繼承家族中相應的權利。因此，古人對於冠禮特為重視，所以《禮記・冠義》說：「冠者，禮之始也，嘉事之重者也，是故古者重冠。」這是說「冠禮」為諸禮之始，是古代極為重視的人生禮儀。

關於「冠禮」的記載主要保存在《儀禮》與《禮記》中。《儀禮・士冠禮》記錄了冠禮儀節，《禮記・冠義》論說了行禮之意義。首先，《儀禮》十七篇的第一篇就是〈士冠禮〉，足見當時對於冠禮的重視，在那個時代，無論天子、諸侯、卿、大夫、士都有冠禮，根據身分的高低，冠禮的內容應該也有差異，可惜這些資料只剩下片段，保存比較完整的只有〈士冠禮〉一篇。依據《儀禮・士冠禮》的記載以及鄭玄的注，可知士的家庭，一個男孩子長到二十歲的時候，必須為他舉行非常隆重的加冠典禮，舉行成年禮的方式是採個別舉行，地點則在宗廟神聖之地，由受冠者的父親或兄長主持。關於冠禮的儀節，我們擇其要點說明：

1.準備

(1)筮日

　　所謂「筮日」，是指通過卜筮[1]的方法選擇吉日，以作為舉行冠禮的時間，而卜筮的地點也在宗廟進行。卜筮的用意在於尊重祖先，凸顯對冠禮的重視。如《禮記·冠義》所說：「古者冠禮筮日、筮賓，所以敬冠事。」「古者重冠，重冠故行之於廟，行之於廟者，所以尊重事。」

(2)戒賓

　　「戒賓」的「戒」，就是「告」，即是在筮日後三天之內，主人要將舉行冠禮之事廣泛告知同僚親友，邀請他們來觀禮。除了使場面顯得隆重熱鬧外，也表示家長十分重視這件事。

(3)筮賓

　　「筮賓」就是在眾賓客中安排一人擔任特別來賓，以執行典禮當天「加冠」的重要任務。因此，對於這位賓客的選擇與決定，必須十分謹慎，通常都是由鄉里間德高望重的長者擔任。不過，即使家長已決定了理想人選，仍須通過卜筮的手續，才能做最後的決定。

(4)宿賓

　　「宿」即「肅」，恭敬之意。也就是說家長親自登門邀請主賓（加冠者）和贊冠者（輔佐主賓行冠禮之人，也就是主賓的副手），當面請求一定要來參加冠禮。

(5)陳設

　　舉行冠禮當天清早，陳設几筵、酒醴、冠服、梳具和洗器等。最重要

小辭典

1　卜筮（to divine by the tortoise and by the milfoil）：卜，以龜甲推斷吉凶。筮，以蓍草推斷吉凶，後以「卜筮」一詞泛指占卜（divine）。

的就是為成年的孩子準備三套正式的禮服。由於古代成人者的服裝是由衣裳與冠冕搭配成套，且都是先著衣裳，然後再把冠戴在頭頂，所以《禮記·問喪》說：「冠，至尊也。」行加冠禮的當天，加冠者先自行穿好一套套的禮服，然後再請特別來賓一次次地勉勵及祝福這個孩子，期許他將來能有所成就，並替他進行加冠戴弁的典禮。加冠的儀式前後共計三次，以下進一步說明。

2.加冠

(1)就位

典禮當天，父、兄及冠者各就其位。這時欲受冠的青年則綵衣（未冠者的服飾）結紒（結髮），也就是著童裝結髮，恭候在房中。

(2)迎賓

當這位特別來賓到達大門時，在內等候的主人必須出門親自迎接，以表示對對方的尊重與禮遇。三揖三讓（當時迎賓禮皆是如此）後，賓主升階就定位。

(3)初加（緇布冠）

受冠者從房出堂，入席就坐後，先由贊者為他梳理頭髮，用「纚」（xī，包髮的帛布）將他的頭髮包起來。孩子依次穿著三套配合不同場合的衣服，在堂上由特別來賓為他戴上三種不同的冠弁。第一次加的冠是緇布冠（緇zī，黑色。緇布冠是指黑色麻布製成的帽子）。在加冠之前，特別來賓先會對孩子說些祝福的話，稱為「祝辭」。因此，在戴上緇布冠前，特別來賓先勉勵孩子「棄爾幼志，順爾成德」，就是告誡孩子，當揮別過往幼稚的童心，從今以後就是成年人了，一切的舉止行為都要按照成年人的標準行事。

⑷再加（皮弁）

就是穿戴第二套冠服，第二套衣冠名爲「皮弁服」，是由白色鹿皮所製成的禮冠，這套衣冠與田獵、戎事有關，以便從事狩獵或戰鬥時穿戴。在加皮弁之前，先要脫去緇布冠，梳髮、設纚如前，再由貴賓爲獻上祝辭，勉勵他要「敬爾威儀，淑愼爾德」，也就是說成人當威儀端莊並修養德行。

⑸三加（爵弁）

穿戴第三套衣冠，動作順序與前面衣冠相同，這一套衣服名爲「爵弁服」，是三套衣服中最爲尊貴的一套，是參與國君宗廟祭祀之事時才穿的盛服，代表此後擁有在宗廟參與祭祀的權力。在加冠前特別來賓再行祝福孩子「壽考惟祺」、「眉壽萬年」、「黃耉無疆」[2]，都是有關健康長壽的祝福語。

《禮記・冠義》說：「三加彌尊，加（期勉期許）有成也。」意思是說這三次加冠，一次比一次貴重，所包含的意義也一次比一次深遠，在經過三加之後，期許成年人日後能有所成就。經過了三加之後，一個未成年者已由綵衣的童子，搖身一變成爲衣冠楚楚的成年人。

3.命字

⑴賓字冠者

據古禮，嬰兒生下三個月後要擇日剪髮，並由父親取名。至二十歲行冠禮，再由擔任加冠典禮的特別來賓，爲這位年輕人取「字」，如同《禮記・曲禮》所說：「男子二十，冠而字」。取「字」的用意是：「已冠而字

小辭典

2　眉壽萬年／黃耉無疆：「眉壽」指人年老時，眉毛會長出幾根特別長的毫毛，爲長壽的象徵，故稱爲「眉壽」。「黃」，指「黃髮」，即人老後頭髮由白而黃，是高壽的象徵。「耉」（gǒu），指背彎曲、面有壽斑的高壽老人，後用「黃耉」一詞來形容老人或長壽之貌。

之，成人之道也。」（《禮記·冠義》）「道」是途徑、方法，意思說爲他取字，是讓他成爲成年人的一種方法。簡單來說，「名」是初生時父母所取，「字」則爲行冠禮當天，由擔任加冠的特別來賓，依據其與「名」來取「字」。「名」既然是由父母所賜，所以「名」比「字」來得重要，因此在任何場合裡都應該自我稱「名」，以眞實地介紹自己，尤其是在尊長面前更必須自稱其「名」。但是，如果其他人也這樣直呼其名，就十分不客氣、不禮貌。所以考慮到男子成年之時，日後在社會上與別人來往交際的機會很多，只有一個「名」，不方便他人稱呼，所以特別再爲他取個「字」來代替本名。因此《禮記·郊特牲》說：「冠而字之，敬其名也。」

4.冠者見兄弟、姑姊及親屬成員、鄰里成員

冠者依次見兄弟、贊者、姑姊等人，然後再換上黑色的禮服禮帽，帶著禮物去見國君、卿大夫與鄉先生，這種拜見的意義在於表明受冠者已經成年，正式以成人的身分前往相見，除了藉此取得社會各方的承認，亦使受冠者能增進閱歷，見識場面。

5.醴賓、送賓

主人以酒宴慰勞眾賓客，並贈送束帛、儷皮（鹿皮）等禮物酬謝主賓。這樣成年禮就算是完成了。

《禮記·冠義》說：「故冠而後服備，服備而後容體正、顏色齊、辭令順。故曰，冠者禮之始也。」意思是說，當冠禮結束後，代表人生新階段的開始，此後穿著正式的服裝，必須意識到自己的成長，隨時要注意自己儀態風度要表現得宜，言行舉止要端莊穩重，在談吐上要注意言辭是否謙恭柔順，這樣才切合成年人的身分。由於一定要先替成年的孩子舉行冠禮之後，才能進一步要求他們其他的禮節，所以才說冠禮是一切禮儀的開始。

(1)冠禮的意義

在父母精心安排與眾親人好友觀禮祝賀聲中，由鄉里中年高德劭，也是

自己平日尊崇仰慕的長輩親臨會場，爲自己加冠祝福，這場莊嚴隆重、專屬於他的典禮，在這位年輕人的心中必定留下深刻的印象，這樣的經驗應是畢生難忘的，更能引發他對整個家族的使命感與責任感，一個成年人當有的氣象應運而生。

在冠禮之後，代表已正式告別童稚時期，從此不再是家中稚氣懵懂的童子，不僅僅是外在衣著的改變，更重要的是帶著長輩的祝福與期許，正式跨入社會，步入成人的世界。從此以後要謹言愼行，嚴謹地約束自己，隨時注意自己的儀態風度是否恰當，舉止談吐是否合於禮，任何言語行爲都必須自己負責，更當肩負起對自己、家庭、社會的發展與承先啓後責任，因此《禮記·冠義》說：

> 成人之者，將責（要求）成人禮焉也。責成人禮焉者，將責爲人子、爲人弟、爲人臣、爲人少者之禮行焉。將責四者之行於人，其禮可，不重與。故孝、弟、忠、順之行立，而後可以爲人。可以爲人，而後可以治人也。故聖王重禮。故曰冠者禮之始也。

冠禮之後，成爲眞正的成年人，因此要求他能遵行成人應有的禮，爲人子當能盡孝、爲人弟當能盡悌、爲人臣當能盡忠、爲人晚輩當能恭順，唯有能履踐孝、悌、忠、順的德行，才能成爲合格的兒子、合格的弟弟、合格的臣下、合格的晚輩，成爲各種合格的社會角色。只有這樣，才可以稱得上是人，也才有資格去治理別人，才能繼承和發揚華夏禮儀文明。因此，聖明的先王都很重視冠禮，才說冠禮是各種成人之禮的發端。

臺灣內政部於民國八十年修正「國民禮儀範例」時，特別增列「成年禮」專章，並督導縣市政府在青年節（the Youth Day，每年的3月29日）前後，辦理成年禮示範觀摩的活動。不少中學及大學中文系都有爲學生舉行成年禮，通常典禮在廣場舉行，並邀請這些同學的父母親及校長、貴賓共同主

持，由全校師生與學生親友、地方鄉紳一同觀禮，以示公證之隆重。國際扶輪社每年度亦舉辦「國際成年禮」活動，2007年則在臺北孔廟，為來自十個以上國家的一百一十名青少年舉行「男加冠、女簪笄」的傳統成年儀式。雖然，現代的成年禮過程雖不再像古禮那般手續繁複，但是對於青少年的祝福與勉勵的用意是不變的。以下補充一些與「冠禮」、「笄禮」相關，常見的詞語：

冠歲／弱冠：男子二十歲。

冠者：成年人。

冠字：男子二十而冠，並賜以「字」。

冠士：已行過冠禮的成年之士。

及笄（之年）／笄年：古代女子年滿十五須束髮插簪，故女子十五歲稱為「笄年」。

笄冠：女子及笄，男子加冠，指成年。

延伸閱讀

1. 周何《古禮今談》，臺北：國文天地雜誌社，1992年。
2. 王貴民《中國禮俗史》，臺北：文津出版社，1993年。
3. 內政部編印《禮儀民俗論述專輯（第七輯）成年禮儀篇》，臺北：內政部發行，1997年。
4. 鄭興文《中國傳統婚姻風俗》，西安：陝西人民出版社，1994年。
5. 趙丕杰《中國古代禮俗》，北京：語文出版社，1996年。
6. 林素英《甜蜜的包袱：《禮記》》，臺北：萬卷樓圖書股份有限公司，2003年。

婚禮（Wedding）

　　古今中外，人們都將婚姻締結視為人生中一大要事，中國人更視婚姻為

正家之始。《禮記‧昏義》說：「昏禮者，將合兩姓之好，上以事宗廟，而下以繼後世也。故君子重之。」這是說婚禮是締結兩姓之間的歡好，對上來說可以奉侍宗廟、祭祀祖先，對下來說可以傳宗接代，將宗族承繼下去，所以說君子十分重視婚禮。

　　早期婚禮的「婚」字，原本作「昏」，這可不是說因為「昏了頭」才去結婚的，這是因為古代男女正式結為夫妻的儀式，都在黃昏時候舉行，所以，《儀禮‧士昏禮》記載新郎親迎時必須「執燭馬前」，就是因為古代結婚時天色已經昏暗，必須以燭火來照明。不過，為什麼親迎要選擇在黃昏時進行呢？那是因為早期人類有所謂的「搶婚制」。在文明未普遍以前，人類往往以爭奪的方式來取得自己心愛的東西或想要的人，於是所謂的「搶婚」，就需選擇傍晚時刻、天色昏暗時，在親友的協助下將新娘「搶」回去。到了周朝，已不再有搶婚的習俗，之後為了有別於黃昏、昏暗的「昏」，才在這個字的旁邊另外加一個女字旁，以表示是人事之大者，所以才有後來「婚」這個專用字。

　　中國古代十分重視婚禮，對於婚禮準備的各個階段皆有繁複且慎重的儀式。根據《儀禮》、《禮記》的記載，西周時期有所謂的「婚姻六禮」，這對中國傳統婚姻形式產生重要影響。《禮記‧昏義》說：

　　是以昏禮納采、問名、納吉、納徵、請期，皆主人筵几於廟，而拜迎於門外，入揖讓而升，聽命於廟，所以敬慎重正昏

　　禮也。

　　這裡提到了傳統婚禮的六大階段，也就是六個重要的禮法，每一過程主人都必須設筵席於宗廟之中，並且到宗廟門外迎接來賓，進門後互相揖讓著登堂，並於廟堂中聆聽對方致詞，這樣做的用意是爲了表現婚禮的可敬愼重。以下即一一簡介「六禮」的內容：

1.納采

　　「采」是「采擇」，表示男方經過愼重考慮後，最後選擇這家小姐爲最適當的結婚對象。先派媒人（matchmaker）到女方家提親，取得女方同意後，再遣派使者攜帶禮物，向女方正式求婚，希望女方能欣然接受。所以，「納」有「務必收納」的意思，兩方口頭說定了，接下來才能進行其他的程序。根據《儀禮・士昏禮》記載，納采所送的禮物只是「用雁」（鴈鳥），除了納采以外，底下將提到的問名、納吉、請期、親迎，都要準備這份禮物，所以，用「雁」可說是古代婚禮中的一大特色。之所以會用「雁」當作見面禮，是有其特殊意義的，距離《禮記》成書最近的《白虎通》提到「雁」是一種候鳥，能辨別季節的轉變，秋天往南飛，春天再回到北方，取其向陽之義。藉此喻妻子當順從丈夫。再者，「雁」這種鳥飛行時能成行成列，井然有序，因此，象徵人的婚娶要依長幼先後次序舉行。這即是用雁作爲見面禮的主要用意。

2.問名

　　在女方家長接納提親後，使者再次帶著「雁」上門，請問名。即是問清楚女子的姓名，之後帶回男方家經祖先宗廟的占卜來決定吉凶，得到吉兆後才可以成婚。須經祖先認可這道手續，表示婚姻乃人生大事，不是家長或當事人擅自作主就可以草率決定的，藉由占卜，表示歷代祖先都參與此件婚事的考慮，自然會給當事人嚴肅與隆重的感受。問名後來漸漸演變成詢問女

子生辰八字（即出生時的年、月、日、時，再用天干、地支[3]表示，共八個字），「合八字」是指男女在結婚前，請命相家合算二人的生辰八字，若無相互沖犯，即可配婚。

3.納吉

在問名之後，男方家卜於宗廟得到吉兆後，再派遣使者把占卜吉利的結果前往女方家告知，稱爲納吉。男方仍要帶著「雁」當作禮物，儀式如同上述所說的納采。納吉象徵兩家聯姻得到，祖先神靈的同意與庇佑，至此這椿婚事就算定下來了。

4.納徵

男方派遣使者把聘禮財物送到女方家，以確定婚事。「徵」字表示「成也」，納聘禮之後表示這門婚事已成，等於說訂婚手續已經完成。也因爲這是一道重要的手續，因此，所使用的禮物也比之前來得貴重許多，這次不再用「雁」。根據《儀禮·士昏禮》的規定，「士」的聘禮是「玄纁束帛、儷皮」，就是紅黑色（玄）和淺紅色（纁）的帛五匹，和鹿皮（儷）兩張。至於天子、諸侯、大夫因身分不同，聘禮還要再多一些。聘禮後世被金錢所取代，所以「納徵」又被稱爲「納幣」。

5.請期

男方家派人將初步選定的迎娶吉日，派人通知女方，並徵求女方的同意，稱爲「請期」，這表示尊重女方的意見，男方家不敢自專。請期時，男

⑨⑨⑨

3　天干、地支：「天干」，指的是甲、乙、丙、丁、戊、己、庚（gēn）、辛、壬、癸（guǐ）爲十干，是中國古代用來表示次序的符號。它們與「十二地支」互相配合以計算時日。而「十二地支」分別是子、丑（chǒu）、寅（yín）、卯（mǎo）、辰、巳（sì）、午、未、申、酉、戌、亥爲十二地支。兩兩相配，始於甲子，終於癸亥，六十爲一循環，常用於曆法。

方又會帶上「雁」作爲禮物。

6.親迎

　　據《禮記・昏義》對「親迎」的記載：

　　　父親醮（jiào，敬酒）子而命之迎，男先於女也。子承命以迎，
　　主人筵几於廟，而拜迎于門外，婿執雁入，揖讓升堂，再拜奠鴈，蓋
　　親受之於父母也。降出，御婦車，而婿受綏，御三周。先俟（等待）
　　于門外，婦至，婿揖婦以入。

　　在結婚吉日當天，父親向兒子敬酒，親自交代兒子務必完成迎親使命，
這是因爲男方先於女方。兒子謹愼鄭重地承接父親所命，穿著正式禮服親自
到女方家去迎娶新娘，就叫做「親迎」。女方的父母筵席於宗廟，並到宗廟
外迎接，這時新婿手捧著「雁」走進宗廟門，和女方主人互相揖讓（作揖謙
讓，揖是拱手行禮）登堂，再拜後將雁放置地上，這表示親迎是奉了父母的
命令。之後下堂出門，把新婦待會兒要乘坐的車駕好，新婿將上車時拉手用
的繩索──「綏」（suī）交給新婦，新婿先親自駕車，車輪只須轉過三周，
就把車子交給車伕駕馭。這時新婿坐上自己的車子，走在前面，因爲新婿必
須先趕回家等候在門外，等新婦到達時，再由他親自迎接進家門。這就是古
禮中所說的「親迎」。即使在現代可以自由採取各種不同的結婚方式，但無
論何種形式，新娘都必須先待在自己家中，等待新郎親自來迎接。之後新娘
到了夫家，還要履行一些儀式，《禮記・昏義》載：

　　　共牢而食，合巹（jǐn）而酳（yìn）所以合體、同尊卑，以親之
　　也。

這是說新婚之夜，夫妻相對共進的第一餐飲食是採用同一等級的牲體做成，夫婦共食一牲，這叫「共牢」，同樣的飯菜各人一份，這表示夫妻的地位完全相等，沒有尊卑之別。至於「合巹」的「巹」，指葫蘆瓢（calabash）；「酳」是指飯後以酒漱口。「合巹而酳」是說，新婚夫妻在用餐之後，用同一個葫蘆所剖分的兩只瓢，分別盛酒給新郎新娘飲用。這兩只瓢合起來是一個完整的葫蘆，所以稱為「合巹」，象徵夫妻本是一個整體的意思，意味著從今以後，夫妻不分你我，應該相互體貼扶持。「合巹」演變到後世就成為所謂的「交杯酒」。雖然後來不再使用葫蘆瓢，而用杯盞代替，但是「合巹」的禮名仍保存至今，如結婚的酒席可以稱為「巹筵」、「巹席」。

7.拜見公婆（to visit husband's father and mother）

《禮記・昏義》載：

> 夙興，婦沐浴以俟見。質明（天亮），贊見婦於舅姑。婦執笲（fán，盛物的竹器）、棗、栗、段脩以見。贊醴（lǐ，甜酒）婦，婦祭脯醢（fǔ hāi，肉醬）、祭醴，成婦禮也。舅姑入室，婦以特豚（tún，小豬）饋，明婦順也。

「夙興」是說新婚之夜後，隔日一大早新婦就必須先起來，洗髮洗身，穿著整齊「以俟見」，就是準備正式拜見公婆。天剛光亮，就由贊者（協助行禮的婦人）帶領去拜見公婆。新娘以小竹籃裝著棗子、栗子以及肉乾肉條

當作見面禮。公婆收下新婦
所孝敬的禮物之後，再由贊
者代替公婆賜一杯甜酒給新
婦，表示公婆已正式接納新
婦爲家中成員的一份子。新
婦在接下公婆所賜的甜酒
後，就在自己的席位上行感
謝飲食的禮節，先用肉醬祭

地[4]，再用甜酒祭地，便完成做媳婦的禮儀。接著由新婦親自下廚做羹湯，以
小豬爲主菜請公婆享用，藉此表明媳婦的孝心。在隔天早晨，公婆正式設宴
款待新婦，以「一獻之禮」向新婦敬酒，敬酒完畢，公婆一反常例地從西階
客位下堂，特別讓媳婦從東階的主位下堂，代表這位新婦日後有代替婆婆成
爲一家之主的資格。

　　在經歷了「成婦禮」、「明婦順」與「著代」的三個階段後，新婦在家
族中的地位才算是確立。以後新婦必須切守對於公婆順從，對於妯娌（lǐ，
兄弟的妻子相互間的稱呼）及丈夫未出嫁的姊妹能和睦相處，並在生活上協
助丈夫，扮演好妻子的角色。若能如此，家庭才能一團和氣，家道才能持久
興旺。

　　上述《儀禮》、《禮記》所提到的「六禮」，因爲程序繁瑣，在準備
上必須耗費不少人力物力，所以逐漸被簡化。但是像提親、合八字、下聘、
文定、祭祖等儀式，在現今婚禮中仍扮演著重要角色。只不過在凡事講求效
率的現代，大部分的年輕人已不再講究古禮細節，許多儀節能簡則簡，所以
不少人直接省掉訂婚儀式，或者將訂婚與結婚安排在同一天，要不則是直接
參加政府機關舉辦的公證結婚或是團體結婚，最後再擇日宴請親朋好友。雖

⓪⓪⓪

4　祭：這裡指古代進食之前，先將一小塊食物祭之於地，感謝大地賜予我飲食之意。

然新式婚禮簡單不失莊嚴，但中式傳統婚禮，從納采、納吉到迎親，以及祭祖、孝親、敬天等過程，雖不似新式婚禮簡便，但相信一定能給予當事人婚姻不容草率、豈是兒戲的深切體悟，對於幫助年輕人建立婚姻觀及培養家庭責任，想必有一定的影響。

最後，對於現今臺灣傳統婚禮中一些特殊的儀式，做一簡單的介紹：

(1)燃炮

迎親禮車行進，由坐前座者負責帶路及燃放鞭炮以示慶賀。依據古禮，前導車應於路口、橋頭燃炮以驅凶避邪，前導車接近女方家門附近時，應燃炮告知即將抵達，待女方燃炮表示歡迎後才緩駛進入。

(2)吃姊妹桌

新娘在結婚出發前，要與父母兄弟姊妹一同用餐，以表示離別。

(3)討喜

當新郎手持捧花抵達女方家，欲迎娶新娘時，新娘閨中密友通常會攔住新郎，不讓他立刻見到新娘，女方可提出條件要求新郎答應，通過後才得進入，這時新郎才將捧花交給新娘。

(4)拜別

新人並立（男右女左），在點香燭祭祖後，新娘應叩拜父母道別，並由父親蓋上頭紗，而新郎僅鞠躬行禮即可。

(5)出門

新娘由一位有福氣的女性長輩扶出廳堂（出門時不可踩到門檻），並持八卦竹篩護送她走至禮車旁〔不過新娘若已有身孕，則改用黑傘，其用意在於避免「流產」（abort）〕。

(6)上禮車

　　新娘先上車，新郎由另一車門上車，在車子開動後，女方家長將一碗清水或白米灑在車後，代表女兒已是潑出去的水，以後的一切娘家再也不過問，並祝女兒事事有成，有吃有穿。

(7)擲扇

　　禮車起動後，新娘應將扇子（扇尾繫一紅包及手帕）丟到窗外，俗稱「放性地」（放下性子），其用意是說，不將壞習慣與不好的個性帶到夫家去，扇子由新娘的兄弟拾回，新娘亦不可回頭看，且在禮車之後蓋「竹篩」以象徵繁榮。

(8)摸橘子

　　迎新車隊到達新郎家時，由一位拿著橘子或蘋果的小孩出來迎接新人，新娘要輕摸一下橘子，並贈紅包答禮，俗稱「拜轎」。這兩個橘子要放到晚上，讓新娘親自剝皮，意謂招來「長壽」。

(9)牽新娘

　　新娘由禮車走出時，應由男方一位有福氣之長輩持竹篩頂在新娘頭上，並扶新娘進入大廳。進門時，大廳門檻前須置火盆（烘爐，內燃木炭）及瓦片，新娘以右腳跨過火爐，再踩破瓦片，俗稱「過火」與「破煞」。

(10)進洞房

　　婚禮當天，忌諱讓人坐到新床，而新娘更是不能躺下，否則可能一年到頭都病倒在床上。媒人或男方女性長輩，會盛一碗湯圓進新房，餵新人吃，俗稱「吃圓仔湯」，象徵甜蜜圓滿。男方通常會請一位生肖屬龍之男童，在新婚房床上翻滾，媒人在旁唸吉祥語：「翻落舖，生查埔（男孩），翻過來，生秀才，翻過去，生進士」，俗稱「翻舖」，希望新娘能早生貴子，為夫家添丁。若未請人翻舖，則新郎脫鞋在床上走跳一圈。

⑾喜宴

　　時下頗流行中西合璧式的婚禮，大都在晚上宴請客人，並同時舉行觀禮儀式，在喜宴上，新娘著新娘禮服進場後，陸續可換上晚禮服，逐次向各桌賓客一一敬酒，感謝他們的蒞臨與祝福。

⑿送客

　　喜宴將要結束前，新人先立於門口送客，新娘須端著盛香菸、喜糖之茶盤，再次答謝今日參與喜宴的賓客。

⒀鬧洞房

　　當新人送客結束後回到新房，與新人交情不錯的友人們就會聚集至此，準備鬧洞房，多半以無傷大雅的問題或遊戲來作弄新人，新人被整之災情大小，端視新人是否曾在其他的婚禮上戲弄別人，或平時待人態度。

延伸閱讀

1.周何《古禮今談》，臺北：國文天地雜誌社，1992年。

2.王貴民《中國禮俗史》，臺北：文津出版社，1993年。

3.鄭興文《中國傳統婚姻風俗》，西安：陝西人民出版社，1994年。

4.趙丕杰《中國古代禮俗》，北京：語文出版社，1996年。

5.林素英《甜蜜的包袱：《禮記》》，臺北：萬卷樓圖書股份有限公司，2003年。

五、節慶篇

春節（the Lunar New Year）

　　中國人有兩個新年，除了陽曆的元旦外，另一個則是依據農曆歲時的新年。這是因中國早期是農業社會，一切作息與農作收成密切相關，過農曆年的習俗流傳已久，是中國人最重要的節日。因此，即使有了陽曆新年，但過農曆年的習俗仍保留至今。對很多外國朋友而言，過兩個新年是一件十分新鮮的事。

　　過往的春節，是從臘月（農曆十二月）二十四日送神日起，至元月十五日元宵節爲止。現今由於工商社會繁忙，春節時間不再那麼的長，但是絲毫沒有減損年節的喜樂氣氛，仍是所有華人最期待的節日。過年前，在送神回天庭後，家裡已無神明，不必擔心移動屋內擺設會觸怒神明，就會在這段時間大掃除，俗稱「拂塵」。著名的年貨大街，如臺北市的迪化街及高雄市的三鳳中街，總是擠滿採購年貨的人潮。除夕，又稱大年夜，分散各地工作、讀書的一家人都會盡可能趕回家中團聚，全家一同圍爐吃年夜飯。菜餚也有特別意涵，長年菜及韭菜取意長壽，菜頭代表好彩頭，餐桌上一定會準備一條魚，但不要吃完，表示「年年有餘」，還有年糕，象徵步步高升。飯後，家中長輩會發放「壓歲錢」，晚上有終夜不眠以「守歲」的風俗（此項風俗由來已久，《夢粱錄》即載：「除夕圍爐團坐，酌酒唱歌，終夕不眠，謂之守歲」）。「守歲」的意義，據說可爲父母祈求延年益壽。現今過年的守歲，多半是爲了娛樂，因爲全家族難得團聚，把握每一刻相處的時光。

　　過年還有一項特殊的風俗，就是「貼春聯」。傳說「年獸」會出來吃人，因此家家戶戶會張貼春聯辟邪[1]，此項習俗流傳至今。過年前，處處可

小辭典

1　**春聯**：又稱「門聯」、「春貼」，相傳是由桃符演變而來，桃符指書寫辟邪字句或畫上門

見販賣寫著吉祥話的春聯，不是因為迷信，而是重在紅色的喜氣及吉祥話的意涵。有小幅者，如「春」字、「福」字可反著貼，表示春到了、福到了，或是將「滿」字貼在米缸上、在廚房貼上「山珍海味」，及在大門貼上「大家恭喜」、「恭喜發財」等，除了營造年節的吉祥氣氛外，更是生活中幽默感的呈現。對聯形式的春聯，則是書法與文學的結合，文字對仗工整，講究的家庭或公司行號會特別挑選對聯的內容，從對聯詞語，即可知道該戶人家所從事的行業。

　　後蜀主孟昶（918-965）題寫「新年納餘慶佳節號長春」於桃符上，據說此為史上第一幅春聯。常見到的春聯語有「天增歲月人增壽　春滿乾坤福滿門」、「爆竹聲中辭舊歲　梅花香裡報新春」、「雲呈五色文明盛　運濟三陽氣象新」、「天賜平安福祿壽　地生金玉富貴春」、「生意興隆通四海　財源茂盛達三江」等。

　　「一元復始，萬象更新」是春節的最佳寫照。在這個特別的節日，小朋友可以拿到紅包，可以穿新衣、戴新帽，展現新氣象；大人在辛苦工作一整

小辭典

神的桃木板。有在桃木板上畫上神荼（shū）、鬱壘（yú lǜ）二門神也有直接將神荼、鬱壘二神的名字書寫在桃木上的。在桃木上書寫字句的，就成為春聯的開端，在桃木上畫門神者，即是年畫的起源。

年之後，可利用這段時間好好的休息，拜訪平日因忙碌而久未謀面的親戚朋友，並為未來一年做好規劃，重新出發。在這段時間，到處呈現喜氣洋洋的畫面，有許多民俗都饒富趣味，值得一探究竟。

　　大年初一是開天門之日，民眾會前往寺廟道觀燒香祈求一年平安。著名的廟宇，如臺北市的行天宮，在子時即會擠滿搶插頭香的信眾，就是希望為新的一年求得好兆頭。此外，生肖犯沖的人也會到寺廟「安太歲」[2]。另外，還有「點光明燈」的習俗，是將姓名、生辰八字放在燈座上，此為古人燃燈、點燈習俗之遺。

　　大年初二，是女兒回娘家的日子，稱為「作客」。因為在華人傳統觀念裡，認為女兒出嫁後，就是夫家的人，回到娘家，反倒成了客人。初四為接神日，在十二月二十三或二十四日送神回天庭向玉皇大帝報告各家的善惡後，初四須再把神明請回來，俗話說「送神早，接神遲」，所以迎神通常

小辭典

2　安太歲：太歲指太歲星君，一甲子六十年，每年均有歲神輪值，當年輪值之歲神，稱為「值年太歲」，主掌當年禍福。沖犯太歲的生肖，包括「正沖」與「對沖」兩類，「正沖」指出生年與太歲地支年相同者；「對沖」是與太歲相對位置者，即生肖往下六位，信眾為了消災納福，會到廟裡安太歲，意義是求得心安，並提醒自己舉頭三尺有神明，不可為惡。

是在下午之後。因為俗說初五是「五路財
神」³的生日，商家通常會在這天開市，並
在商家行號前祭拜，祈求財神爺保佑。此
外，也會看到舞獅獻瑞，或演奏北管樂器，
表演民俗技藝，說吉祥話，為商家祈福，除
了吸引人氣也可為自己賺取紅包錢，皆大歡
喜。此項習俗名為「噴春」。

　　過年期間，流傳一些禁忌，目的是不要觸霉頭，以求得一年的平安吉
祥。像是不可向外掃地及傾倒垃圾，以免將錢財掃出門去。避免打破器物，
若不慎打破東西器物，要說「碎碎平安」，諧音「歲歲平安」，或以閩南話
說「弄破瓷，金銀一大堆」。

元宵節（Yuan Siao Festival）

　　正月十五「元宵節」，又稱「小過年」、「燈節」，在道教的習俗中，
這天是天官大帝⁴的誕辰，故又稱「上元節」，與「狀元節」諧音。依傳統年
俗，這天是年假的結束，又逢月圓，親朋好友團聚，為對方祈福，希望新的
一年諸事順利。

　　在電燈尚未發明的時代，很難得見到燈火通明的景象，因此元宵節一
片燈海的畫面，既新鮮且富詩意，更將年節的歡樂氣氛帶到高潮，為年節畫
下完美句點。元宵提燈夜遊的風俗，是由「放夜」演變而來的，放夜是節慶

小辭典

3　五路財神：據《封神演義》，「五路財神」指玄壇真君趙公明，及其四位部署，包括「招
　　寶天尊」蕭升、「納珍天尊」曹寶、「招財使者」喬有明（或說陳九公）及「利市仙官」
　　姚邇益。

4　三官大帝：俗稱三界公，是奉玉皇大帝之命，來到凡間治理民眾，包括天官、地官及水
　　官，並流傳天官賜福，地官赦罪，水官解厄之說。

時一項解禁的行為，藉著平時無法享受的特權、超出常軌的活動，使人們感受到節慶的歡愉。（《漢書》記載：「執金吾掌禁夜行，唯正月十五敕許弛禁，謂之放夜。」執金吾指實施宵禁時，負責巡查之人。）宋代詞人辛棄疾在〈青玉案〉即描寫元宵夜之景致：

東風夜放花千樹，更吹落，星如雨。寶馬雕車香滿路，鳳簫聲動，玉壺光轉，一夜魚龍舞。

蛾兒雪柳黃金縷，笑語盈盈暗香去。眾裡尋他千百度，驀然回首，那人卻在燈火闌珊處。

在元宵節舉辦盛大燈會，已成為今日臺灣各地重大活動，如臺北市在中正紀念堂四周、高雄市愛河兩岸的燈節，每年主燈的主題及造型，都成為關注的焦點，也成功地吸引大量人潮前來欣賞。燈會裡除了民俗藝術家精心製作的花燈外，也有中小學生集體的創作和傳統的小提燈，以及最吸引人們目光的電子花燈。時至今日，照明設備早有先進的替代品，花燈祈福意味也因科學文明的進展，不再是人們寄託的依據，但民俗的影響力仍持久不墜，將花燈藝術創造的構想表現在各式各樣的造型中，運用科技突破傳統的藩籬，呈現嶄新的燈光效果，花燈在古代有聯繫人心的功用，

在今日更扮演了串聯古今的角色。舉辦民俗節慶的原因也許與過往不同，但精神底蘊不變，更增添了歷經時間的淬煉，堆疊出更豐富、更具包容力的表現方式。

　　除了由政府舉辦的燈節活動，各地廟宇的燈會活動保留了較多傳統的風情與地方習俗，如臺北市的保安宮、北投關渡宮，北港朝天宮、大甲鎮瀾宮、高雄佛光山等等，每年都吸引上萬信徒與民眾前往觀賞。

　　「猜燈謎」是元宵節另一項習俗，燈謎又稱「燈虎」、「文虎」，比喻燈謎如同射虎般困難，不易猜中。製作燈謎者須表現獨到的巧思，推陳出新以引起大眾參與的意願；猜謎者須需絞盡腦汁，從諧音、拆字、古典、時事等天南地北的角度切入，希望破解謎面，是一項寓教於樂的活動。元宵節前，除了各大廟宇之外，在報章雜誌或百貨公司，也都會推出猜謎贈獎活動以招徠顧客，如利用人名、地名、改變成語原意所製作的謎題，常能使人會心一笑。以下數則燈謎，請你動動腦，嘗試猜猜看吧！

　　1.禮義廉恥（猜一字）

　　2.一口吃掉牛尾巴（猜一字）

　　3.金木水火（猜一字）

　　4.十六兩多一點（猜一字）

　　5.2、4、6、8、10（猜一成語）

　　6.只騙中年人（猜一成語）

　　7.老婆婆燙頭髮（猜一食物名）

　　8.女人身上什麼東西爸爸可碰二次，男朋友可碰一次，老公卻碰不到？

9. 外表白如雪，肚裡一團黑，從來不偷竊，硬說他是賊。（猜一種海中生物）

10. 沒到手想搶到手，搶到手卻扔出手。（射運動品）

11. 稀奇真稀奇，天天脫層皮；到了大年夜，有骨卻沒皮。（射日常用品）

除了猜燈謎活動外，在臺灣，元宵節各地有許多活動，如臺北平溪的放天燈、臺南鹽水的蜂炮、臺東的炮炸寒單爺，各地方機構也會舉辦大型燈會、演唱會、煙火秀，使傳統的元宵節添加了許多現代風貌。

燈謎解答：

1. 羅

2. 告

3. 坎

4. 斥

5. 除惡物盡（「惡」的音和「二」發音一樣，2、4、6、8、10都是偶數（even numbers），所以皆可整除（to be divided with no remainder）

6. 童叟無欺（We are honest even to children and aged people.）

7. 銀絲捲

8. 嘴唇（請試著唸「爸爸」、「男朋友」、「老公」三個詞，你會發現這三個詞接觸到嘴唇的次數分別是：二次、一次與零次。）

9. 烏賊（cuttlefish）

10. 籃球

11. 日曆

清明節（Qingming）

翻開月曆，國曆的四月五日這天是民族掃墓節，也是清明節。不過，清明在我國歲時節日中，具有雙層意義，從節氣來說，清明是曆法中二十四節氣[5]之一，二十四節氣較為客觀地反映一年四季氣溫、降雨、物候的變化，可說是我國時令順序的標誌，古人往往據此來安排農事活動。

通常清明一到，氣溫漸暖，雨量增加，唐代詩人杜牧的詩歌中〈清明〉就說：「清明時節雨紛紛，路上行人欲斷魂」，深刻表現清明節的時序及情景，清明前後往往細雨霏霏、和風徐徐，所謂「沾衣欲濕杏花雨，吹面不寒楊柳風」，農村對於清明雨也特別重視，此時正是春耕的好時節，因此，有著「清明前後，點瓜種豆」、「清明穀雨緊相連，浸種春耕莫遲延」的農諺。本為二十四節氣之一的清明成為特定的節日，則又蘊含著某種紀念意義與相關之風俗活動。作為節日的「清明」與作為節氣的「清明」，既有聯繫又有區別。主要有寒食禁火、祭掃祖墳、踏青插柳等活動，因為這些元素的結合，才形成了清明節日。

說到清明節，必須提到「寒食節」，這本為兩個節日，不過這兩個節日非常接近，一說寒食節是清明的前一日，一說是清明的前兩日，說法不一。古詩有「未到清明先禁火」的記載，為什麼清明之前要先禁火呢？相傳在春秋時代時，晉國的君主晉獻公被年輕貌美的妃子驪姬所迷惑，驪姬為了讓自

⑩⑭⑪

5　二十四節氣：古代曆法根據太陽在黃道上的位置劃分，代表地球在公轉軌道上運行的位置。每十五度設一個，共有二十四個節氣，兩個節氣間平均差約十五天，但因地球繞日速度隨距日遠近而變，所以節氣間距略有不同。古代天文家以二十四氣分配十二月，在月首稱為「節氣」，如立春、清明，在月中的稱為「中氣」，二者又通稱為「節氣」。一年中又分為：立春、雨水、驚蟄、春分、清明、穀雨、立夏、小滿、芒種、夏至、小暑、大暑、立秋、處暑、白露、秋分、寒露、霜降、立冬、小雪、大雪、冬至、小寒、大寒等二十四個節氣。這對農耕步驟有重要的提示作用，也稱為「二十四節」、「二十四氣」。

己的兒子奚齊繼位，於是用計謀害了太子申生，申生被逼自殺。申生的弟弟重耳爲了躲避迫害，在介之推等大臣的陪同下離開了晉國。有一次他們糧絕無援，重耳餓得頭暈眼花，於是介之推偷偷從自己大腿割下一塊肉，用火烤熟給重耳充飢；十九年後，重耳回到晉國即位，是爲晉文公，他在封賞當年跟他一起同甘共苦的功臣時，卻忘掉了介之推。有人爲介之推打抱不平，晉文公才想起介之推，他馬上派人去請介之推上朝受賞，但卻無功而返，晉文公只好親自去他家求訪，不過介之推仍不肯出來，還背著老母親躲了起來。後來有人出了個餿主意，建議晉文公不如放火燒山，這樣介之推就會跑出來；豈知大火燒了三天三夜，仍不見介之推的蹤影，等火勢熄滅之後，晉文公趕緊派人搜尋，只見介之推母子倆抱著樹葬身火海中。晉文公不禁放聲大哭，爲了紀念介之推，於是下令禁止在介之推忌日這天生火煮食，只吃冷食，稱爲「寒食禁火」。

　　其實，嚴謹地考察史實，上述的這個傳說並不可靠，因爲根據《史記》與《左傳》的記載，介之推並非死於火焚，而且早在《周禮》中已有暮春禁火的紀錄，所以寒食的風俗至少可上溯至西周初年。但人們深信介之推的傳說，一直相沿成俗。到了唐代，寒食、清明兩個節日就合二爲一，也由於寒食禁火，火種大多絕滅，到了清明節這天，必須鑽木取火，謂之「新火」。因爲鑽木取火較困難，所以皇帝都會舉行隆重的「清明賜火」典禮，將新的火種賜給近侍大臣，獲得皇帝賜予新火的大臣們引以爲榮，所以當新火傳到後，就把傳火的柳條插在門前，以示受到聖上尊寵。後人爭相模仿，即便後來已無賜火之舉，但插柳的風俗仍流傳下來。

　　清明節主要活動就是祭掃祖墳，自古以來，歷代都有掃墓的日子，雖然日期不一，但大約都會在清明的前後。不過，清明節成爲民族掃墓節，是民國成立以後的事，民國二十四年，政府明定清明節爲民族掃墓節，更凸顯了清明掃墓的重要意義。在這天，全家老小一起到祖先的墳前，先清掃修剪墓地的雜草花木，然後再把由家中帶來的酒茶、香燭、紙箔、鮮花等，一一陳

列墓前，捻香祭拜，所以清明節也稱掃墓節。

民間掃墓又可分為兩種儀式，即「掛紙」與「培墓」。「掛紙」又稱「壓墓紙」，掛紙時須先將長在祖先墳墓上的雜草，用鋤頭鐮刀清除乾淨，再以磚塊或石頭將長方形的黃、白色紙，或是紅、黃、藍、白、黑的五色紙壓在墳上，表示這個墳墓是有後嗣祭拜，以避免被人誤會成無主孤墳而遭到破壞。現在則多用五色紙，其意是表示子孫已祭拜過。

「培墓」是把祖墳稍微修整一下，並向祖先祭拜。中國人深信祖先的墳墓和後代子孫的興衰有很大的關聯；況且祖先的墳墓相當於活人居住的屋室，若任其雜草叢生，毀壞頹廢，做子孫的如何心安？所以，每年在掃墓這天，為人子孫者一定要將先人墳上的雜草清除，若墓碑上的字跡模糊不清，則用硃筆或油漆重新加以描寫，使其煥然一新。祖墳整修完畢後，才開始祭拜。祭拜時，在墓前和后土前供奉牲醴，祭品擺好後先拜后土，后土即是守墓的土地神，然後再燒香祭拜祖先，祭拜完畢，燒土地公金給后土，燒銀紙給祖先，燒完後在紙灰上倒酒，稱為「奠酒」。

由於墓園多位於郊區，且清明時節正值春回大地，萬物復甦之時，自然界洋溢著一片蓬勃生機，正是郊遊踏青的好時光，全家大小在掃墓過後，往往會一同出遊，共享天倫之樂，踏青便成為清明節重要的娛樂活動。因此，清明節除了祭祖掃墓外，也是一個富有娛樂性的節日，歷代民間皆有清明踏青的習俗；此外，還有盪鞦韆、蹴鞠（cù jú，類似今日的足球）、放風箏、拔河等一系列的娛樂活動。

隨著時代演進，許多舊時習俗漸為人們所忽視，但清明掃墓卻仍深受人們重視，各地墓園在清明前後，山頭盡是掃墓人群，政府亦會舉行中樞祭典，以表現中國人對祖先的崇敬及不忘本的傳統精神。此外，由於現今墓地多有專人負責維護管理，因此現今掃墓形式已大為簡化，大多以鮮花、素果或是簡單的葷餚為祭品，祭掃後子孫們上香鞠躬，儀禮雖簡單但不失慎重。

端午節（Dragon Boat Festival）

　　五月五日是端午節，又有「端陽節」、「重五節」、「蒲節」等別名，是一年的三大節日之一（另外兩者爲春節與中秋節）。有關端午節的起源，有多種說法，例如，聞一多先生認爲是吳、越地區祭祀龍圖騰的節日，而民間或有以爲是紀念屈原[6]、紀念越王勾踐，或是夏至演變而成等看法，其中以紀念屈原爲通說。不過追本溯源來看，端午節所舉行的划龍舟習俗卻早於屈原的時代。因此，僅可以說屈原與端午節關係密切，但不能視屈原爲端午節的起源。

　　其實，划龍舟的習俗原先的用意有二，一在浚理河道，二爲祭祀山川

之神，以祈求平安。後來因屈原投汨羅江而亡，而與這項習俗相結合，才會有今日端午節是爲了紀念屈原的傳說。那麼，端午節是怎麼來的呢？細究其因，端午節與防止感染惡疾有密切關係。

　　端午節正處農曆五月時期，此時梅雨季剛過，時序剛進入夏季，溼熱的氣候最

小辭典

6　屈原：屈原是戰國時代楚國的三閭大夫，原來深受楚懷王的信任，後遭小人嫉妒，而被楚懷王疏遠。懷王死後，長子頃襄王即位，屈原仍然沒有被重用，屈原一片忠心，得不到回應，而國勢日漸衰頹，使得屈原憂心如焚，最後投汨羅江自盡。鄉人有感屈原忠貞愛國的情操，以竹筒裝填食物，投入江中讓魚蝦食用，希望魚蝦不要啃食屈原的身體。後來演變成以竹葉包裹食物，也就是流傳至今吃粽子的習俗。

易孳生毒蟲。如沼澤邊常可見到蠍子、蜈蚣、蜥蜴、蟾蜍、蛇等毒蟲出沒，牠們身上的毒性物質對於人體健康構成很大的威脅，因此，農曆五月又有「毒月」或「惡月」之稱。為了確保性命安全，先民想出許多除瘟辟邪的方法。

　　首先，為了確保居家環境衛生，經常是全家總動員，裡外分工，共同打掃。一起勞動之際，彼此有說有笑，無形中便聯繫了家人的情感。雖然現代的環境衛生已大幅改善，已少有人會在端午節舉行大掃除，但是人們把握此一佳節返鄉團聚，與家人聯繫情感的心卻是不變的。

1.端午佳節的習俗

　　在端午節最常見的民俗活動，不外乎划龍舟比賽和吃粽子了。每年端午節，政府各機關學校，甚至外國朋友，都會組隊參加划龍舟比賽。這項流行千年的民俗活動在臺灣各地都可以見到。以大臺北地區為例，在大佳河濱公園及新店碧潭均有舉辦。其他地區，如臺南運河、高雄愛河、宜蘭冬山河親水公園，都是舉辦龍舟競賽的著名地點。在端午佳節觀看划龍舟比賽，除了能感受競賽的刺激氣氛之外，也可以欣賞到傳統龍舟工藝的優美。

　　觀看龍舟同時，最好是能一邊吃粽子，如此才能增添端午的趣味。臺灣的粽子有「北部粽」與「南部粽」之分。北部粽是用半熟的糯米，包入炒熟的五花肉、蝦米、香菇、蛋黃做餡，再放入蒸籠蒸熟。南部粽則是用生糯米，包餡料後蒸煮而成。現在粽子已成為日常小吃之一，時時都能吃得到。此外，由於臺灣族群多元，飲食文化也多元風貌呈現，如臺北市的南門

市場，以販售江浙料理食材聞名，就可吃到湖州粽，而客家口味的粿粽也普受歡迎。近來養生風與創意風大盛，使用的食材更多樣，甜、鹹口味皆有，傳統與創新都有愛好者。除了傳統市場外，五星級飯店或連鎖大賣場、便利商店也可買到粽子。

　　除了划龍舟與吃粽子外，端午節最特別的就是家家戶戶皆會在門邊插上菖蒲、艾草及榕枝。為什麼要插上這些植物呢？根據李時珍《本草綱目》的記載：「菖蒲氣溫味辛，功能解毒殺蟲；艾葉氣芳香，能通九竅，炙疾病；雄黃能殺百毒，辟百邪，制蠱毒。」由此可知，其目的乃是在辟邪；端午節時飲用雄黃酒、或灑雄黃，其目的都是用以驅蟲。

　　最後值得一提的還有端午節時佩帶的香包。香包或稱香囊，裡面裝著檀香粉，原用作辟邪、驅毒。目前可見各種造型香包，有十二生肖、卡通人物，但香料多是人工香料，也難得見到製作精細的香包，多被機器製造給取代了。製作精美的香包成了民俗工藝的一部分。市面所見香包，則是純裝飾，並取其香氣，不是為了辟邪、驅毒，當然，重點是在增添端午的節慶氣氛。另有午時立蛋或取午時水的習俗，兩者皆是認為午時陽氣盛，容易把蛋立起來，而午時井水有辟邪之用。以後世觀點來看，雖然含有迷信的成分，但也為端午節帶來更多樂趣，如豎雞蛋就成了寓教於樂的活動。

七夕情人節（the seventh evening of July）

　　農曆七月初七，俗稱七夕，這是中國傳統節日中最具浪漫色彩的一個節日，也被視為中國情人節。每當沁涼如水、繁星璀璨的七夕夜晚，人們總會給孩子講起牛郎織女的愛情故事，相傳這一天，是牛郎織女一年一度相會

的日子，這個浪漫的神話傳說就是七夕情人節的由來。牛郎織女的故事，是經過長時間積累、醞釀、演變而成的，早在距今三千年的《詩經‧小雅‧大東》裡，已有牛郎織女兩星的名稱，但在那時是兩個互不相關的星座而已，還沒什麼故事情節，充其量只將兩個星宿人格化。不過到了漢代，逐漸形成牛郎織女故事的輪廓，〈古詩十九首〉之一的〈迢迢牽牛星〉寫道：「迢迢牽牛星，皎皎河漢女（織女），纖纖出素手，札札弄機杼，終日不成章，泣涕零如雨。河漢清且淺，相去復幾許？盈盈一水間，脈脈不得語。」這首詩藉由牛郎織女的故事，描寫男女情人別離的哀愁，反映出牛郎織女的悲劇愛情色彩。

　　後來故事內容日益豐富，據現有文獻記載，到了六朝時代，牛郎織女的傳說較為完整，南朝（梁）殷芸的《小說》提到：「天河之東有織女，天帝之孫也。年年機杼勞役，織成雲錦天衣。容貌不暇整，帝憐其獨處，許嫁河西牽牛，嫁後遂廢織，天帝怒，責令歸河東，但使一年一相會。」這段紀錄可說是牛郎織女愛情故事的雛形，隨著人民的反覆加工，口頭流傳下，終於形成另一個美麗動人的愛情故事。

　　話說有個名叫牛郎的少年，因父母早逝而與兄嫂一起生活，常受到兄嫂的虐待，後來兄嫂分給他一頭老牛，讓他自立門戶。原來這條老牛是天上金牛星變成的，有一天老牛突然開口對牛郎說：「天上的仙女要到河裡去洗澡，你若趁著這個機會將她們的衣服拿走，就可以得到她們做妻子。」牛郎聽了老牛的話，悄悄到銀河邊躲起來，等待仙女們的來臨。美麗的仙女果然來到銀河，紛紛脫下雲霞般的美麗衣裳，在清澈的河水裡嬉戲沐浴，牛郎突然從草叢中跑出來，從仙女們的衣服中拿走了織女的衣

裳。這時驚慌失措的仙女們紛紛穿上自己的衣服飛走了，只剩下沒有衣服穿的織女，牛郎便向織女吐露想娶她為妻的心意，織女含羞答應牛郎的求婚。婚後男耕女織，相親相愛，還生下一男一女。有一天，老牛年衰力竭，在臨死前叮囑牛郎，在牠死後將牠的皮剝下，以後若遇到急難時可以把牛皮披上，便可騰雲登天。老牛死後，牛郎忍痛照著老牛的話做了。

　　原來，織女是天上玉皇大帝的女兒，王母娘娘的外孫女。祂們知道織女和凡人牛郎成親的事後勃然大怒，命令天神下凡，將織女抓回來。這時牛郎剛好不在家，當他工作結束返家時，不見織女，兩個孩子向他哭訴母親被抓走的情景。這時牛郎突然想起老牛的叮嚀，即披上牛皮，用扁擔挑起兩個孩子。披上牛皮的牛郎一出門就身輕如雲地騰空飛去，他穿過重重雲層，眼看織女已遙遙在望，孩子們也急著招手呼喊媽媽。這時王母娘娘立刻拔下頭上的神簪，向銀河一劃，瞬間清淺的銀河變成洶湧波濤，牛郎再也飛不過去。從此他們只能隔河相望，孩子們在河邊日夜哭喊媽媽，哭聲終於感動了玉皇大帝，所以准許他們每年七月七日相會一次；他們真摯的情感與不幸的遭遇也感動了天上的喜鵲，所以每到七月七日那晚，喜鵲都到匯聚到天河，為他們搭起一座彩橋，讓這家人能夠在鵲橋上相會。這對苦命的恩愛夫妻在這夜忍不住流下激動的淚水，所以七夕夜裡常有微雨自天上飄落，俗稱為「七夕雨」。

　　雖然這只是一個民間神話傳說，但在中國幾千年的歷史中獲得人們極大的同情，更成為文人們筆下尋常歌詠的題材，似乎也反映出古代男女們對於自由愛情的渴望。隨著牛郎織女的傳說深入人心，七夕這天逐漸成為傳統重要的節慶之一，七夕的節慶通常在晚上舉行，在前一天婦女們就齋戒沐浴，準備供品，七夕當晚，在庭院裡將祭品擺上供桌，婦女們焚香向天上雙星祝禱，未婚的少女祈求牛郎織女保佑能嫁個如意郎君，已婚的少婦則祈求能夠早生貴子，中年婦女則祈求家庭生活能平安如意。供品中除了茶、酒、瓜果之外，還有化妝用的花粉，在焚香祭拜後，將花粉分成兩半，一半撒到屋頂

上意謂將其獻給織女，一半留下自己使用，她們相信與織女共享化妝品，便可長得像織女一般美麗。

祭拜之後，還有「乞巧」的活動。所謂的「乞巧」，即是準備一支七孔針，再以五色線來穿針，誰先穿滿七孔，就表示向織女乞得巧手，即能如同織女一般心靈手巧，這就是「乞巧」這個名稱的由來。唐代詩人崔顥〈七夕〉詩：「長安七城中月如練，家家此夜持針線」，生動地描述了唐代長安在七夕時穿針乞巧的風俗。宋元時期，七夕乞巧活動十分隆重，還有專賣乞巧飾品的市場，又稱為「乞巧市」。也因為姑娘與少婦在七夕這天有乞巧的風俗，所以七夕又名「乞巧節」，又這個節日的重要活動是以女性為主，所以又稱為「女兒節」或「少女節」。

在明清以後，七夕更流行「丟巧針」的活動，在七夕當天正午，拿一碗水曝曬於太陽下，不一會兒時間，水面便產生一層薄膜，這時將平日縫製衣服或繡花的針投入水中，針便會浮在上面。如果這時水底的針影形成像白雲、花朵、鳥獸的影子或是細直如針的，便是「乞得巧」；但若水底針影像槌子般粗大或彎曲不成形的，則表示乞巧失敗。

另外，七夕這天也是一位神祇「七娘媽」的生日，傳說「七娘媽」是兒童的守護神，家中有年齡滿十六歲的子女都要「做十六歲」，感謝七娘媽護佑孩子長大成人。「做十六歲」的習俗在臺南市已發展成一個特有的活動。總之，七夕是個屬於婦女的節日，這一天的民俗活動，將少女婦人喜愛裝扮、渴望愛情、盼為人母及勤於女紅的傳統美德，表露無遺。

中元節（Ghost Festival）

農曆的七月又稱為「鬼月」，民間流傳每年農曆七月初一的凌晨，是地府開鬼門的日子，從這一天起，在陰間受苦受難的無主鬼魂能夠回到陽間，並享受人們的供祭，直到七月三十，假期結束，這些鬼魂才又重返陰間，因此農曆七月就被稱為鬼月。而農曆的七月十五號則是「中元節」，這一天可

說是專屬「好兄弟」（對無主鬼魂的俗稱）的特別節慶。其實從七月初到七月底，各地的普渡活動不勝枚舉，這也是華人一年中祭祀活動的高峰時期。

　　關於中元節的由來主要有兩種說法，首先「中元」這個名稱來自於道教，道教全年盛會共分為三次（合稱為「三元」），所謂的「三元」指是天官、地官及水官（合稱為「三官」，是道教信仰的最高神祇），而正月十五日（稱為「上元」）、七月十五日（稱為「中元」）、十月十五日（「為稱下元」）。因此，「中元」指的就是道教信仰中「三官大帝」中的地官，此在農曆七月十五這天，地官來到人間考察人們的善惡，民間都會祭祀地官大地，以表達對大地的感謝，使農作物得以生生不息。

　　雖然「中元」這個的名稱來自於道教，但「中元普渡」的習俗則是來自佛教的「盂蘭盆會」。據《大藏經》的記載中，「盂蘭盆」是梵語「Ullambana」的音譯，「盂蘭」是「倒懸」的意思；「盆」則示「救器」，所以「盂蘭盆」一詞是指用來解除倒懸痛苦的器物。依照佛家的說法，農曆七月十五日這天，是僧徒功德圓滿的日子，佛教徒在當天會舉行「盂蘭盆法會」，以豐盛的供品，供養三寶以救先人倒懸之苦，這個典故相傳是出自「目蓮救母」的故事。相傳佛陀的大弟子目犍連尊者（也就是民間傳說中的目蓮）十分惦念過世的母親，他用神通看到其母因在世時的貪念業報，死後墮落在餓鬼道，過著吃不飽的生活。於是目犍連用他的神力化成食物，送給

他的母親，但其母不改貪念，一見食物到來，深怕其他餓鬼來搶食，結果貪念一起，食物到她口中立即化成火炭，無法下嚥。目犍連雖有神通卻救不了母親，讓他悲痛不已，於是請教佛陀如何是好。佛

陀告訴他說：「七月十五日是結夏安居[7]修行的最後一日，在這一天，將百味五果置於盆中，供養十方僧人，則功德無量，可以憑此慈悲心救渡其亡母。」目蓮按照佛意行事，終於使他的母親獲得解脫。

　　後來這傳說形成一種民間習俗，並逐漸演變，在唐時，已將「盆」解為盛食物的器具，宋代民俗便演變成中元節祭祀祖先及占候之物。從供養僧侶以解救入地獄的苦難眾生，逐漸融合成今日的「中元普渡」。在臺灣，與中元節相關的民俗除了普渡拜拜外，還有放水燈、搶孤、立燈蒿等活動。

1.普渡拜拜

　　在中元節這一天，家家戶戶皆準備豐盛的酒肉、菜餚、素果、糕餅等祭品，以祭拜祖先及陰間鬼魂，並祈求全年的平安順利。各家門前、簷下多會掛盞圓形紙燈，一面寫著「慶讚中元」，一面為「路燈」，這是用來照引路途，使這些孤魂野鬼能找到可以供養他們的地方。現在普渡拜拜通常以寺廟為中心，附近居民往往將祭品拿到寺廟中一起祭拜，或是以社區鄰里為中心，由里長來主辦。較為隆重者，甚至請來僧侶、道士誦經作法。

2.放水燈

　　這是基隆、中港等地區特有的中元節活動，其目的是為了普渡水中的孤魂野鬼，因為這些地區靠近海邊，常會有人因戲水溺斃或船員出海遭遇不幸的情形發生，所以除了普渡陸地上的孤魂野鬼之外，也會照顧水中的。放水燈的目的在為水上孤魂照路，將他們招引至陸地共享人間的施捨。民間認為唯有如此，才能使水陸兩界孤魂靖安。傳說河中的鬼魂若能攀到河燈就可

　小辭典

7　結夏安居：佛教規定夏季三個月內，僧眾須在寺內靜住修行，禁止外出，稱為「結夏安居」，這段時期稱為「安居期」。安居期的開始階段稱為「結夏」，結束稱為「安居竟」或「解夏」。其時間在印度約為五月至八月的雨季，在中國則為陰曆四月十六至七月十五日。

以超生，脫離苦海。至於水燈的式樣，各地不一，在臺灣，水燈多以色紙做成蓮花形，或是以竹條和紙糊製成圓形燈或小屋形狀的「紙厝」。在普渡的前一天，由僧人或道士引導，先遊行各市街道，持圓形燈在前頭，紙厝在最後，行至河邊再將燈置於水燈筏上，放入水中，即是「放水燈」。在夜晚時分，原本幽暗的水面在點點燈火的點綴下，別有一番景致，而且場面往往熱鬧鼎沸，現今更成為基隆當地一項重要的中元節活動。

3.中元搶孤

搶孤即是搶奪孤棚內的祭品。這是在頭城、恆春、澎湖等地中元節的特殊活動，孤棚主要是由四根柱子（電線桿）所構成，柱子上面塗滿牛油，參賽者分成四隊，分別從四個方向往孤棚前進，在孤棚的頂端及四邊備有祭品，先搶到的隊伍獲勝。這項活動不能只靠蠻力，必須靠者全隊同心協力，才能將隊友送抵孤棚頂端。在宜蘭的頭城與屏東恆春，搶孤成為當地中元節的主要活動，每年均吸引眾多觀光客前往。

4.立燈蒿（hāo）

立燈蒿最早為寺廟為了祭祀孤魂野鬼，於夜晚時在廟庭較高處所，豎起高竿，上懸明燈，稱為豎立燈蒿，用意是為了給孤魂野鬼一個聚集的目標。

民間在中元普渡時，豎立燈蒿用來召請四方神明和孤魂野鬼。招神明時則在蒿上掛天燈及神幡，引鬼魂時則掛七星燈和孤魂幡。

上述這些活動，都是臺灣中元慶典流行的重要風俗。所有的慶讚活動在

七月三十日關鬼門這天必須告一段落，自七月初一徘徊在陽間的孤魂回到冥府。各大寺廟撤去燈蒿，並焚燒路燈，同時舉行祭拜，情形大約和鬼門開時相同，為期一個月的普渡大祭則告結束。

敬鬼神、祭祖先是中國人不忘本的優良傳統，中元普渡除了祭鬼之外，更蘊含著後世子孫對於先人慎終追遠的情懷。姑且不論世上是否真有鬼神，在中元節這天，藉由普渡活動傳達人間善意，這種對陰間鬼魂不吝寄予關懷的慈悲精神，沖淡了人們對於鬼神的恐懼之心，取而代之，是樂善好施、富有人情味的溫馨情意，因此，農曆七月又被稱為「孝道月」或「感恩月」。

中秋節（the Moon Festival）

中秋節是中國傳統三大節日之一，在所有節日中，中秋節可說是最富有詩情畫意、也是人情味最為濃厚的一個節日，自古以來便深受人們的重視。農曆的八月十五日，秋風送爽，桂子飄香，在一年秋季正中，所以稱為「中秋」。相傳中秋節源自於古代祭祀月神的信仰，但在唐代以前，關於中秋節習俗的文字記載不多，中秋成為節日，大約至隋唐之時，人們在中秋賞月已約定俗成。也因為一年之中，八月十五這天月亮最圓，也最明亮，因此這日又稱為「月夕」或「月節」。

與中秋節有關的神話，最為家喻戶曉的，就是屬「嫦娥奔月」的故事，隨著這個故事的廣泛流傳，人們增枝添葉，也越來越豐富，因而出現不同的版本，不過其中較為著名的，是在遠古時代，相傳有十個太陽一齊出現在天空，曬得土地乾裂，海水枯竭，民不聊生。這時有位叫做后羿的英雄，他勇武善射，他十分同情深受日曬之苦的眾多百姓，就舉起他的寶弓，一口氣射下了九個太陽，並嚴令第十個太陽按時起落。后羿射日，立了大功後，被人民擁戴為王，但他漸漸剛愎自用，毫不體恤人民，老百姓都敢怒而不敢言。后羿想長生不老，於是從崑崙山找來長生之藥，準備擇日吞藥，百姓們得知這個消息，個個愁容滿面，深恐后羿殘暴統治將永無休止。幸好后羿的妻子

嫦娥十分同情人民的處境，就偷偷將仙藥吃了。當嫦娥吃下此藥，突然間身
輕如燕，騰空飛起，后羿發現之後，立刻以箭射嫦娥，但是嫦娥已飛向月
宮。傳說嫦娥飛入月宮後，十分寂寞孤獨，一人冷清度日。古代詩人也以月
宮嫦娥為題材，寫下許多膾炙人口的名篇傑作，像是唐代李商隱〈嫦娥〉一
詩寫道：

　　雲母屏風燭影深，長河漸落曉星沉；嫦娥應悔偷靈藥，碧海青天
　夜夜心。

　　這首詩是說：雲母製成的屏風，染上一層幽深黯淡的燭影，銀河逐漸低
斜下落，明亮的星子也已下沉。廣寒宮裡的嫦娥想必十分悔恨，當初偷吃不
死之藥，如今才落得獨處於碧海青天而夜夜寒心。

　　宋代以下，中秋節的風俗活動更大大豐富起來，像是賞月、賞桂、吃
月餅、觀海潮等，《東京夢華錄》記載在中秋節前夕，所有酒店皆賣新酒，
酒樓都要重新結綵裝飾門面。到了中秋夜賞月之時，富貴人家，結飾臺榭，
民間小戶，爭占酒樓玩月，整個城內聲樂鼎沸，通宵嬉戲，其喧鬧之氣氛，
可見一斑。八月中秋，正是丹桂飄香的時節，因此還有賞桂之俗，浙江杭州
的靈隱寺植有大片桂樹，唐宋時期著名的文人白居易、蘇東坡都曾在這行吟
賞桂。此外，古人還有在秋節觀潮與泛舟夜遊的風尚，尤其在唐宋之時，浙
江錢塘江觀潮之風可說盛況空前。由於錢塘江口呈喇叭形，向內逐漸狹淺，
每當潮流來襲，潮水波濤洶湧，其勢有如萬馬奔騰，觀潮人數在中秋前後最
盛。

　　談到中秋節，最具代表性的節日食品就是月餅（Moon Cake）了，吃月
餅的習俗根據文獻記載，唐代時就已有之；到了宋代，月餅的樣式日益繁
多，據《夢粱錄》的記載，已有「芙蓉餅」、「荷葉餅」、「菊花餅」等
樣式。蘇東坡稱讚月餅：「小餅如嚼月，中有酥與飴」，「酥」是酥油、

「飴」是糖飴（yí），可知在宋代月餅已是香甜可口，且為人們喜愛的時令點心。此外，中秋節吃月餅還有一段著名的歷史掌故，元代在蒙古人的統治之下，民族矛盾可說空前激化，蒙古人對於漢人施行種種暴政，隨著政權日益腐敗，有志之士揭竿而起。相傳當年明太祖朱元璋率兵起義時，已將都城圍困，但是元軍仍頑強抵抗，而久攻不下，於是劉伯溫想到一個裡應外合的破敵計策，就是在中秋節之前派人化妝成賣月餅的小販混進城裡，然後在每個月餅裡夾上一張紙條，寫著「八月十五夜殺韃（dá）子（蒙古人）」，並將這種餅專門分送給漢人。於是在中秋月明之夜，家家響應抗暴，終於將韃子趕盡殺絕，推翻了元朝的統治，自此以後，分贈月餅就成為中秋風俗。不過關於這個故事，歷來說法頗不一致，且究竟是不是史實，也備受存疑，但不論其為傳說或史實，但已讓中秋節成為極具民族意識的節日，亦給後世憑添一段秋節的佳話，且時至今日，最能代表中秋節的應景食品仍是月餅，至今仍成為秋節送禮的首選。

　　另外，明代也將中秋節稱為「團圓節」所謂「月圓人團圓」，中國人的哲學重視圓滿，所以這一天也是闔家團圓的日子，遠在各地的遊子都會從各地近鄉團聚過節，當夜全家一起吃著月餅與當令水果柚子，一同欣賞皎潔明月，使中秋節蒙上浪漫又溫馨的色彩。近十幾年來，臺灣的中秋節除了吃月餅、賞月等活動外，更流行起烤肉，據說秋節烤肉最早源於一個醬油廣告「一家烤肉萬家香」的口號，臺灣人在不知不覺中，開始把烤肉當成中秋節重要的活動，秋節傍晚，家家戶戶齊聚在庭院或騎樓，一邊賞月、一邊烤肉，滿街滿巷散發出濃郁的烤肉香味，成為臺灣中秋節的特殊風貌。

教師節（Teacher's Day）

　　「教師節」，顧名思義，就是老師們的專屬節日，不少國家都根據自己的歷史訂定教師節，像是捷克的教師節定於3月28日，這一天是Jan Amos Komensky（Comenius）的生日，學童們會在教師節這天送花給他們的老師。

印度的教師節是9月5日，並紀念印度第二位總統Sarvepalli Radhakrishnan，他也是一位教育家。在傳統上，印度教師節的這天，學校教書的工作是交給高年級的學生負責，讓老師們能夠休假。雖然各國慶祝教師節的方式與教師節的時間不盡相同，但在這天，基本上都是由學生向勞苦功高的師長們獻上感激與祝福。

華人的教師節主要是為了紀念春秋時代的孔子，孔子在中國歷史上是位備受推崇的教育家，他首開私人講學之風，為平民講學，打破過去只有貴族才能受教的限制，他的教育理念為「有教無類」，也就是施教的對象，不分貴賤貧富、聰明愚笨，人人都有受教育的權利。任何人只要有心向學，都可以成為他的學生，因此他的學生中有的是貴族，有的為貧士。

在教學過程中，孔子重視「因材施教」，畢竟每個人的資質不同，同一種教學方法無法適用於每位學生，因而他認為應該根據學生的資質才性，選擇適當的教學方式，從而給他們最適切的指導。「有教無類」與「因材施教」這兩大口號，成為歷來從事教育工作者，共同尊奉的信條。後人推崇孔子為「至聖先師」、「萬世師表」，為了紀念他在教育上的貢獻，民國二十八年教育部通令全國將孔子誕辰八月二十七日訂為教師節。後來又經專家學者的考據與推算，認為孔子誕辰換算為國曆應為九月二十八日，所以又將孔子誕辰及教師節改為九月二十八日，以紀念這位至聖先師，並慰勞教師們的辛勞。不過，中華人民共和國的教師節日期與臺灣不同，是在每年的九月十日。

在臺灣，因為週休二日的推行而取消了教師節的假期，雖然當天不再放假，但是教師節仍是國定的紀念日。每年教師節當天，各地孔廟在清晨六點，仍會舉行祭孔大典，以最莊嚴隆重的禮儀表達對孔子無上的敬意，在這項極具傳統特色的祭典中，可以看到八佾舞[8]、古服、古樂和其他許多傳統儀

⟨小辭典⟩

8　八佾（yì）舞：祀孔儀式中，大家最津津樂道的就是佾舞的表演，「佾」指的是古代樂舞

式。

在祭孔大典結束後，觀禮民眾可上前拔取祭孔牛隻身上的毛（俗稱智慧毛）。民間認為，這隻牛因祭拜過文聖君，身上的毛可幫助讀書人增添智慧、考試順利。不過，由於拔智慧毛的活動每每造民群眾搶奪，導致秩序大亂，甚至有人因此受傷，所以現在不少孔廟已經取消這項活動，並將祭拜的牛隻改成以糯米製成的素牛，在典禮過後將部分素牛分贈給民眾，目前只剩下臺南春秋兩季的祭孔典禮，仍保有拔智慧毛的傳統。

另外，在教師節當天，教育行政單位及各級地方政府也會舉辦「慶祝教師節大會」，頒發資深及優良教師獎狀，以表彰教師們對社會的貢獻。

重陽節（Double Ninth Festival）

農曆九月九日，九九重疊，稱為重九節，又稱重陽節。政府將重陽節作為敬老節，每到這個日子，就可從新聞上看到有關百歲人瑞及登山健行的報導。

中國人將一、三、五、七、九等奇數視為陽數（而將二、四、六、八等偶數是做陰數），為何同為奇數節日，一月一日（春節）、五月五日（端午節）、七月七日（七夕，中國情人節）卻沒有重陽的稱呼呢？因為九為數之極，陽氣最盛，但物極必反，數目到了九，會由盛轉衰。因此，到了重九之日，更須提防災難的發生，並做好保健。從一年四季來說，到了秋天，趁著秋高氣爽之時，先為寒冬做準備，無論是服食，或到郊外爬山健身，都具有健康的觀念。由此可看出先民，在大自然與身體互動間所呈顯的智慧。

小辭典

的行列，六佾舞是指六行六列，共三十六人，用來祭拜諸侯，只有文舞一種。八佾舞則是八行八列，共六十四人，用來祭拜帝王，有文舞、武舞及文武合一舞三種。臺北孔廟因丹墀（屋宇前面沒有屋簷覆蓋的平臺，因古時多塗成紅色，故稱為「丹墀（chí）」。常用在宮殿或廟宇的正殿等具儀典性的建築物前）面積較小，故採用六佾舞。

　　重陽節有登高、飲菊花酒、佩帶茱萸等習俗。這些習俗的由來可遠溯東漢傳說。根據南朝梁吳均《續齊諧記》記載，桓景跟隨方士費長房學習神仙之術，有一年費長房對桓景說：「九月九日汝南（位於大陸河南省）當有大災厄，急令家人縫絳囊（紅色布所做小袋子），盛茱萸，繫臂上，登山飲菊花酒，此禍可消。」桓景照著老師的話去做，帶著家人登山，晚上回家後，發現家裡的雞犬都死亡了，這是代替家人受罪，也讓全家人躲過一劫。唐朝詩人王維〈九月九日憶山東兄弟〉：

　　　　獨在異鄉爲異客，每逢佳節倍思親。遙知兄弟登高處，遍插茱萸少一人。

　　這是一首流傳千古的佳作，由這首詩，也可看出登高、在身上佩帶茱萸爲重陽節的習俗。

　　佩帶茱萸的習俗在今日已經不流行了，但與茱萸同爲秋日當令的植物——菊花，則在喝養生花茶的風氣下，仍占有一席之地。古人是將菊花釀成菊花酒，東晉詩人陶淵明即以飲用菊花酒爲樂事。今人會將菊花與潽洱一同沖泡，製成菊潽茶，在港式飲茶餐廳中很常見到。或是取菊花沖泡，直接飲用。據《本草綱目》記載，菊花有平肝明目的功效，飲用菊花茶，對防治動脈硬化、高血壓、治頭風、明耳目都有助益。

　　重陽節所流傳的習俗，與養生保健有關，而「九九」又與「久久」同音，有長壽之意，因此才會被定爲「敬老節」。此外，這段時間也是放風箏的好季節，秋高氣爽，不管是放風箏或是登高，都可遠離塵囂、接近大自然，強健身心的方式不一樣，但作用是不變的。

延伸閱讀
1.郭興文、韓養民《中國古代節日風俗》，臺北：遠博出版有限公司，1989

　年。

2.齊治平《節令的故事》，臺北：幼獅文化事業公司，1989年。

3.殷登國《歲節的故事》，臺北：時報文化出版中心，1993年。

4.陸家驥《端午》，臺北：臺灣商務印書館，1996年。

5.李豐楙《過節日》，臺北：雄獅圖書股份有限公司，1998年。

6.林清玄《傳統節慶》，臺北：藝術家出版社，1999年。《臺灣人民俗》第
　二冊「歲時節令傳統行業」，橋宏書局，2000年。

7.李豐楙《臺灣節慶之美》，臺北：國立傳統藝術中心，2004年。

8.李秀娥《臺灣民俗節慶》，臺北：晨星出版社，2004年。

六、日常生活篇

　　所謂的「文化」，包括日常生活中各種面向，尤以食、衣、住、行為主。在中國幾千年的歷史發展中，累積出許多豐富的文化內涵，深刻影響著華人的日常生活。像是中國人重視宗法觀念，講究長幼有序。在住的方面，必須讓父母親住正房，用餐時也要先請長輩開動，晚輩才可食用，這樣的傳統生活文化現今依然存在於大部分的華人家庭中。華人日常生活文化具有二個重大的特徵：(1)具有多元包容性格。例如，現代華人在特殊節慶或場合，仍穿著旗袍、長袍馬褂等傳統服飾，但也接受洋裝及西裝。(2)延續傳統文化價值。像是自古迄今，米飯仍是華人的主食，不因西餐等外國料理的傳入而被取代。[1]

華人飲食（Eating）

　　傳統華人的飲食主要以「五穀雜糧」為主食，由於中國地少人多，土地一般用來生產糧食作物。因此，蔬菜種類很少，至於肉食更不堪一提，因為豬、雞等畜禽的飼養，需要耗費大量糠麩食糧，而這些飼料常為饑荒時的救命之物。一般而言，早期人們多半沒有能力豢養家畜，就算飼養，也是以販賣為主，將販賣所得用來繳納國家的各種捐稅，或添購日常生活所需要的各種工具。因此家畜供給自家食用的情況很少。如袁枚《隨園詩話》說：

小辭典

1　關於食、衣、住、行的網站如下：

中國飲食文化網：http://www.ccas.com.cn

中國古代服飾文化網：http://culture.dresschina.com

中國建築文化網：http://www.chinaacsc.com

華人旅遊網：http://www.uctravel.biz（此網站有介紹臺灣地區各旅遊景點和狀況）

　　此味易知，但須綠野秋來種；對他有愧，只恐蒼生面色多。

　　這段話說明官員擔心百姓民生艱難的情景。也因爲古時人們難以食用葷腥之味，導致書籍裡常見「藜藿之眾」、「滿臉菜色」的紀錄，這即是對百姓營養不良的眞實描寫。除了豐年有五穀可食外，在農業社會「靠天吃飯」的生產背景下，一旦遇到欠收之年，饑荒便會折磨這些生產者。但偏偏中國又有「一年豐、一年平、一年災」的惡性循環，荒災時時侵襲著百姓。在想擺脫飢餓脅迫，獲得穩定生活的，幫助人民謀食爲職志始終爲統治者的施政願望。像是《管子‧牧民篇》就說：「倉廩實，則知禮節；衣食足，則知榮辱。」說明了這種爲免除荒災的恐懼，進而創造豐富的民族文化。因此，華人的飲食生活特點一方面是以穀類食物爲主，少肉少蔬食；另一面受荒災影響，食料往往較不充足。

1.五穀

　　「五穀」一詞見於先秦典籍而習用至今，可說明華人的飲食生活內涵。「五穀」泛指社會各階層食用的糧食總稱，大概指的是黍（shǔ）[2]、粟（sù）[3]、稷（jì）[4]、麥[5]、稻[6]、菽[7]（shú）、粱[8]等作物。如宋應星

⊙小⊙辭⊙典

2　黍：穀物的名稱。性黏，子粒可以食用，或者釀成酒。去皮之後，中國北方俗稱黃米子。《詩經‧小雅》說：「自昔何爲？我藝黍、稷。我黍與與，我稷翼翼。」黍有黏性，而稷則不具黏性。

3　粟（sù）：古以粟爲黍、稷、粱等穀類總稱。今稱粟爲穀子，去殼後，又能稱作「小米」，在古呼爲粱。在《周禮》中，有六穀之名，皆有粱，無粟名。漢代以後，則以穗大、毛長、粒粗者爲粱，穗小、毛短、粒細爲粟。

4　稷（jì）：穀物的名稱。別稱作粱，認爲是最早期穀物，古稱百穀之長，穀神、農官皆爲稷名。例如，《詩經‧王風》說：「彼黍離離，彼稷之苗。」可見稷在華人世界中，已有悠久的歷史。

（1587-166？）《天工開物》說：

> 凡穀無定名，百穀指成數言。五穀則麻、菽、麥、稷、黍，獨遺
> 稻者，以著書聖賢，起自西北也。今天下育民人者，稻居什七，而來
> 牟黍稷居什三。麻、菽二者，功用已全入蔬餌膏饌之中，而猶繫之穀
> 者，從其朔也。

　　由《天工開物》的記載可知，華人食用的穀類為五穀，但隨著華人生活領域的擴大，對各類糧食的種植、食用習俗，則因地、因時而有不同。先民早期居於黃河流域，農作以黍、稷、粱、粟為主，當拓墾到南方的區域，水稻又成為基本食糧。

2.五菜

　　華人以人工栽植蔬菜，已有悠久的歷史。在兩漢時期，田園茭蔬逐漸成為民眾日常蔬食的來源。「蔬」的意義是指自然界裡，除了穀物與瓜果類之外，可為人們摘食的食物。而「菜」乃由「采」演變而來，意思為以人手採取植物。也就是說，人類食用茭蔬的歷史，可分成全部取自大自然，以及

---

⑩⑧⑩

5　麥：糧食作物。有小麥、大麥等分別。子實亦曰：「麥」，供磨麵粉之用，亦能製作麥芽糖與釀成酒。《詩經·鄘風》說：「我行其野，芃芃其麥。」中國北方不適合種稻，華人都植麥。

6　稻：五穀之一。《詩經·豳風》說：「八月剝棗，十月穫稻。」於古時候，「稻」指的是「糯稻」，宋代以後，始兼指「粳稻」。現在一般華人食用的稻米，則為粳稻、粳米。

7　菽（shú）：豆類的總稱。《詩經·小雅》說：「中原有菽，小民采之。」華人世界中，有「菽水」一詞，意謂吃豆與水之粗茶淡飯，用來形容生活的辛苦。

8　粱：古與粟同物異名，即名穀子。《詩經·小雅》說：「黍、稷、稻、粱，農夫之慶。」一般而言，粟類中，優良品種者稱作「粱」。

人工栽培與野生，到全以人工栽植爲主三個階段。在中國兩漢時期，田園荼蔬已成爲普通民眾日用蔬食的主要來源，而有「五荼」的說法。其實，「五荼」的說法發源於春秋時期，盛行在兩漢，大概指韭[9]、薤（xiè）[10]、葵[11]、蔥[12]、藿（huò）[13]等幾種常用的品種，用「五」這個數字來統稱荼蔬，是當時的習慣。

　　對於「五荼」，中國古代有不同的看法，《黃帝內經》常提到「五荼爲充」，「充」字是填塞實滿的意義，重視荼蔬配食主食的重要性。人若把「五荼」與穀、果、畜等食物做妥適的搭配，則有益身體健康，能達到「氣味合而服之」及「補精益氣」的效果。例如，李時珍《本草綱目》說：「五荼爲充，所以輔佑穀氣，疏通壅滯也……食病有方，荼之於人，補非小也。」顯然這是從醫學及養生的角度，對荼蔬進行認識。

　　另外，「五荼爲充」的「充」字，也有因爲糧食不足，而用瓜荼代之的意思。其實古代華人食料非常單調，有時連滿足最基本的溫飽都有困難。因此，在歷史文獻中，有「民有荼色」或「滿臉荼色」的說法。總之，「五荼」乃華人對於各種蔬荼的代名詞，在華人的觀念裡，它具有「養生」與

⒮⒧⒯

9　韭：植物的名稱。多年生的草木，葉細長而扁。於夏秋之際，能開小花，小花也能食用，故屬於嫩葉與花莖都可供蔬食的植物。例如，唐代杜甫〈贈衛八處士〉說：「夜雨剪春韭，新炊間黃粱。」華人有以韭菜，配合黃粱飯食用的情況。

10　薤（xiè）：草木植物，鱗莖，名薤白，可食用，又能作藥用。如《禮記》說：「脂用蔥；膏用薤。」

11　葵：菜的名稱。又稱「冬葵子」，又能入藥。《詩經・豳風》說：「七月亨葵及菽。」有成語如「葵心菊腦」，指的是葵實及菊花，傳言食用對身體有益，有助身心清涼平靜。

12　蔥：供作蔬菜食用，之外也供入藥。如《淮南子》說：「君子之於善也，猶采薪者見一芥，掇之；見青蔥，則拔之。」

13　藿（huò）：又作「蕾」，豆菜。例如，《漢書》說：「使奴從賓客漿、酒、藿、肉。」藿屬豆菜，為早期窮困之家常見的食材。

「飢餓充饑」兩種意涵。

3.六畜

　　傳統華人觀念中，「六畜興旺」[14]是一種生活理想。在兩漢時期，華人家庭飼養動物的種類與基本肉食來源，主要以牛、羊、豕、雞、犬等「五畜」為代表。然與此同時，又有「六畜」的說法，「六畜」指的是馬、牛、羊、雞、狗、豬，這「六畜」也可用來泛稱諸類家畜。其中，「馬」這種動物是由北方遊牧民族傳至中原，逐漸成為人們飼養的畜類，後來才在原來的「五畜」上加入牠，形成所謂的「六畜」。

　　禽畜在傳統華人生活裡扮演重要的角色，甚至成為幸福與否的一項指標。如《孟子》即說：

> 　　五畝之宅，樹牆下以桑，匹婦蠶之，則老者足以衣帛矣。五母雞、二母彘，無失其時，老者足以無失肉矣。百畝之田，匹夫耕之，八口之家，足以無饑矣。

　　古代華人認為，八口之家的勞作，只希望獲得溫飽及滿足身體之需而已。不過對於年老人的生活主張，卻是「七十非肉不飽」。老者不僅需要食用穀物及菜蔬，還要吃肉來保養身體，這也充分反映出當時人們在飲食上少接觸肉食。在一年之中，除非遇到好年景，始能宰殺家畜，解得一頓葷饞。像是陸游〈春社〉一詩就提到：「社肉如林社酒濃，鄉鄉羅拜祝年豐。」可見陸游本人在平時也難得吃到肉，常言「怪來食指動，異味得豚蹄。」（〈貧居時一肉食爾戲作〉）難怪古人平居偶得一臠，會如此快樂。

⌐小⌐辭⌐典

14 六畜興旺：「六畜」為：馬、牛、羊、雞、犬、豬，又可泛稱各種牲畜。「六畜興旺」意義為家中所養的家畜能繁衍興盛，所生眾多的意思。

4.鹹菜醃製

　　鹽（salt）是華人最早利用的調味料，它也運用在蔬菜的保存上。中國人常用鹽來醃製食物。東漢許慎《說文解字》釋「醃」字說：「漬肉也。」清代的段玉裁注言：「肉謂之醃，魚謂之饐。」使魚肉變味成鹹肉、鹹魚，就爲醃。而「漬」，《說文解字》說：「漚也。」段注：「謂浸漬也。」「漬」用來形容醃漬蔬菜，主要用鹽放入蔬菜裡，使水分脫出，菜沒有水分後，便成爲「浸漬」的狀態，再添進豆油，淋入香油、辣油、蝦油、糖等醬料，成爲醃鹹菜。鹹菜十分受到華人的歡迎，尤其在北方華人生活圈，鹹菜的消耗量更大。這是因爲北方新鮮時蔬的生產季節短暫，所以在寒冬時供給困難，人們只好食用鹹菜。南方吃鹹菜量雖遠不如北方，但是像鹽漬小蘿蔔、雪裡蕻[15]等，也是著名的醃菜。如清代袁枚《隨園食單》就說：

　　　　當三伏天，而得冬醃菜，賤物也，而竟成至寶矣。

寧波有俗諺說：

　　　　三天不喝鹹菜湯，覺得兩腳晃當當。

　　南方吃鹹菜，主要用於早餐配粥食用，而北方則不限於早餐。至於華人爲何如此喜愛鹹菜的滋味？《後漢書》有說：「所急朝夕之餐，所患靡鹽之事。」華人認爲，不吃鹽會生病，吃鹽才有力氣，所以鹹菜才會格外的被華人看重。以「鹹」領百味而行，各地紛紛產生獨具地方特色的鹹菜。像是

⎝小⎠⎝辭⎠⎝典⎠

15　雪裡蕻（hòng）：蔬菜的名稱。葉子銳鋸齒及有缺刻，類似芥菜，葉子纖長，開花色黃。雪天諸菜凍損不生，此菜蔬獨生，故名「雪裡蕻」，也稱「雪裡紅」。味道辛辣，多被醃製成醃菜，北方人稱之作「春不老」。

鎮江醬菜、雲南大頭菜、四川泡菜、臺灣蘿蔔乾等，都爲地方風味珍饈。臺灣人嗜愛蘿蔔乾，稱它作「菜脯」，老菜脯燉成的雞湯，具有保健開胃的作用。一般人家又常把菜脯煎成「菜脯蛋」來食用。由臺灣人運用蘿蔔乾的情形可窺知，鹹菜對華人實在十分重要。

5.豆腐

　　豆腐是華人飲食文化當中，非常具有代表性的食物。傳說豆腐的發明，大約在西漢中期以前。其實豆腐的製作，就是把鹽鹵（lǔ）[16]、酸汁或石膏[17]放進豆漿中，再去除水分，成爲硬塊的食用物，豆腐依水分保存多寡，又可分成水豆腐和乾豆腐兩種。乾豆腐如百葉[18]、豆乾之類。早期因爲豆腐物美價廉，常成爲下層民眾的食物。有句俗諺就說：「貴人吃貴物，窮人吃豆腐。」清代小說《鏡花緣》也記載：「桌上望了一望，只有兩碟青梅、虀菜……這幾樣俺吃不慣，再添幾樣來……酒侍答應又添四樣：一碟豆腐乾，一碟豆腐皮，一碟醬豆腐，一碟糟豆腐……俺們並不吃素，爲甚只管拿這素菜。」雖說豆腐給人清淡、低廉的印象，但是在華人飲食文化中卻扮演著極爲重要的角色。它之所以深受華人喜歡，除了千變萬化的種類外，加上它本身沒有強烈的味道，能依各人口味調成甜、鹹、辣等多元風味，口味多變，也是華人喜愛它的原因。

小辭典

16　**鹽鹵**（lǔ）：「鹵」就是「鹹」的意思。土有鹹性，鹹地所生之鹽顆，名之爲「鹵」。《周禮・天官》中即記載山東人食海鹽，山西人食鹽鹵，鹵便指石鹽與池鹽。

17　**石膏**：「石膏」本來是指把含水硫酸鈣加熱，讓它失去結晶狀態，成爲白色的粉末，是水泥、肥料等原料。而做豆腐腦（俗稱豆花）的石膏，爲食用石膏。加入豆漿裡，可以讓它凝結成塊，供作食用。

18　**百葉**：本指牛、羊等胃多皺褶，或花重瓣狀。華人把豆腐做成薄片，再一片一片地重疊成型，像是重褶的胃，故稱這樣的豆腐形態爲「百葉」。

華人飲食擅長將食材加工，其中可做出最多變化者就是豆腐。清人李調元詠《豆腐》詩即說：

家用為宜客非用，合家高會命相依。（豆漿）
石膏化後濃如酪，水沫挑成皺成衣。（豆腐皮）
剁作銀條垂縷滑，劃為玉段載脂肥。（豆腐絲）
近來腐價高於肉，只恐貧人不救饑。（乾、水豆腐）
不須玉豆與金邊，味比佳餚盡可捐。（豆腐乾）
逐臭有時入鮑肆，聞香無處辨龍涎。（臭豆腐）
市中白水常成醉，寺裡清油不碑禪。（油豆腐）
最是廣大寒徹骨，連筐稱罷禦臥寒。（凍豆腐）
才聞香氣已先貪，白楮油封四小甎。（豆腐乳）
滑似油膏挑不起，可憐風味似淮南。（豆腐腦）19

在豆腐製品中，豆腐乳可說是豆腐類製品變化之極致，因為它必須經過兩次的醱酵（fā xiào）20才能完成，充分展現華人精湛的手藝。豆腐乳一直是中、下層者配粥、下飯的食品，即使富貴人家也不乏好嗜此味。

6.飲茶

茶為全世界普遍飲用的飲料，它的故鄉之一就是中國。華人對茶的使用，一開始是當作羹羹食用，也有作為藥飲，後來才演變為平日消遣及嗜好

小辭典

19 豆腐腦：類製成品，華人俗稱「豆花」。以豆浸水，再加水磨成豆漿，濾去豆渣，煎成。澱以鹽滷或石膏，凝結成固態。其水分保存較多、較嫩者，則為「豆腐腦」，或俗稱「豆花」。可甜食，也可加入鹹味食用。

20 醱酵（fā xiào）：指含醣類的液體，因化學的作用，產生黴菌，起沫變酸，變成另一種風味的飲料。此外，「醱酵」又稱「發酵」。

的品茗。追溯華人的飲茶習慣，最早是從西南地區傳入中原，流行全國之後，再傳播到西北遊牧民族的社會。《封氏見聞錄》說：

> 開元中……人自懷挾，到處煮飲。從此轉相仿效，遂成風俗。自鄒、齊、滄、棣，漸至京邑城市，多開店舖，煎茶賣之。不問道俗，投錢取飲……按此古人亦飲茶耳，但不如今人溺之甚。窮日盡夜，殆成風俗。始自中地，流於塞外，往年……大驅名馬，市茶而歸。

中國在中唐以前，已在茶湯中加入蔥、薑、棗、薄荷等材料，猶如煮羹般地飲用它，到宋代變成全葉沖泡法。兩種方法至今都還存在，前者如同現今臺灣客家人的「擂茶」，即是把花生、芝麻、茶葉等物料置入鉢中磨碎，再以熱水沖成茶湯飲用；後者如華人勞作休息、親友聚會時，以沸水沖泡茶葉，配以佐茶小點，就是屬於全葉沖泡法。茶除了用為飽餐後，解油膩之物，亦是休閒啜飲之聖品，可說是華人世界中，最受歡迎的飲料。難怪自古迄今，茶館林立不輟，到港式茶樓飲茶，品嚐像是燒賣、叉燒包、蘿蔔糕、芝麻球等點心，或是在路邊茶品小站，買杯珍珠奶茶，都是今日華人常見的飲食習慣。

7.酒

酒雖不是人們生活中的必需品，但卻是華人嗜好的飲料之一。中國歷代都把釀酒作為國家的專賣事業，對一般百姓而言，納完稅賦之後，往往會把剩餘的穀物自釀成酒，在重要節日喜慶之時，即可取出飲用。像《全唐詩》

中，王駕〈社日〉說：「桑柘影斜春社散，家家扶得醉人歸。」說明在春社之祭典時，是百姓盡飲之日，由此也反映出家家戶戶自行釀酒的情況，在傳統社會中是十分普遍的現象。

華人製酒擁有悠久的歷史，中國北方人習以黃米釀酒，俗稱黃酒，而南方慣用糯米作酒，名為米酒，兩者稱為國酒，是一般百姓必備的酒類。另外，國人亦也有飲用蒸餾酒者，俗稱「二鍋頭」[21]、「燒刀子」[22]、「高粱」[23]等酒。此外，最能表現華人製酒的多元技術，就是用糵造酒。糵即麥芽，《天工開物》說：「古來麴造酒，糵造醴。後世厭醴味薄，遂至失傳，則並糵法亦亡。」用麥芽製酒，便是啤酒，只是古時華人以為此酒味薄，漸不釀製，久則失傳。到了清末洋人侵華，大飲啤酒時，才又將製酒方法再傳入中國。總之，中國不但為世界上，最早製酒的國家，酒文化更是非常發達。

酒除了作為飲料之外，亦可配煮成菜餚，最出名的一道料理就是「燒酒雞」。欲燒成此道菜，

小辭典

21　二鍋頭：它即為蒸餾出來的白酒。傳聞中國北方蒸餾酒入鐵鍋冷卻，通常招頭，去除尾段，只留下中段的部分，這樣處理流出來的酒，故俗稱「二鍋頭」。

22　燒刀子：蒸餾的白酒。性烈味長，用麥等穀物釀成，以高粱酒為代表酒品。

23　高粱：通稱膏粱。「高」即「膏」；「粱」即為「梁」。中國北方大都把它磨成粉狀，再加水揉成團，分成圓形蒸熟後，成為一種名為「窩窩頭」的饅頭。

必須先熱沸麻油，爆香成年老薑，再放入雞肉炒香，鎖住肉汁，這時再倒入米酒，漸漸煮至酒精揮發，只剩酒香，便大功告成。這道菜老少皆宜在寒冷的冬季更深受歡迎。主要因為食用之後，身體溫暖，通體舒暢，對於改善手腳冰冷有顯著的效果。華人婦女產後，坐月子期間，也習慣以米酒料理來調養身子，可見酒類在華人飲食中的多元功能。

8.飲食器具

飲食器具為飲食文化發展水平的一種表徵。就飲食文化來說，器具製作的質地、樣式、風格及使用，是飲食水平的重要參考指標。如《論語》說：「工欲善其事，必先利其器。」要能處理食材，並烹煮出好吃的食物，就須輔以良好工具。在華人飲食文化進程中，有幾項極具代表性飲食器具：

⑴**磨（mò）**：又稱石磨，主要用來使穀類脫殼。它歷經千年尚未退役，至今

仍被華人使用。磨的形制是由上、下兩片同心等徑的圓石組成，下盤固定，靠著上盤轉動，用石頭重力脫去穀皮，更可把它們磨成粉狀，故華人欲作粿[24]或麵食，都離不開磨的使用。

⑵**灶（zào）**：為中國傳統炊具。主要用泥土和磚頭砌成，華人很早就知道使

(小)(辭)(典)

24 **粿**：華人的粿都用在萊米做成。把在萊米加水，磨成漿，再去除水分，使成硬塊。或以在萊米粉加水，揉成團後蒸熟。裡頭多包蘿蔔絲及豬肉等各種內餡。遇到節日祭祀時，常成為華人上供的祭品。

用灶。如《史記》說：「使齊軍入魏地十萬灶，明日為五萬灶，又明日三萬灶。」「減灶誘敵」[25] 是戰國時期孫

臏戰勝魏國的一個計謀，可見當時人們已知道使用灶。一個灶有灶眼，呈現立體正方形，後方配置一個斜起的煙突灶眼，可用來放裝盛食物的器具。在灶裡燃燒木材，升火烹煮菜餚。直到今日，在部分農村仍使用著灶，它對早期華人有著非常重要的意義。「灶」可說是家庭的象徵，一個家庭隨著子孫繁衍，如欲分家，則稱為「分灶」。

(3)釜（fǔ）：它的形制如《說文解字》所說：「大上小下若甑。」圓圓的底部，像是廣口罐，就是釜的樣子。隋唐之後，釜改用鐵製，俗稱「鑊」[26]，可用來炒菜及烙餅，為每戶華人必備的煮食器具。

(4)箸（zhù）：即筷子。最早的用法，如《禮記》說：「共飯不澤手，毋搏飯，毋放飯。」又說：「羹之有菜者，用梜，其無菜者不用

25 減灶誘敵：「灶」為古代軍隊煮飯的器具。戰國時，齊國孫臏採用「減灶」的手段，讓敵人魏國的龐涓以為他們士兵出逃，兵力減少。龐涓輕敵，以輕騎追擊，落入孫臏之計謀裡，導致戰爭失敗。故此成語乃形容：使用出奇制勝的戰略，最後贏得競爭對手的情形。

26 鑊（huò）：「釜」之類的器具，用以蒸煮食物。鑊所以用來蒸肉及魚臘之器，有足腳為「鼎」，無足者稱「鑊」。

梜。」筷子是由梜演變而來，原先是用來吃飯，讓人不必以手直接抓取，後則用來食羹湯中的菜食，避免燙手。中國的筷子材質因貧富不同，分成金、銀、玉、象牙、紅木、烏木和竹子，其中竹筷因為硬度適中，價格低廉，為一般百姓人家尋常使用。在華人生活圈裡，上餐館用餐，一定會提供竹製免洗筷，方便客人食用餐點。

9.流動食販

活動食販專門為過路人提供飲食服務，由於資金小，規模不大，因此，具有流動、季節和臨時性三大特色。如《清稗類鈔》說：「有飯攤，陳列於露天，為苦力就餐之所。」流動攤販主要提供城市中、下層民眾用餐。像是《水滸傳》中，那位武松兄長武大郎就在縣城裡，走街賣著炊餅。《北京民間風俗百圖》裡，即有描述光緒年間北京流動食販的情況：

⑴**賣茶湯**：把麵粉炒過，遇食，加開水沖成糊即可，灑上果料，風味甚佳，俗稱「油茶麵」。

⑵**賣鹹鴨蛋**：鹹蛋用來佐粥、下酒，為平民常用的小菜。

⑶**賣糖果：**糖果品類有棗豆、薩其瑪等小食物，最受歡迎者爲水果裹糖衣的糖葫蘆。

⑷**賣豆腐腦：**由石膏點成較嫩的豆腐，可加入醬油、辣、醋等調味料食用。

⑸**賣涼粉：**涼粉用元粉淘成方塊，切成細條，調伴油、醋食用。

⑹**烙煎餅：**用黃豆粉、小米粉、麵粉加水揉成麵團，進而煎成餅。像華人普遍喜愛的蔥油餅便屬於此類。

　　以上這種流動攤販，在小吃店沒有充分發展的地方較普遍，若這些攤販聚集一地，於夜間開始營業，便成夜市。

　　華人世界中的夜市，有定期集市或每天開張。聚集地點時有固定，時如遊牧民族般遷移不定。臺灣各地就遍布許多夜市，形成特殊的地方風情。以臺北而言，像士林區的士林夜市、松山區的饒河夜市及大安區的通化夜市，所販售的飲食十分多采多姿。就士林夜市夜市而言，它位於供奉媽祖的慈誠宮前。日治時，政府決定興建士林市場建築，取代流動的攤販，有分成早市與夜市，夜市則聚集各種各色的小吃。目前部分攤商都移往劍潭捷運站旁的建築裡，有名的小吃大都有二十年以上的歷史。如薑汁蕃茄、大餅包小餅、士林大香腸、天婦羅、花枝羹、蚵仔煎等，都是遊客不能錯過的美好滋味。

華人服裝（Clothing）

　　中國是一個歷史悠久的衣冠王國，充滿智慧的華人創造了許多具有民族特色的傳統服飾。中國人常用葛、麻、布、蠶絲、絹與緞[27]來織布，進而縫製衣服。葛、麻、布的紡織成功，爲中國服裝史上的一大進程。這象徵人們已脫離對天然物質的依賴，織出疏密間距得宜的布料，裁製成合適的衣

⑴⑻⑹

---

[27] 絹（juàn）、緞（duàn）：「絹」為絲織品，冶絲麻捆布絹，以為民衣，生者便是繒。另外，「緞」乃縫貼於鞋跟的革片，絲條之屬。或是指中國人織成之一種質地厚實，又有光澤的絲織品，古稱作織絲。

物。葛屬豆科藤本植物，它的莖皮經加工，便成「葛布」，布料特點非常硬挺、涼爽。《淮南子》即說：「夫以一世之變，欲以耦化應時，譬猶冬被葛而夏被裘，夫一儀不可百廢，一衣不可以出歲。儀必應乎高下，衣必適乎寒暑。」華人夏天通常穿著葛衣。麻是蕁麻科草本植物，一般專指大麻，其皮纖經浸漚處理，可織成布，製作夏衣。像《詩經・齊風》說：「藝麻如之何？衡從其畝。」〈陳風〉又說：「東門之池，可以漚麻。」其實，麻因為生長周期比葛短，當年就可收用，故漸取代葛，成古代華人製作夏衣的材料。除了葛麻外，養蠶取絲的發明，索緒、絡絲等絲紡技術的掌握，使得華人能做成柔軟的織品，取蠶絲織布稱為「絲帛」，這項技術反映出華人紡織技術的最高水平。依照作法的不同，可分成絹、緞等絲織品。中國人冬天能穿絲衣與皮裘。總之，華人做衣布料大概以上述葛、麻、絲帛為主要材料。

　　早期華人的服飾形制很豐富，大致來說，可分成首服、衣服、褲裳、足衣四大類[28]。其中較重要有以下幾種：

(1)**巾**：為裹頭用的布，又稱作頭巾，為華人工作時，約束頭髮之具，還可保暖頭部。漢劉熙《釋名・釋首飾》說：「巾，謹也。二十成人，士冠；庶人巾。」巾一般多用青、黑色，用帛布做成。因此，中國古代庶民則稱作「黔首」。

(2)**幘**（zé）：古代男子拿來包裹髮髻，如漢揚雄《方言》說：「覆結謂之幘巾。」由於民間男子不能戴冠，只有貴族可為之，故只能以幘裹髻，官員使用黑色幘，僕人為綠色。

(3)**深衣**：古代華人不分男女都可穿它，這款服裝主要特點在於衣裳相連，被

小辭典

---

28 首服、衣服、褲裳、足衣：「首服」用於飾首的服飾，如帽子、頭巾等；「衣服」區分成上身的「上衣」及下身的「裳」，另有一種衣裳連屬的衣服，如袍、衫等服裝；「褲裳」用於遮蔽下體，分褲、裙等形制；此外，護足之衣稱作「足衣」，區分成襪與履，前者形式簡單，後者較複雜，裝飾華麗。

體深邃。《禮記・深衣》說：「古者深衣蓋有制度，以應規矩，繩權衡，短毋見膚，長毋被土。製作深衣材質多用本色麻，務求平價普遍。

(4)裳：為古代遮下體之服裝。《易・繫辭》說：「黃帝堯舜，垂衣裳而天下治。」裳與裙相似，裙子乃由一片布做成，而裳通常是前、後各一片，以蔽下體遮羞。

(5)履：是鞋子總稱，早期都用葛、麻製成。《詩經・魏風》說：「糾糾葛履，可以履霜。」因絲綢貴重，所以少用它們做履。

(6)屐（jī）：是一種木底鞋，鞋底有兩個齒，一前一後，防止滑倒。《顏氏家訓》說：「貴遊子弟多無學術……傅粉施朱，駕長檐車，跟高齒屐。」可見屐也為華人流行的鞋款。以上是古代華人所流行的服飾，當中，屐、巾現今還保存著，其他似乎已不盛行。接下來，再介紹一些今日尚存者，如長袍、馬褂、中山裝及旗袍之華人服飾。

1.長袍、馬褂

　　長袍是一種長衣，為古代華人男性常見的服飾，現今在一些特別的節日，像是春節，仍有人穿著。長袍產生於戰國時代，一般採取交領，兩襟[29]壓疊，相交而下的形式，袖子比較寬大，形成圓弧狀，袖口部分則收斂起，以便活動，整個衣

⛩小⛩辭⛩典

29　襟：「襟」是屬於衣服前面能開合的部分，又稱作「衿」及「前襟」。另外，華人姊妹的丈夫間，則互稱「連襟」。象徵雙方如衣服的衣襟，能夠互相結成親家及合作無間。

服的長度都在膝蓋以下，有時衣服會分成兩層，中間鋪納棉絮，當作冬衣。古代穿著的時候，需要另加一件罩衣，不能直接穿衣外出。如《論語‧喪服大記》說：「袍必有表。」無表、無罩衣，直穿在外，便屬不禮貌的行徑。長袍的分類，主要依據內芯爲分別的標準。一般百姓袍中，內納敗絮。有錢者則用新棉，更差者即使用麻，稱爲「縕袍」。像是《論語‧子罕》又說：「衣敝縕袍，與衣狐貉者立無不恥者，其由也與？」窮人無錢納新棉，只能用麻，就成爲縕袍。另外，從漢代開始，長袍又成爲華人的常服，人們居家已可單著在外，不需要罩衣，只是爲增強衣服的強度，於領襟部分綴以重緣而已。

　　古時長袍外的罩衣，至清代便以馬褂代替。馬褂是長袍之上所穿著的短衣，乃滿州貴族的馬上裝束，後來成爲華人普遍穿著的傳統服飾。一般用絲、麻、棉、毛材質，樣子爲對襟、窄袖，下長及腹前，襟飾以五扣袖，與袍齊長。基本上，馬褂大都屬於冬衣。夏天時的衣物，人們喜歡於長袍上外加一件馬甲，代替馬褂，猶如現今的背心。長袍馬褂爲清代與民國時期華人最普遍的服裝，今日被視作中國男人的標準服飾，視爲「國服」。

2.中山裝

　　中山裝是民國時期，由孫中山先生（1866-1925年）所創造，因而命名。這種服飾在當時頗引人注目，它的來源說法各異：一說是根據英國式的獵裝改造，有人認爲是依照南洋華僑界中的「企領工裝」改成，也有人以爲源自日本鐵道工人的衣服、或陸軍士官服的樣版改作。不管源頭如何，它實顯現出中國人的固有思想。中山裝的樣式爲對襟、翻領、五紐，前胸部分左、右，各飾方形凸袋，外加軟蓋。當中前襟四口袋寓意爲禮、義、廉、恥四維；五扣是代表國民政府行政、立法、司法、考試、監察五權分立；袖口三扣子意謂民族、民權、民生之三民主義。簡而言之，它深深符合孫中山所宣揚的政治理念，盛行於現代中國。

　　中山裝是中西合璧的服裝，它擺脫中國傳統服飾寬大長袖的特點，並

融入西方西裝貼身剪裁的風格，但又具有中國思想特色。從審美觀點來看，中山裝還存在著華人注重對稱、穩重的理念，這種服飾樸實，適合各階層穿著。在二〇年代末，國民政府曾經頒布《服飾條例》，規定國人常服爲長衫、馬褂，禮服是中山裝。還訂定夏天用白色，春、秋、冬用黑色，不過中山裝在知識份子中才較流行。

3.旗袍

　　傳統華人婦女最常穿著的服飾爲旗袍。旗袍來自滿族女性的服裝，由於北方與東北天氣寒冷，只有長袍才足以裹身禦寒，清人入關統治全國後，傳入關內，如同國服。因滿族分八旗[30]，編入旗內稱爲「旗人」，旗人婦女穿的服裝，故稱爲「旗袍」。隨時間的演變，旗袍可分成不一樣的樣式。清代初期，整件旗袍多用深黃色及黑色等顏色的綢緞製成，上可繡出不同的圖案，衣襟右掩，兩腋收縮緊身，下擺則寬大。清代中葉，袍式又有變化，出現立領的領

袖，袍袖比清初寬大，下擺都垂到地面。清末時，另有別的形式發展，袍身改爲寬敞，以直線爲主，不用曲線，下擺長度多蓋住腳面，只露鞋底於外，領子則有元寶樣式，於領口、袖緣等處，常飾以寬闊的花邊。華人穿旗袍有

小辭典

30　八旗：清朝時，用八種不同顏色的旗子，來區分自己的族民。這種制度源於女真人早年的狩獵制度，初設四旗，分黃、紅、藍、白之顏色。後又再添設四旗，參用其色，鑲在旗旁，總共分成八旗。這樣的制度乃合行政、家族、財政、經濟的作用於一體，是大清的國體。

時會加著背心。清代稱背心為「坎肩」，或可稱之為「馬甲」，其制分單、夾、棉、皮等類別，穿時依氣候而定，至於坎肩的開襟，有對襟、大襟、曲襟等樣式。至民國時期，還流行在婦女之間，並享有「國服」之美譽。

　　二〇年代前後，旗袍在上海等城市大流行，無論是大家閨秀及時髦女性抑或青樓女子，都流行穿著旗袍，當時旗袍盛行高領，領子越高則越時髦。即使在炎熱的夏天，也要配上高聳及耳的硬領。後又反過來穿起低領，低到出現沒有領子的旗袍，而整個衣身則變短，長度縮到膝蓋以上，袖子以消袖為多，使旗袍變得更加輕便、適體。民國時，這樣的服飾成為中國婦女的標準服裝，民間婦女、女工、女學生制服、達官顯貴小姐、貴婦人們，在交際場合和外交活動時，都把它當成禮服。像是宋氏三姊妹[31]中，宋美齡（1897-2003年）及宋慶齡（1893-1981年）尤喜穿著黑色絲綢旗袍，直到晚年仍常穿著。此外，旗袍之所以受到歡迎，有以下幾個原因：⑴經濟便利，無須要備置衣、褲、裙等衣著，全身上、下只要一套衣服便可。⑵旗袍美觀適體，它剪裁合身，強調人體自然美，可迎合時尚。⑶它能為主衣，可搭配西裝上衣、毛絨衣及大衣等配套，利用率頗高。由於旗袍顯得高貴典雅，直到今日，在華人女性的衣裝選擇裡，仍占有一席之地。

4.髮髻（jì）

　　古代華人都習慣留長髮，把長髮梳成髮髻。男性的髮髻大都非常簡單，只把頭髮盤結於頭上，而婦女的髮髻樣式則複雜許多。以下則針對華人婦女的髮髻形式，來進行介紹。中國最早髮髻的考古資料乃於1972年由甘肅靈臺百草坡西周墓出土的玉製人偶，此人頭頂就挽著髮髻，是種先梳成髮辮，再層層盤旋上推，固定成堆的髮式。及至春秋、戰國以後，中國男女皆盤梳髮

(小)(辭)(典)

31 宋氏三姊妹：指民國初年，宋慶齡、宋靄齡、宋美齡三姊妹。她們父親為上海傳教士富商宋嘉樹，三人皆至美國留學，後來分別嫁給孫中山、商人孔祥熙及蔣中正。

髻。只是男子樣式比較簡單，不及女子來得多變化，對於髮髻的詮釋，亦出現在一些著作中。如《玉篇》說：「髻，髮結也。」李楨《逸字辨證》又說：「髻，古作『結』。西漢以前，無作『髻』者。」據文獻記載，在秦代時，宮廷內命婦女就梳有：神仙髻、望仙髻、迎春髻。漢代為髮髻最盛行時期，常見樣式如：垂雲髻、瑤臺髻、九環髻等，唯現存文獻缺乏，所以想進一步認識這些髮髻內容，存在不少困難。留存至今，比較常見者「靈蛇髻」和「墮馬髻」兩種。

(1)靈蛇髻

　　源於三國時期，流傳到現代。傳說魏國甄后[32]（甄宓，三國時曹丕的正室，？-221年）所居住的宮殿裡，常出現一條口含紅珠的青蛇，每當甄后梳頭時，總是在她面前盤成各樣形狀，日子一久，甄后終於注意到牠，於是就模仿青蛇盤纏的樣子，來梳成髮式，而且竟然天天樣貌都不重複。她的頭髮雖是人工梳成的，但卻巧奪天工，宮人便將她扭轉似游蛇的盤狀髮髻，稱為「靈蛇髻」。

(2)墮馬髻

　　墮馬髻又稱「倭墮髻」，為一種偏垂在頭旁的髮髻形式。關於此種的髮式，如《後漢書・梁冀傳》說：「壽色美而善為妖態，作愁眉、啼妝、墮馬髻、折腰步。」李賢注引《風俗通》說：「墮馬髻者，側在一邊。」因這種髮髻，髮鬢鬆脫，像人要墜馬的樣子。因此，又稱作「墜馬髻」、「墮馬髻」。或有說唐人將薔薇花低垂、拂地的樣態，譬喻成墮馬髻。它的基本特點為偏側及倒垂，此髻式於唐代天寶至貞元年間，都為仕女梳作的髮型，並且流行至今。

小辭典

32 甄后：河北人。上蔡令甄逸的女兒，後嫁給鄴城袁紹之子。曹操攻滅袁氏，再嫁給曹丕為妻，生子曹叡，即後來的魏明帝。

華人建築、住屋（The chinese people construct & home）

中國是一個歷史悠久的文化古國，漢文化的高度成就可從建築形制一窺究竟。傳統華人的建築一方面屬於硬體建設，另一方面又為文化建設。同時期不同民族的建物各具其獨特面貌，反映出中華文化的特質。簡單來說，華人傳統建築存在以下幾點特色：

1.普通木架的結構

傳統華人房屋的骨架大都用木材製成，將木柱立在地面上，柱子上橫設木樑和木枋，在這架構上，再鋪設瓦頂、屋面。木架結構的耐震性很好，因木結構多用榫、卯連結，非常柔軟，加上木材有韌性，一旦遇到地震，牆面倒塌，屋柱卻能不倒，俗稱「牆倒屋不塌」。再者，木架結構便於施工，不像磚、瓦需要燒製，也比天然石頭容易採集加工。工匠有一套標準的模數制，能依這組數據，先行加工，然後再到現場拼裝即可。不過，木造房屋也有缺點，它怕蟲蛀、火災、雷擊，壽命也比較短。

2.建築多屋重間

華人傳統的建築主要是由許多建屋成組出現。常見的建屋則以四合院為代表，它由前、後、左、右的房間所組成。中間有一個廣場，重要的住屋在前面，次要者則對稱布置於兩側。除了四合院外，寺廟、園林與宮殿建築更是如此。由此可知中國傳統房屋多以四根柱子圍成一間，再由單座建築組成不同的建築群。

3.房屋為藝術展現

中國建築的主要藝術特點，表現在裝飾藝術上。

(1)屋檐有多種變化。工匠利用木結構的特點，把屋檐做成彎彎微微上翹，在

　　長期的經驗累積中，又創造廡殿[33]、歇山[34]、單檐、重檐[35]等各種形制。

(2)木梁、枋做成螞蚱頭與麻葉頭，房檐等部分又裝飾各種的圖案：

①動、植物紋，如正廳堂屋脊有「雙龍抱塔」的「螭龍」圖案。魚圖形為「年年有餘」，四隻蝙蝠是「賜福」，孔雀為「雀屏中選」。植物圖像有：松、竹、梅「歲寒三友」，比喻高壽、節操。牡丹喻「富貴」，桂花喻「早生貴子」等。

②器物紋，像是瓶與桌的組合成「平」、「安」，戟和磬組合成「吉慶」，旗與球代表「祈求」。另外，錢幣方孔圓形也頗受歡迎。

③圖紋，例如「卍」字表示富貴不斷頭，「丁」與「人」意謂人丁興旺的意義。

④厭勝物種類繁多，像正廳大樑繪飾太極八卦，鎮於屋宅中央，納天地、山澤、雷水、風火等宇宙力量，於中祈求出入平安；照牆是高聳屏障，用以圍牆上或作內外隔間之用。牆外飾以八卦及劍獅擋煞，內面繪以蝙蝠等吉祥物。各式的厭勝物充斥華人屋中，保護屋裡主人平安。

小辭典

33　**廡殿**：古時，稱四面皆為斜面式的屋頂為廡殿。它是華人住屋屋頂的典型代表，能防風吹落屋頂。因此，金門、馬祖等中國風大的地區，房屋屋頂大都採用此形式。

34　**歇山式屋頂**：為四坡式的屋頂。前後是完整的斜面，但左右只設部分的斜坡，上段造成三角形的牆面。這種形態的屋頂，名之為「歇山」，即指山牆至此休停的意思。

35　**重檐**：「重檐」指二層以上的屋簷。上簷俗稱「頂山」，名「山」，意謂屋頂；下簷叫作「下山」，是指屋頂的下層。

⑶華人住屋的門窗亦有所變化。門窗爲人們進出、隔間、通風等管道，形態
　更是多樣，如門有月洞門、花瓶門、拱形門、八卦門；窗以蝴蝶窗、瓜果
　窗、鼎爐窗等式樣居多，形制應有盡有。以上各種裝飾藝術的使用，代表
　著主人的風格與品味。華人居民的建築重要者有：四合院與園林，接下來
　簡介以上兩種建築。

⑴四合院建築
　　四合院爲華人傳統的住宅形式。它的式樣是由幾幢東、西、南、北單體
住屋組成，並且圍著一個院子，故名之爲四合院。院裡主要建築稱爲正房，
大都座南朝北，東西兩邊稱作廂房，南面爲一排廊子，中間開設一道門，分
隔內、外院，有時又有名作倒房的房屋，整個院落的大門位於東南邊上。複
雜者在正房後面還設置有後罩房，於四合院裡，各個房間都有不同的用途。
正房是一家的主人住的屋子，東、西廂房爲兒女使用，前院倒座給客人與佣
人使用，後罩房是廚房與庫房，有時正房兩側加建耳房，用作廚房與廁所等
用途。另四合院會因爲人口與財富的多寡增建，有時會由幾重院落組合而
成，有時只有一道院落，大門進入便通正房。但不管院子大小，所有門窗

全朝院內，乃屬一個四方
封閉，只向內方的住宅空
間。

　　四合院之建制反映
出華人宗法觀念[36]與求靜
的生活方式。四合院正房
乃長輩住所，而廂房爲兒

36 宗法思想：以家族制度爲中心的思想。用血緣爲基礎，結合同血緣的人，崇祀祖先，維繫
　親情。宗族內講求尊卑長幼等秩序，不同成員有相異的權利與義務。

女住屋，加上院落有內、外之別，充分顯現出華人「長幼有序」及「內外有別」的宗法思想。同時，從大門進去，會設置影壁遮擋，不讓人一眼就看到內院房間，屋內院落多栽植主人喜愛的花木，依隨季節轉變而生長綻放，也

表現出四合院是屬於一種欲避開城市喧囂，所營造的一個寧靜空間的建築設計。

　　四合院的形制傳到各地，遂產生不同的變化。像是臺灣傳統建築「一條龍」與「三合院」，就是四合院的變形。「一條龍」乃呈現一字形，只有正身，沒有左、右廂房，正身有時呈三開間有時五開間、九開間（「間」是衡量面寬的單位，兩根柱子之間的間距為間）。一般農家則喜歡採用三合院的建築，狀如ㄇ字型。除了正房外，左、右並建有護龍（廂房），形如半獨立的院落。但臺灣的官紳還是喜愛四合院，前、後兩進，配合左、右廂房圈圍出一個封閉的空間，望族住宅更深達三進，形成「庭院深深」的大宅第。

⑵園林建築

　　在社會經濟與建築技術達到一定的水準後，逐漸出現園林式建築。根據殷商甲骨文的記載，已有「園」、「圃」、「囿」等字詞。「園」是指栽種果樹的地方；「圃」為栽種蔬菜的地區；「囿」指的是放養禽獸之地，供帝王打獵、遊樂之用。因此，「囿」被認為是中國園林的最初形式。及至秦漢時，又出現「苑」的名稱，將皇家園林稱作「國朝苑囿」，一些古籍亦存在對皇家園林的紀錄。如〈阿房宮賦〉說：

五步一樓，十步一閣，廊腰縵回，檐牙高啄；各抱地勢，鉤心鬥角……長橋臥波，未云何龍？復道行空，不霽何虹。

〈二京賦〉也記載：

濯龍芳林，九谷八溪。芙蓉覆水，秋蘭被涯。渚戲躍魚，淵游龜蠵。永安離宮，修竹冬青。

可見皇家園林除了亭、臺、樓閣外，尚雜入山水造景，一方面供主人居住；另一面亦有娛樂的功能。皇家苑囿出現後，一些私人園林便漸漸產生。

私家的園林稍晚於皇家苑囿出現。中國最早見於記載的園囿，為西漢時代的「兔園」。它是漢武帝（西元前156-87年）叔叔——梁孝王劉武（西元前184-144年）的私人園子，園中有假山、池塘、宮觀相連。華人的歷史中，較著名的園林如唐代王維（701-761年）的輞川別墅（位於陝西藍田），此園景點眾多，花草繁盛，位於長安之郊，前身是大詩人宋之問（650-712年）的藍田山莊，經過兩位文人的經營，加上他們以園景為題的詩文傳播，更使輞川別墅聲名遠傳。簡單來說，園林就是把住家放置在山水中，所以建造園林，造景、理水、疊山就非常重要，以下則分述其內容。

①造景

造景必須先選定園址，稱為「相地」，進而依照地形配置各種景象。在相地的過程中，許多天然的自然因素都要考慮到，如全園向背、住屋位置、水源、植被培養與周遭環境之諧調，需

要多方考量，始能建造出一個和自然環境相配、渾然天成的園子。欲建林園，需要再借景，那就是將園外景色組織到園內所能看到的畫面裡，與園中景物融成一整體，突破園林有限的空間，創作出悠遠的畫面。如，無錫（江蘇）的寄暢園，便將錫山上的龍光塔借入園景。其次，如有需要，即必須障景。它的目的有兩個：一是擋掉不利景觀的景物，一為障蔽不希望馬上出現的景色。一般屏障的手法乃沿牆堆積假山，山下種植植物以遮物。另一障景手段是以景障景，將園邸分成幾個既分割又聯繫的景區。遊覽時，使人如同觀戲一般，依序欣賞，存在著「柳暗花明又一村」的境界。一般而言，造景就是突出園中有特色的部分，並障除不好的園景。

②**理水**

　　華人園林都需要有水，無論是浩瀚無際的江河、湖泊，或是涓涓細流，皆是造園者理水的對象。一般園林有水的造景中，最常出現的水景是水池，它與假山相互配合，成為園苑的基本格局與架構。園中的水必須有源頭，名之為活水。使園裡靜

中有動，所謂風生水起，有水遂產生園子。園林的水造景通常還有假湖、假溪、假瀑布，讓水景和山、植物配置互相映襯，形塑出無限的景致。著名的勝水林園如頤和園，它匯聚北京西北郊的泉流，形成北方少見如西湖水鄉的情景。此園建造的第一步，即擴展水面成昆明湖。因此，乾隆皇帝便有一番見解，以為挖湖是為治水，有湖山的景色則會建亭臺、樓閣點綴，這乃造園需要理水的重要例子。

③疊山

　　建園者想體驗山林意趣，園林裡便建有假山。把山嶺縮小擺進庭院中，要對自然山岳進行深入觀察，方可深刻仿造，實爲一種精湛藝術。林苑的假山能分成土山、土石山及石山三種，在古代造園手法中，挖湖堆山始於秦漢的工程技術，不僅可造水池，更兼具造山的作用，可謂一舉兩得。所堆起的山便是土山，然因爲土山容易經雨水沖刷而崩毀，在山下用石頭鞏固山勢，則變作土石山。像是頤和園後湖，建造開挖時，即把泥土堆置在北岸，化成北山，作爲阻擋園外街市喧嘩的憑藉，這便爲很好疊山的例子。另外，石山又可分成兩大類：一種叫湖石山，指的是太湖石，乃顏色灰白、透清的石頭，上有許多透空與孔竅；另一種稱黃石，色黃形方。不管由何種石頭堆出的假山，整體看來必須有氣勢，主峰要突出、層次分明、脈絡清楚。山中設置山洞、臺階，洞內鑿上明窗、孔眼，方便遊覽者能迂迴觀賞。

　　山水是園林的主要架構，有了它們，使山林更具趣味，山水布妥，下一階段就需要追求「林樹參天」、「花草覆地」的景況。林中小院通常栽種梧桐；佛殿前植銀杏；山上栽松、柏；平坦地方種松、竹、梅、菊等。每當春回大地，桃紅柳綠，春回大地，熱鬧不已。於這些植栽間，建園者往往會在適當地點建造廊[37]、亭[38]、橋[39]、舫[40]、水榭[41]等建築物，提供主人休憩之

(小)(辭)(典)

---

37 廊：古代房屋簷下的空間，由廡發展出來的，故俗云：「廡出一步」，即成廊。它具有遮風蔽雨的功能。因此，廊又可稱作「簷廊」。於園林裡，是可獨立存在其中，帶領遊覽者一步一步觀賞山水景色。它一般會穿過花閣，繞水及環山，依地形變化被建起，另具遊樂作用。

用。

　　臺灣也有園林建築，著名者如臺北縣的板橋林家花園。林氏家族來臺的始祖林應寅，在清乾隆四十三年（1778年），自福建漳州府龍溪遷臺，住在淡水廳新莊（臺北縣），他的兒子林平侯（1766-1844年）跟著來到臺灣，受僱於米商，累積足夠的資金，進而獨自經營，漸漸致富，再辦理全臺的鹽務，迅速累積財富。道光二十七年（1847年），為求收租之便，即於枋橋（板橋）建造弼益館，這就是林家豪宅興建之始。整個林園宅第經林平侯子國華（1803-1857年）與國芳（林平侯第五子），孫子維讓（1859年欽賜舉人）與維源（1879年，以內閣中書名義，建造臺北城）的修建，方有「三落

(小)(辭)(典)

38 亭：它就是園中讓人停留休息之處。為有屋頂，然四面無牆壁的建築。因為沒有牆擋住，四周通透，使人能停坐休息，玩看周圍園景。坐在當中，從任何角度欣賞園景，都能有不同的變化。

39 橋：中國古代園內都有水，有水必建橋，用以點明水的位置。有時無水，亦會造橋，形塑出虛幻的水源處。較著名的形式，如拱橋和曲橋等。

40 舫：「舫」就是「船」，乃是一種臨水的園林建築。園林裡雖有水，然而，通常無法行船。為了滿足遊覽者坐船戲水的願望，則建有舫。它有時呈現船形；有時只作長方形，具一點船的象徵而已；複雜者又分上下兩層，建起船樓的部分。

41 水榭：「榭」亦為臨水建物，是在水中築起柱子，再建造閣樓。此形式的建物源於江南的「水柱房」，呈現出園林裡主人對水的熱烈追求。

大厝」、「五落大厝」之住屋產生。林家花園的第一景為「汲古書屋」，乃藏書之所，屋前有四柱軒亭及土製臺閣屋，後隔著一座屏山與「方鑑齋」為鄰。「方鑑齋」因有一個長方形的水池，水面如鏡，故名為「方鑑」。池裡種荷花，四邊建築包括戲臺、看臺、遊廊及假山、小橋，齋裡牆上刻著許多名人的書法，供人欣賞。隨著遊廊可進到「來青閣」，此閣是全園最高的建築。閣前建築戲亭題額「開軒一笑」，屬於給貴賓下榻的住所。登樓遠眺，青山綠野盡收眼底，兩側庭園經盆栽點綴，甚為幽雅。經過來青閣，能通至「香玉簃（yí）」[42]、「月波水榭」、「定靜堂」、「觀稼樓」。整個園林借景、造景，廊路迂迴，各區景色相隔又相連，符合「柳暗花明又一村」的造園理念。若想要體驗園林世界之美，林家花園是不可錯過的重要景點。

(小)(辭)(典)

42 **香玉簃（yí）、月波水榭、定靜堂、觀稼樓：**「香玉簃」等建築是板橋林家花園建物的名稱，各有不同的功能與作用。「香玉簃」為觀賞花卉的地方，屋前有花園、花圃，呈現開闊之景況；「月波水榭」是坐落水池中的建築，有橋通其地，旁設假山，專供人尋幽。「定靜堂」乃園中面積最大的四合院建築物，名稱意義為「定後能靜」。林家在此招待賓客，舉行宴會；另「觀稼樓」是閣樓建築，被稱作小樓。能登二樓，觀賞遠方農田中，農夫工作的情形，因此而得名。

華人行旅（Transportation）

「行旅」通常指歷程較遠的旅行活動，華人的行旅有自己的特色。中國以農立國，因爲從事農業，平常需要照顧作物，所以華人過著自給自足的生活，強調安土重遷的生活觀念，對「行旅」不是那麼重視。像是《老子》一書即說：「安其居，樂其俗，鄰國相望，雞犬之聲相聞，民至老死不相往來。」晉代陶淵明〈桃花園記〉又說：「桑竹垂餘蔭，菽稷隨時藝。」他們都希望能在故土過著安居生活，淡漠交往，成爲中國人生活文化的一項重要特色。雖說華人從事農業，講求重土的理想。然而，爲了做官、經營生意等情況，還是需要出訪，旅行各地。因此，《荀子·修身》中就說：「食飲、衣服、居處、動靜，由禮則和節，不由禮則觸陷生疾。」由此可知，出行仍是華人生活中很重要的一部分，被要求應該符合禮節，如此才能接近理想的境界。在一些古籍裡，保存不少關於出行的記載。

「行」：《說文解字·行部》說「行」爲「人之步趨」，與「動」相反。

「旅」：清代學者段玉裁對《說文解字》中的「旅」進行解釋，說到「行旅」之「旅」，乃取義於遠行途中，提供居住及飲食條件「廬」。如《詩經》說：「京師之野，於時處處，於時廬旅。」《周禮》又說：「凡國野之道，十里有廬，廬有飲食。」國家繁榮與富庶，人民便能安居樂業，行旅往來就有處所居住。於此可知，「旅」爲人們離開居住地，而暫時寄住的場所。

「行旅」：《文選》之謝瞻〈答靈運〉詩說：「嘆彼行旅艱，深茲眷言情。」韓愈〈酬裴十六功曹巡府西驛途中見寄〉又說：「遺我行旅詩，軒軒有風神。」「行旅」是指行旅之人旅行中的各種活動。

　　「旅行」：《禮記・曾子問》說：「三年之喪練，不群立，不旅行。」
　　　　　　　歐陽詹《南陽孝子傳》亦出現「貞元九年，某旅行虢州」的
　　　　　　　字句，可見「旅行」辭義爲結伴同行的意思。

　　其實，旅行既然爲一項活動，存在各種動作，合在一起名之爲「行旅」，接下便介紹「行旅」的內涵。

1.行前準備：擇吉、祭祀、行裝與旅費

　　早期人們在行旅前有某些禮俗，踏上旅途時，旅人需要遵行某些規範，這是因爲古時交通不便，容易發生意外，所以有很多重要的行前的準備，像是：

⑴占卜擇吉

　　華人於出行前往往會占卜擇吉，南朝顏延年〈車駕幸京口侍遊蒜山作〉就說：「岳濱有和會，祥習在卜征。」若是占出凶兆，則寧可不出行。《晉書・藝術列傳・嚴卿》就記載一則故事，提到會稽人嚴卿善於卜筮，有次同鄉人魏序想和他結伴東行，但是路途上多盜賊出沒，搶劫殺人，於是嚴卿便占卜吉凶，結果顯示萬萬不可出行，嚴卿最後決定不到東方。但是魏序執意前往，嚴卿只好建議魏序，必須求索西城外寡婦之家的白色公狗毛，將它掛在船前，這樣或許可以消除災禍，只是家裡六畜可能會因此遭到損傷。果然在魏序出行途中，家裡豢養的狗猝死，莊園的白鵝也無故死亡，所幸其家人平安無事。由此可見，占卜得行前之徵兆，在早期民間已形成風氣。其次，華人還有行旅擇吉日的習慣。《史記》中有所謂的「擇吉月日」，便是在說明慎重擇定旅行出發日期的禮俗，有非常悠久的歷史。像《紅樓夢》第四十八回〈濫情人情誤思遊藝慕雅女雅集苦吟詩〉寫道，薛蟠欲出外做生意，薛姨媽囑託張德輝照顧他，「張德輝滿口應承，吃過飯告辭，又回說：『十四日是上好出行日期，大世兄即刻打點行李，雇下騾子，十四日一早就長行了。』」擇好上吉日，即爲旅行順利的保證，有著重要的意義。在華人民間社會裡，占卜擇吉，確定旅行日期和吉兆，是十分普遍的作法，直到今

天，這種傳統的風俗依然保存。現代華人普遍察看《黃曆》（又稱作《農民曆》）來判定某日「宜出行」或是「忌出行」。

(2)祖道祭祀

　　中國人信奉許多旅行的守護神，名之爲「行神」，希望祂在旅行過程能給予保祐。《風俗通義・祀典》就記載共工的兒子名叫「修」，喜愛遠遊，凡是行人足跡無法履及者，他都能親臨賞遊，於是死後被尊稱作「祖神」、「行神」。行神的祭祀稱爲「祖道」，在司馬貞《索隱》說：「『祖』者，行神。行而祭之，故曰『祖』也。」舉行祭祀的儀禮就必須選擇好的日子，這就是所謂「祠行良日」，也唯有在吉日祭祀行神，方能保證出外有「大得」。因行旅方向的不同，致祭的地方也有差異。大約東行、南行「祠道左」；西行、北行「祠道右」。儀式包括設席、以酒沃地、祝禱等程序。司馬遷於《史記・刺客列傳》裡，就敘述荊軻（西元前？-227年）遠赴秦國刺殺嬴政前，燕太子丹（西元前？-226年）爲他舉行祭神的儀式，文曰：

　　　　太子及賓客知其事者，皆白衣冠以送之。至易水之上，既祖，取
　　道，高漸離擊筑，荊軻和而歌，爲變徵之聲，士皆垂淚涕泣。

　　祭拜神明是想請祂保佑，遠行者一路平安。面對充滿變數的行旅過程，若有神明依靠，便會給人們無限的勇氣，讓旅人安心出發，平安抵達目的地。現今華人要出遠門，還是會有到廟宇求平安的習俗。藉由抽取籤詩，看看神明有何指示，以便防患於未然。例如臺北龍山寺的籤詩[43]「觀世音靈

小辭典

---

43 籤詩：寺廟裡的籤詩，就是把代表神明意思的詩文，寫於一小片紙上，供信眾抽取。欲求籤的信徒，首先，必須點燃線香，進而向神祇稟告問題，再請示祂，是否要以籤詩的形式，指點問題的答案。如果允用這樣的指示方式，即可抽取籤詩。最後，則於神明面前，再一次請教籤詩正確與否，正確便是神祇給的答案。如媽祖籤詩第一首〈包公請雷，驚

籤」第四十首〈馬援女成皇后〉說：「紅輪西墜兔東升，陰長陽消是兩形。若是女人占此卦，增添福祿稱心情。」這是說陰長陽消之象，喻凡事先難後吉。如問「行人」則「阻」，若問「移徙」則「大吉」。

(3)行裝與盤纏

　　行旅所需要的物資，像是路費、衣物等，稱為「裝」或「行裝」。「裝」可簡單分成兩類：一為輕裝。如《史記・越王句踐世家》記載范蠡（西元前517-？年），輔佐句踐（西元前496-464年）在滅吳國後，深覺句踐不能與他共同享福，於是「裝其輕寶珠玉」，和他的親信「乘舟浮海以行」，定居在陶（山東定陶），後來成為有名的商人。可見帶著珠寶等財物出行，不僅輕便，也能用以買賣交換貨品。一是重裝。例，《史記・南越列傳》記錄漢武帝時代，南越國「王、王太后飭治行裝重齎，為入朝具。」當中所說「重齎」，即為行裝朝重裝的方向準備。另外，《史記・淮南衡山列傳》說：「重裝富賈，周流天下，道無不通，故交易之道行。」這是說商人重裝，備妥足夠的錢財與物資，以便周遊天下。

　　華人對旅費、行資還有不同稱呼，像是「盤纏」、「盤費」、「盤程」、「盤川」等，如《西廂記》第五本〈張君瑞慶團圞〉第一折說：「紅娘取銀十兩來，就與他盤纏。」《老殘遊記》第一回〈土不制水歷年成患風能鼓浪到處可危〉說：

小辭典

仁宗〉說：「日出便見風雲散，光明清淨照世間。一向前途通大道，萬事清吉保平安。」以此詩解釋「出行」則大吉，「行水」便可獲得大財。另外，要是求籤者對內文不是很了解，則可參照籤文所說的歷史故事情境。第一首籤詩標出「包公請雷，驚仁宗」之傳說，雖然驚動皇帝，然卻有驚無險，抽到此籤的人，萬事都能清吉平安。（舉例的媽祖籤詩來自宜蘭縣南方澳南天宮媽祖廟之籤文，此廟以擁有全臺最大的金媽祖而聞名，其崇奉的媽祖甚為靈驗，值得參訪祭拜）

其先他的父親原也是個三四品官，因性情迂拙，不會要錢，所以做了二十年實缺，回家仍是賣了袍掛做的盤川。

《儒林外史》第三十三回〈杜少卿夫婦遊山遲衡山朋友議禮〉說：

他這番盤程帶少了，又多住了幾天……叫了一隻船回南京，船錢三兩銀子也欠著。

《水滸傳》第八回〈林教頭刺配滄州道魯智深大鬧野豬林〉又說：

他便不來時，我也安排你一世的終身盤費，只教你守志便了。

「盤程」等別稱，似乎為「盤纏」的轉音。盤纏在行旅中扮演至關重要的角色，畢竟行者都要靠它來解決旅行中的各種需求，盤費若準備不夠，不僅行程便會無法繼續，甚至還回不了家鄉。因此全部行裝裡，當以盤纏最重要。

2.行旅開端：餞別形式

「祖道」又名「祖餞」，名稱的轉變代表著內涵的改變。本來祖道重在祭祀行神，但也有偏向朋友間彼此分享感情，如「祖餞」。據《三國志・魏書・管輅傳》寫到諸葛原遷新興太守，管輅「往祖餞之，賓客並會」的情形，從此推知，「祖餞」的精神已脫離祭拜行神的意義，轉為會聚親友，抒發離情的禮俗形式。當中所謂的「餞」，依照《儀禮・聘禮》解說，乃指行旅之人同送行者「飲酒於其側」的禮儀風習。華人世界裡，便留存一些送別的詩作。像沈約〈應詔樂遊苑餞呂僧珍〉說：

戎車出細柳，餞席樽上林。

杜甫〈泛江送魏十八倉曹還京因寄岑中允參范郎中季明〉說：

遲日深江水，輕舟送別筵。帝鄉愁緒外，春色淚痕邊。

〈泛江送客〉說：

煙花山際重，舟楫浪前輕。淚逐勤杯落，愁連吹笛生。

柳永〈雨霖鈴〉說：

寒蟬淒切，對長亭晚，驟雨初歇。都門帳飲無緒，方留戀處，蘭舟催發。執手相看淚眼，竟無語凝噎。念去去千里煙波，暮靄沉沉楚天闊。情自古傷離別，更哪堪，冷落清秋節。今宵酒醒何處？楊柳岸，曉風殘月。此去經年，應是良辰好景虛設。便縱有千種風情，更與何人說。

　　餞別之際，還有音樂如笛聲助興，酒酣耳熱之際，通常也是別離的那一刻。主客間往往都在船上水手再三的催促下，方依依不捨地登船出發。然酒醉終究會清醒，醒來時人已在他鄉，所有的心事、苦楚已無人可訴說安慰，想要與故人再見，往往要等上數年，因此古人認為一旦踏上遠行之途，往往生死兩茫茫，讓人無限感傷。
　　華人的餞別形式可分成許多程序。不同的送別的儀式，反映出旅行者和送行者對於行旅的不同感受。相關的送別風俗有：

(1)折柳寄思

　　柳樹象徵千里相繫的送別之情。南朝齊人虞羲〈自君之出矣〉說：「自君之出矣，楊柳正依依。」沈約〈翫庭柳詩〉也提到：「輕陰拂建章，夾道連未央。因風結復解，沾露柔且長。楚妃思欲絕，班女淚成行。遊人未應去，爲此歸故鄉。」這是因風吹柳枝「結復解」及「柔且長」，故古人往往以柳絲來比喻幽婉的離情。此外，在餞別之時，送行者也會折柳給出行的人，像李白〈春夜洛城聞笛〉描述：「誰家玉笛暗飛聲，散入春風滿洛城。此夜曲中聞折柳，何人不起故園情。」選擇折柳枝送給欲外出者，是因爲「柳」與「留」同音，象徵著想留住旅行之人的不捨心情。

(2)臨別啼泣

　　有些古代的華人不是以「相對淚眼」[44]的方式，來向行旅之人道別，而是用啼哭的動作，向出行者道再見。如《世說新語・方正》裡，描述周謨被任命作晉陵太守，周顗（296-322年）前往送行，臨別時「涕泗不止」[45]，以流涕來餞行。另在《顏氏家訓・風操》也說：「別易會難，古人所重；江南餞送，下泣言離。」六朝華人參加朋友遠行的送別會，如果不啼哭，則會被人認爲寡情，是一不合禮儀規範的行爲。

(3)贈物與言

　　中國人送行，贈物與文章，稱爲「贈別」、「贈行」。如《詩經・秦風》說：「贈送文公於渭之陽。」元人顧瑛〈題侄良用臨趙魏公霜浦漁舟圖〉說：「作贊殷勤云贈別。」都言及臨別時，要說些祝福「一帆風順」的

小辭典

44 相對淚眼：「淚眼」爲充滿眼淚的眼睛。用這樣的眼睛與人相看，即「相對淚眼」的意義。常使用形容在離別、悲傷等情況中之人，眼神互相交流的情況。

45 涕泗不止：「涕泗」指的是眼淚和鼻涕。「涕泗不止」即爲「涕泗縱橫」，意謂因感動、感傷，或者歡樂等因素，弄得鼻涕、眼淚流下，不能停止的情形。

話，或題寫贈序之類的文章，贈予朋友收藏，這能讓贈別的情意更加完整。

(4)添助旅費

　　以旅費的名義送給行旅之人，名之為「下程」。例如，清人王士禎《池北偶談》卷五〈葛端肅公家訓〉說：「每公出，必自齎盤費，縣驛私饋下程，俱不敢受。」《金瓶梅》第五十五回〈西門慶兩番慶壽旦苗員外一諾送歌童〉也說：「月娘一面收好行李及蔡太師送的下程，一面做飯與西門慶吃。」旅行在外，本來就會遇到許多突發的狀況，贈送路費給出行者，增加他的盤費，讓其有更有能力處理意外情況，就是給予他更多旅行安全的保障。因此，現今一些華人如遇親朋好友外出，即會把金錢放入紅色信封袋中（紅色代表著「吉祥」的意義），稱為「包紅包」，象徵奉上無限的祝福。總之，華人間有著複雜送行的儀式，並非只是單純互相說聲再見而已，各種儀式充分照顧到行旅與送別之人的心情。

3.行旅過程

　　華人的行旅隨著旅行目的、交通、地理、社會階級等條件的不同，有不一樣的旅行方式，使華人行旅表現出多樣化的特點。

(1)徒步出行

　　不管行旅的方式如何改變，車輛及畜力如何被利用，徒行依然為民眾旅行之普遍型態。徒行生活儘管非常艱苦，但在社會行旅歷程中，仍起著重大的作用。歷史上大規模的活動，像是遠征、行役、遷流等，都是以步行為主。《說文解字》即說：「徒，步行也。」一些百姓依然只能步行出遊。首先，貴族不能徒行。《論語·先進》說：

　　　　吾（孔子）不徒行，以為之椁。以吾從大夫之後，不可徒行也。

顏淵（西元前521-481年）為孔子（西元前552或551-479年）的得意門生，其死後，父親無錢埋葬他，只好請求孔子賣掉車輛，以幫忙備置棺槨，但被拒絕，理由是孔子屬士大夫之後，出門不可步行，可見當時有一定身分的人，出行必須乘車，它已成為社會的規範。其次，貧者常步行。對於上階層的民眾而言，「步行」是一種反常的旅行行為，但貧者不得不為之。《漢書‧蔡義傳》說：「家貧，常步行。」西漢名相蔡義（西元前？-71年）起初只任大將軍幕僚，無錢買車，只能徒行。《後漢書‧李固傳》說：「常步行尋師，不遠千里。」古時華人勤苦好學，常步行千里尋求名師指導。由以上引文可說明，步旅極為艱辛，經濟條件差者，才不得不採用這種形式。

⑵騎乘旅行

在中國的戰國時期，已有把畜力用於出行中。《孫子兵法》說：「易則多其車，險則多其騎。」意思是說交通如果便利，就使用車兵；條件要是不好，即用騎行。由軍事人員移動的準則可知道，車兵與騎兵全必須利用畜力，說明華人很早就知道依靠騎乘移行的方式，這對改善行旅的條件具有重大的意義。中國人常用的畜力有：馬、騾、驢[46]。首先，騎馬。如白居易〈生別離〉說：「晨雞載鳴殘月役，征馬重嘶行人出。」張籍〈別離曲〉：「行人結束出門去，馬蹄幾時踏門路。」古時華人騎乘馬兒出行已很普遍，據說有「眾庶街巷有馬，阡陌之間成群」之盛況，馬的使用已普及於一般百姓之間。然而，騎馬也有相關的限制，像乘母馬往往會遭受排斥，不被允許參加各種的社交活動。另外，馬蹄聲亦被視為故人歸來的聲音，例如，鄭愁予〈錯誤〉一詩便說：

⌒小⌒辭⌒典

46　馬、騾、驢：「馬」是一種善走、具載重物、拉車、作戰，甚至讓人騎乘的脊椎動物；「驢」則可以騎人與運貨的走獸，形似馬匹，但比馬體形小許多，耳朵尖長乃是牠的形體重大特徵；「騾」則是驢與馬交合而生的品種，亦可載人與物品。

東風不來，三月柳絮不飛

你底心如小小的寂寞的城

恰若青石的街道向晚

跫音不響，三月的春帷不揭

你底心是小小的窗扉緊掩

我達達的馬蹄是美麗的錯誤

我不是歸人，是個過客……

　　「噠噠」的馬踏，總暗示想念的人已回到家鄉。除了馬之外，騾作為騎乘工具也有相當悠久的歷史。例如，《太平御覽》卷901引《三國典略》記載魏晉時出現「乘騾遊於公卿門，略無慚色」，求官、求財的現象。李賀〈馬詩〉說：「少君騎海上，人見是青騾。」《宋史・文苑列傳一・鄭起》也記錄宋人鄭起因家貧，常乘騾，有一天到近郊送客，有人請他策馬停靠，鄭起對呼騾為馬的作法，很不贊同，斥為過美不實之言。其實，騾的價值低於馬，乘者通常被視為不尊貴。不過騾有一個優點，則是行進山路非常有效率，非馬兒可比擬，某方面實用性高於馬匹。最後，從史籍亦可看華人騎驢。據杜甫〈奉贈韋左丞丈二十二韻〉說：「騎驢三十載，旅食京華春。」〈聞惠子過東溪〉又說：「惠子白驢瘦，歸溪唯病身。皇天無老眼，容谷滯斯人。」蘇軾〈和子由澠池懷舊〉詩也有：「往日崎嶇還記否，路長人困蹇驢鳴。」驢體型比馬小，然狀似馬，故也成為士大夫選擇騎坐的對象。根據《全唐詩話》描述，唐懿宗咸通年間，因為進士車服多逾越制度，因此嚴禁他們騎馬。許多士大夫即紛紛選擇與馬相像的驢，作為交通工具。在華人世界中，把馬看成尊貴的騎乘對象，騾與驢則為一般百姓常用的出行畜力。

(3)藍輿行軋

　　華人傳統交通工具之一的「轎子」有其悠久的歷史。例如《史記・河渠書》說：「陸行乘車，水行乘船，泥行乘橇，山行乘轎。」當中的「轎」，

《漢書‧溝洫志》寫成「橋」。對於這種交通工具，三國時期韋昭（204-273
年）曾解釋它的形制，說：「橋，木器。如今輿床，人舉以行也。」此以人
舉行木製的輿床，有輿身、輿頂和輿柑、抬扛等部分。隨著地方不同，製作
材料亦各異，像江南多以竹材做成，民間稱為「籃輿」。白居易〈東歸〉就
記錄使用此工具旅遊的感受，說：

　　　　翩翩平肩輿，中有醉老夫。
　　　　膝上展詩卷，竿頭懸酒壺。
　　　　食宿無定程，僕馬多緩驅。
　　　　臨水歇半日，望山傾一盂。
　　　　藉草坐嵬峨，攀花行踟躕。
　　　　風將景更暖，體與心同舒。
　　　　始悟有營者，居家如在途。
　　　　方知無繫者，在道如安居。
　　　　前夕遊三堂，今且遊申湖。
　　　　殘春三百里，送我歸東都。

　　　轎子基本上至少需要前後兩名轎夫來抬行，後頭的一名先鑽在連接兩
抬槓的皮條下，將轎子抬
起，方便乘坐者進入轎
裡，前頭轎夫再鑽入抬
行。此種轎子可遠行，要
是走在平坦之路，坐者一
路平穩，可透過窗子欣賞
山川風景，用它當作行旅
的工具，明顯具有悠閒玩

樂的性質。如攀行山路又很方便，例，宋人王柏〈長嘯山遊記〉說：「黎明假山輿，上丹山。」轎子亦能上山覽勝，其俗稱「山轎」。因此，轎子可形式簡單，或量重裝飾複雜，用在較莊嚴的場合。像是古代華人女兒要出嫁，就必須乘坐大紅花轎，由鑼鼓隊吹奏喜樂，在媒人與新郎陪同下，被迎娶至男方家，可見轎子用途泛廣。

⑷乘車行旅

　　乘車是一種可以減少勞頓的旅行方式。中國人乘車起源的很早，黃帝又名「軒轅」，指的是車轅[47]，可見當時車輛已經受到重視。早期用車輛旅行，著重「日行千里」的行駛速度，以及舒服安適。例如，秦始王（西元前259-210年）皇陵西側就出土兩具銅馬車，車分成前、後兩室，可做不同的使用。另外，馬車的製造亦有特別的要求。車轅需要增長，才能繫駕更高壯的馬種，車轅延長，除了有助馬兒的奔馳、減少行車中顛簸震動，更能提供更大的車輛空間。此外，車輛前部與後部重量不能差太多，否則有後傾之顧慮。古代華人使用的車輛存在不同的車型：首先，為「輼涼車」。《說文解字·車部》說：「輼，臥車也。」行旅欲達目的地，一定歷時多日，車若能臥睡，便能使旅途更為方便，此種車輛常常被商人利用，往來各地牟取商業利益。其次，有遇風雨則不能前進的「太平車」。它是種有廂無蓋的大車，用於載貨前往各處。車前由二十頭騾、驢駕馳，後又綁二、三頭驢，防止下坡急駛。夜行便掛上鈴鐺發出聲音，提醒車輛避讓保證行車安全。最後，即為「北方大車」。如宋人周密《癸辛雜識》說：

　　　北方大車可載四、五千斤，用牛騾十數駕之。管車者僅一主一

小辭典

47 車轅：「車轅」乃車前兩邊駕車的木頭，其以長為優點。華人的世界裡，有許多關於它的詞彙：古時軍中，常以車作門，故稱「轅門」。而「轅中客」又是比喻代人奔走之人。

僕，叱吒之聲，牛騾聽命唯謹。凡車必帶數鐸，鐸聲聞數里之外，其地乃荒涼空野故耳。蓋防其來車相遇，則預先爲避，不然恐有突衝之虞耳。終夜勞苦，殊不類人，雪霜泥濘，尤艱苦異常。或泥滑陷溺，或有折軸，必須修整乃可行，濡滯有旬日。然其人皆無賴之徒，每挾猥媟同處於車輛之下，藉地而寢，其不足恤如此。

北方大車於民間很普及，多用於載運貨品。乘車行旅皆選擇適合遠行的車輛，標準重在舒適、載貨量大與速度快速等條件，如旅人能行、住、坐、臥都在車上則更好。

(5)舟船行水

「行水」和「行」存在著相異的涵義。像是《日書》中說：「不可祠及行，凶。可以行水。」引文解釋在這一天不可以「行」，但是如果「行水」，則可外出。可見「行水」有別於陸上的行走，面對江、河、湖、海水域，變化莫測，旅人心情和遇到狀況全不同路行。欲在水上行移，必有憑藉的交通工具，重要如「筏」。「筏」是一種簡便的水上船隻。例如，《東觀漢記》說：「吳漢平成都，乘筏從江下。」杜甫〈奉送崔都水翁下峽〉又說：「無數涪江筏，鳴橈總發時。」行水的方式在水鄉澤國十分普及，長期被旅人運用，而且大都結隊浮流而行。所以，若能經水道到達的地方，華人多會選擇水行，畢竟比起乘車的顛勞，順流行旅便稍顯平穩許多。如歐陽修〈晚泊岳陽〉說：

　　夜深江月弄清輝，水上人歌月下歸。一闋聲長聽不盡，輕舟短棹去如飛。

遊乘輕舟頗爲清逸，晚有江月互相輝映，鄰舟傳出歌聲來陪伴，讓行者不覺得孤寂，白天雖然在趕路，但舟速又能像飛行般輕快，可見行舟旅行是

極爲快樂的行程。雖說如此，然而乘船有一個大缺點，就是遇到大風雨及激流險。當舟人遇到惡風狂雨，通常只能聽天由命，這就是行水的重大缺點。

(6)保於逆旅

旅程中在客店休息，俗稱「打尖」。據《聽雨叢談》說：「今人行役，於日中投店而飯，謂之『打尖』。皆不曉其字義。或曰：中途爲住宿之間，乃誤『間』而爲『尖』也…又見宋元人小說，謂途中之餐曰：『打火』。自是因『火』字而誤爲『尖』也。」把「打火」誤稱爲「打尖」，因字形相近的緣故。旅人進到旅店，服務他們的人員俗稱爲「店小二」，又稱作「店家」、「店保」、「店二哥」、「店小兒」和「店小二哥」。像《醉思鄉王粲登樓雜劇》第一折說：「自家店小二是也。有那南來北往，經商客旅，做買做賣的人，都在我這店中安下。」旅店爲營利事業，用來賺取投宿費用。店裡南來北往人員複雜，所以需要一個人來服務大家與管理店務，這就是店小二產生的原因與負責之工作。

至於旅客住宿的旅店，也有不同的稱呼。諸如「逆旅」。《左傳》說：「今虢爲不道，保於逆旅。」《莊子‧山木》說：「宿於逆旅。」逆旅的意義就是客舍之意思。其次，還有「舍」，即提供食宿的地方。依《周禮》記載：「凡國野之道，十里有廬，廬有飲食；三十里有宿，宿有路室，路室有委；五十里有市，市有候館，候館有積。」當中「三十里有宿」，就是說明國內在一定的距離間，必須設立旅店，以防出外者找不到投宿地方的情形發生。另外，又說必有「委」與「積」，這是說旅店欲供應行旅飲食，必須準備豐富的食物存糧。可知「舍」爲提供食宿之場所。最後，旅舍大

都通稱為「店」。如岑參〈漢川山行呈成少尹〉：「山店雲迎客，江村犬吠船」、楊萬里〈不寐〉：「忽思春雨宿茅店，最苦僕夫催去程」、陸游〈雙流旅舍〉：「孤市人稀冷欲冰，昏昏一盞店家燈」。作為服務旅人的事業，想接引更多客人，旅店常夙夜不歇的營業，成為黑夜裡指引路人的燈塔。此外，旅店除了歇息外，用餐也是它重大的功能。陸游詩作〈十一月上七日蔬飯騾嶺小店〉即說：

> 新梗飲飯白勝玉，枯松作薪香出屋。
> 冰蔬雪菌競登盤，瓦缽甆巾俱不俗。
> 曉途微雨壓征塵，午店清泉帶修竹。
> 建溪小春初出碾，一碗細乳浮銀粟。
> 老來畏酒厭芻豢，卻喜今朝食無肉。

行旅者欲出外，常預先準備乾糧，名之為「糗」與「糒」，這些食物易於攜帶保存，然要是全程皆食用，亦會厭煩。像北魏《齊民要術》記載「作梗米糗、糒法」說：「取梗米，汰灑，作飯，曝令燥。搗細，磨，粗細作兩種折。」「糗」和「糒」全是梗米做的乾糧，食用時，取溫水與酒配著吃，重在溫飽與應急。故旅人若一遇到旅店，往往先進去飽餐一頓。

(7)行旅滋味

出遊的原因不同，往往會有不同的行旅感受。學人為求名師，必須行旅外出；做官者為就任官職，需要居住各地；商人想做生意，定須奔波各處。因而不同目的出行，對旅行便有著不同的體驗。

①讀萬卷書，行萬里路

「讀萬卷書，行萬里路」這一句話形容，華人行旅的生活內涵有二種。首先，指的是「負笈」學習過程。古時交通條件較差，學校與老師很可能不

在自家附近，爲了學習，就需要背著書籍等行囊[48]，跋涉千山萬水去求學，而這種經過千里，只想學習的行爲就稱作「負笈」。「笈」（jí）爲一種裝書的竹製器具，如《太平御覽》卷711說：「笈，學士所負書箱，如冠籍箱也。」《抱朴子》中又說：「書者，聖人之所作而非聖也，而儒者萬里負笈以尋其師。」因此，提背起書笈，便是要前去學校讀書。用歷經「千里」，形容求師的艱辛過程；其次，表示行旅經驗可以豐富學術成就。像是《史記》的作者司馬遷（一說西元前135-87年），在創作這本史學鉅著時即四處遊覽，廣蒐見聞。誠如《史記・五帝本紀》說：「西至空桐，北過涿鹿，東漸於海，南浮江、淮。」《史記・封禪書》也記載：「巡祭天地諸神，名山川而封禪。」他實地參訪黃帝、堯、舜的史跡，跟隨漢武帝往遊各地，都是爲了豐富自己人生閱歷，以創作出傳世作品。總之，一方面旅行能讓身心放鬆，另一方面出遊經驗又可和旅人心靈結合，創作出好的大作。以上爲「讀萬卷書，行萬里路」的二個意義。然現在華人使用時，又指涉：人不可盡信書，要實地訪察、見證，是爲第三種用法。

②輾轉泥途吏，僕僕牛馬走

在君主專制時代，華人常因外派任官，而產生不同的遊歷經驗。從秦漢時期開始，中央政府已從各地拔擢官員。官員轉往各任所，有時必須歷經舟車勞頓，對於此種官吏宦遊的處境，華人則用兩種名稱形容他們。其一，稱「牛馬走」。依司馬遷〈報任少卿書〉說：「太史公牛馬走司馬遷再拜言少卿足下。」《文選》解釋說：「走，猶僕也。」自謙自己爲馬前走卒，奔波各處。其二，名爲「泥途吏」。白居易〈感秋懷微之〉說：「昔爲煙霞侶，今作泥途吏。」「泥途吏」乃形容官吏到任居，路途奔波，衣服被塵泥染

小辭典

---

48 行囊：「囊」通常用皮革做成，行旅時，裝置私人物品用，又稱「行囊」、「裝囊」。如《易林》說：「千載舊室，將有困急，荷糧負囊，出門直北。」行囊幾乎是旅人必備之物品，可裝置重要的物品。

黑，有種自我哀憐的意味。一旦起程，離開家鄉與族人，便很可能客死在異鄉。因此，不少文人留下抒懷此種心情的作品。像韓愈〈左遷至藍關示侄孫湘〉說：「雲橫秦嶺家何在？雪擁藍關馬不前。知汝遠來應有意，好收吾骨瘴江邊。」謫臣、外派任地方官者往往流露出思鄉戀土的情懷。

③周流天下，生意興隆

商人旅行全國，運輸各地貨物。從商求利，哪裡有錢賺，就往哪裡去，商賈之家往往貼有「生意興隆通四海，財源茂盛達三江」的門聯，反映出他們力求通達「四海」及「三江」的雄心。因此，商賈者足跡常常遍及天下。像元稹〈估客樂〉則有寫到商人行旅的情況，說：「求珠駕滄海，採玉上荊衡。北買黨項馬，西擒吐蕃鸚。炎州布火浣，蜀地織錦成。越婢脂肉滑，奚僮眉眼明。通算衣食費，不計遠近程。經營天下遍，卻到長安城。城中東西市，聞客次第迎。迎客兼說客，多財為勢傾。」商人的行旅生活常牟利相結合，有時必須不避險阻地奔波趕路，雖然經商得以獲取財富，但是身懷鉅款往往使旅程增添不少風險。

4.行旅結束：軟腳、接風與洗塵

行旅到達終點，或者回歸故地，華人往往有相應的迎接儀式。出行的開始，親朋好友設宴餞別，到達目的地，接待的人亦會慰勞他們。這種慰勞的儀禮有「軟腳」、「洗塵」與「接風」不同的名稱。

①稱作「軟腳」。《開天傳信記》中能看到「軟腳」相關記載，說：「明皇幸楊國忠第，出有『飲餞』，還有『軟腳樽』。」蘇軾〈答呂梁仲屯田〉說：「還須更置『軟腳酒』，為君擊鼓行金樽。」軟腳的意義如果從字面上來看，是指旅人經過長途行腳，需要讓雙腳休息、放鬆，故準備酒宴，一面與友人敘舊，一方面可坐著休憩。另外，軟腳的「軟」與軟腸胃的「軟」意思相同。像蘇軾〈浣溪沙〉即寫道：「垂白杖藜抬醉眼，捋青搗軟麵軟饑腸。」華人飢餓常會吃些點心墊墊腸胃，再品嚐大餐。因此，由「軟腸胃」的角度來解釋，軟腳與軟腸胃中的「軟」，實具有相同的意

義。

②宴請長途旅行者，又為「洗塵」。例如，《水滸傳》之〈宋江夜看小熬山花榮大鬧清風寨〉說：「請宋江更換衣裳、鞋襪，香湯沐浴，在後堂安排筵席『洗塵』。」宋江拜訪花榮，拜見以後，花榮請他沐浴，換上乾淨的服裝。此外，《儒林外史》第一回〈說楔子敷陳大義借名流隱括全文〉說：「（王冕）拜謝了秦老，秦老又備酒與他『洗塵』。」旅人經長途的跋涉，路上常風沙飛揚，衣著多蒙塵埃，所以到達目的地以後，極需要梳洗一番，或至少把腳洗乾淨一下，再飲宴作樂一番，故「洗塵」便成為行程終結的一種象徵。

③迎接行旅者來到的儀禮，另有「接風」的說法。相關記載見於《秦修然竹塢聽琴雜劇》第一折說：「（梁尹云）張千，便與我搬將來，打掃書房，著孩兒那裡安歇，便安排酒餚，與孩兒『接風』去來。」《水滸傳》第二十六回說：「小人不曾與都頭『接風』，何故反擾？」很明顯地，華人亦把款待來到的旅人稱作「接風」。這個禮俗似乎產生在以風作動力的帆船時代，接引隨風帶領而來的客人，便為「接風」的真實意義。

　　華人講求人情味，對於親朋好友的離去與歸來，當然格外得珍視。「送往」有可能會是一生中最後見面的機會，「迎來」可謂再續前緣，實為一件非常值得慶賀的喜事，故在行旅方面，存在著比其他生活面向更多的內涵，為華人文化的一大特色。

結論

　　民國初年後，華人生活文化深受西方文明影響，不論食、衣、住、行各方面，都產生「西化」的現象。首先，在衣著的方面，男子衣裝從長袍、馬褂過渡至中山裝及西裝，女子裝飾則出現穿著旗袍及洋裝。與服裝的變遷相較，在食的方面，相對比較緩慢。大部分的華人皆一日三餐，用餐的方式仍採用圍桌共食，主食依然是米飯、麵食和饅頭之類的餐點。於十九世紀的

上海，開始有西餐館、咖啡店和日本料理餐廳的出現。在華人世界中，西洋食物逐漸成爲一種時髦的料理。就住的方面而言，民國以前，中國傳統建築大都是以四合院、三合院等住屋。隨著近代開埠，西方建築文化傳入，華人地區開始出現土洋兼具的屋室。尤其城市裡因人口不斷膨脹，土地有限，故舒適又節省建地面積的洋樓、大廈紛紛出現，打破傳統居住模式，轉變爲以西洋式居屋爲主流。最後，在行的方面，則是近、現代中國改變最大者。舊式的交通方式像乘馬、坐轎和徒行，已爲時代所汰換。除了鄉村和偏遠地區外，傳統交通工具已被全面取代。例如在1902年，上海已經輸入汽車，至1912年，車輛增至一千四百餘輛。此時南京地區也有一千三百多輛汽車。

　　所以，就食、衣、住、行來做比較，衣與行方面受西方文化影響較深遠，改變較激烈，而食與住的變化則稍顯緩慢。另外，因爲中國地域廣大，各地政治、經濟發展的程度各不相同，亦使得食、衣、住、行之文化內涵出現不平衡的發展。一般而言，城市變動大於農村，沿海地區比內陸變化激烈。總之，現代華人地區的生活文化乃屬於中西並行的情況。

延伸閱讀

1. 王悼《交通史》，北京：商務印書館，1923年。
2. 王子今《中國古代行旅生活》，臺北：商務印書館，1998年。
3. 白壽彝《中國交通史》，北京：商務印書館，1937年。
4. 石毛直道《飲食文明論》，黑龍江：科學技術出版社，1992年。
5. 沈從文《中國古代服飾研究》，香港：商務印書館香港分館，1981年。
6. 李乾朗《臺北縣第二級古蹟林本源園邸簡介》，臺北：臺北縣政府，2001年。
7. 李乾朗《臺灣古建築圖解事典》，臺北：遠流，2003年。
8. 江紹原《中國古代旅行之研究》，北京：商務印書館，1937年。
9. 周錫保《中國古代服飾史》，北京：中國戲劇出版社，1984年。

10.周峰《中國古代服裝參考資料》，北京：燕山出版社，1987年。

11.周訊《中國傳說服飾形制史》，臺北：南天，1998年。

12.俞怡萍《臺北古蹟偵探遊》，臺北：遠流，2004年。

13.姚國坤《中國茶文化》，上海：上海文化出版社，1991年。

14.高春明《中國古代平民服裝》，臺北：商務印書館，1998年。

15.耿劉同《中國古代園林》，臺北：商務印書館，1993年。

16.陳嘉琳《臺灣文化概論》，臺北：新文京開發，2005年。

17.陳捷先〈創製滿文與八旗制度〉，收入《明清史》，臺北：三民，1995年。

18.樓祖詒《中國郵驛發達史》，北京：中華，1940年。

19.樓慶西《中國古代建築》，臺北：商務印書館，1993年。

20.趙英蘭《民國生活掠影》，瀋陽：瀋陽出版社，2001年。

21.趙榮光《中國古代庶民飲食生活》，臺北：商務印書館，1998年。

22.劉修明《中國古代飲茶與茶館》，臺北：商務印書館，1998年。

Note

Note

Note

Note

國家圖書館出版品預行編目資料

實用生活華語─認識台灣文化(高級)／楊琇惠
著. －－初版. －－臺北市：五南，2009.8
　面；　公分. －－(華語教學叢書系列)
ISBN 978-957-11-5615-6
1.漢語　2.臺灣文化　3.讀本
802.86　　　　　　　　　　　98005419

1XZU　華語教學叢書系列

實用生活華語─
認識台灣文化(高級)

編 審 者 ― 楊琇惠(317.4)

文字編輯 ― 王　璟　徐一智

攝　　影 ― 葉人瑋

美術設計 ― 陳春霖

發 行 人 ― 楊榮川

總 編 輯 ― 龐君豪

主　　編 ― 黃惠娟

責任編輯 ― 胡天如　許經緯

出 版 者 ― 五南圖書出版股份有限公司

地　　址：106臺北市大安區和平東路二段339號4樓

電　　話：(02)2705-5066　傳　　真：(02)2706-6100

網　　址：http://www.wunan.com.tw

電子郵件：wunan@wunan.com.tw

劃撥帳號：01068953

戶　　名：五南圖書出版股份有限公司

臺中市駐區辦公室/臺中市中區中山路6號

電　　話：(04)2223-0891　傳　　真：(04)2223-3549

高雄市駐區辦公室/高雄市新興區中山一路290號

電　　話：(07)2358-702　傳　　真：(07)2350-236

法律顧問　元貞聯合法律事務所　張澤平律師

出版日期　2009年9月初版一刷

定　　價　新臺幣300元